Biblioteca de Autor

Biografía

Maurice Leblanc (11 de diciembre de 1864-6 de noviembre de 1941) fue un escritor francés, autor de varias novelas policiacas y de aventuras. Por encargo de Pierre Laffite, director de la revista *Je Sais Tout*, en 1904 publicó «La detención de Arsène Lupin»: las primeras aventuras del caballero ladrón. Esta publicación tuvo tanto éxito que le seguiría una serie de casi veinte libros. Lupin se ha convertido en un personaje clásico de la literatura universal, cuya fama solo puede ser comparada con la de Sherlock Holmes.

Maurice Leblanc
La aguja hueca

Traducción de Mauricio Chaves Mesén

Título original: *L'Aiguille creuse*

Maurice Leblanc

Traducción: Mauricio Chaves Mesén

Derechos reservados

© 2021, Editorial Planeta Mexicana, S.A. de C.V.
Bajo el sello editorial BOOKET M.R.
Avenida Presidente Masarik núm. 111,
Piso 2, Polanco V Sección, Miguel Hidalgo
C.P. 11560, Ciudad de México
www.planetadelibros.com.mx

Diseño de colección: Bruno Valasse
Adaptación de portada: Planeta Arte y Diseño / Bruno Valasse
Ilustración de portada: Bruno Valasse

Primera edición en formato epub: septiembre de 2021
ISBN: 978-607-07-7975-6

Primera edición impresa en México en Booket: septiembre de 2021
ISBN: 978-607-07-7938-1

No se permite la reproducción total o parcial de este libro ni su incorporación a un sistema informático, ni su transmisión en cualquier forma o por cualquier medio, sea este electrónico, mecánico, por fotocopia, por grabación u otros métodos, sin el permiso previo y por escrito de los titulares del *copyright*.

La infracción de los derechos mencionados puede ser constitutiva de delito contra la propiedad intelectual (Arts. 229 y siguientes de la Ley Federal de Derechos de Autor y Arts. 424 y siguientes del Código Penal).

Si necesita fotocopiar o escanear algún fragmento de esta obra diríjase al CeMPro (Centro Mexicano de Protección y Fomento de los Derechos de Autor, http://www.cempro.org.mx).

Impreso en los talleres de Impresora Tauro, S.A. de C.V.
Av. Año de Juárez 343, Col. Granjas San Antonio,
Iztapalapa, C.P. 09070, Ciudad de México
Impreso y hecho en México / *Printed in Mexico*

I

El disparo

Raymonde aguzó el oído. El ruido se escuchó dos veces más, lo bastante claro como para diferenciarlo de todos los ruidos confusos que forman el silencio de la noche, pero tan débil como para no poder saber si se originó cerca o lejos, si se produjo dentro de los muros del vasto castillo, o afuera, entre los rincones tenebrosos del parque.

Se levantó lentamente. Su ventana estaba entreabierta y la abrió de par en par. La claridad de la luna descansaba sobre un tranquilo paisaje de hierbas y bosquecillos donde las ruinas dispersas de la antigua abadía se recortaban en siluetas trágicas, columnas truncas, ojivas incompletas, esbozos de pórticos y jirones de arbotantes. Una suave brisa flotaba sobre la superficie de las cosas, deslizándose por entre las ramas desnudas e inmóviles de los árboles, pero agitando las pequeñas hojas de los arbustos.

Y de repente, el mismo ruido... Provenía de su izquierda, debajo del piso en que ella vivía; es decir, de los salones que ocupaban el ala oeste del castillo.

Aunque valiente y fuerte, la joven sintió la angustia que produce el miedo. Se puso su bata y tomó los fósforos.

—Raymonde... Raymonde...

Una voz débil como un suspiro la llamaba desde la habitación vecina, cuya puerta no estaba cerrada. Se dirigía hacia allí a tientas, cuando de pronto Suzanne, su prima, saltó de esa recámara y se arrojó en sus brazos.

—Raymonde... ¿eres tú?... ¿Escuchaste eso?...

—Sí... ¿No duermes?

—Supongo que el perro me despertó... hace ya rato... Pero no ha vuelto a ladrar. ¿Qué hora será?

—Deben de ser las cuatro.

—Escucha... Alguien está caminando en el salón.

—No hay peligro, Suzanne, allí está tu padre.

—Pero él sí está en peligro. Duerme al lado del salón pequeño.

—Monsieur Daval también está allí...

—Está al otro extremo del castillo... ¿Cómo quieres que oiga?

Dudaron, no sabían qué decisión tomar. ¿Llamar a alguien? ¿Pedir socorro? No se atrevían a hacer nada; parecía que sentían miedo hasta del ruido de sus propias voces. Pero Suzanne, que se había acercado a la ventana, ahogó un grito.

—Mira... Hay un hombre cerca del estanque.

En efecto, un hombre se alejaba con paso rápido. Llevaba bajo el brazo un objeto de dimensiones bastante grandes; no pudieron ver qué era, pero sí observaron que iba rebotando contra su pierna, lo cual le dificultaba la marcha. Lo vieron pasar cerca de la antigua capilla y dirigirse hacia una pequeña puerta en el muro, la cual debía haber estado entreabierta, pues el hombre desapareció súbitamente y ellas no escucharon el rechinar habitual de sus goznes.

—Venía del salón —murmuró Suzanne.

—No, si así fuera, la escalera y el vestíbulo habrían llevado mucho más a la izquierda... a menos que...

Las agitó una misma idea. Se asomaron. Debajo del lugar en que estaban había una escalera apoyada contra la fachada, con el extremo superior dando acceso al primer piso. La luz alumbraba el balcón de piedra, lo que les permitió ver cómo otro hombre, que también portaba un objeto, salió a ese balcón, bajó por la escalera y huyó por el mismo camino.

Suzanne, espantada y sin fuerzas, cayó de rodillas, balbuceando:

—¡Llamemos a alguien!... ¡Pidamos auxilio!...

—¿Y quién vendría?... Tu padre... ¿Y si hay otros hombres y lo atacan?

—Podríamos avisar a los criados... Tu timbre comunica con su piso.

—Sí... sí... puede ser una buena idea... ¡Siempre que lleguen a tiempo!

Raymonde buscó el timbre eléctrico junto a su cama y lo apretó con un dedo. Vibró un timbre en lo alto y les dio la impresión de que abajo se debió percibir claramente el sonido.

Esperaron en silencio, el cual hacía que se asustaran más; incluso la brisa dejó de agitar las hojas de los arbustos.

—Tengo miedo... tengo miedo... —repetía Suzanne.

Y de repente, en el silencio de la noche profunda, por debajo de donde estaban ellas, se escuchó un ruido de lucha, un estrépito de muebles que caían, exclamaciones, y luego, un horrible y siniestro gemido ronco, el gemido de alguien que está siendo estrangulado...

Raymonde saltó hacia la puerta, con Suzanne aferrada desesperadamente a su brazo.

—No... no me dejes... tengo miedo.

Raymonde la rechazó y salió corriendo al pasillo, seguida por Suzanne, que se iba tambaleando de una pared a otra y dando de gritos. Llegó a la escalera, bajó de peldaño en peldaño y se precipitó a la gran puerta del salón, donde se detuvo en seco, quedándose clavada en el umbral, mientras Suzanne, a su lado, casi desfallecía. Frente a las dos jóvenes, a tres pasos, había un hombre que sostenía una linterna en la mano y con cuya luz las cegó al dirigirla hacia ellas. Miró detenidamente sus rostros y luego, sin prisa, con toda la tranquilidad del mundo, tomó su gorra, recogió un trozo de papel y unas briznas de paja, y se puso a limpiar con ellas las huellas sobre la alfombra; después se acercó al balcón, se volvió hacia las jóvenes, les hizo una reverencia y desapareció.

Lo primero que hizo Suzanne fue correr hacia el pequeño *boudoir*[1] que separaba el gran salón del dormitorio de su padre. Pero quedó aterrorizada ante el horrible espectáculo que vio al entrar. En el suelo, iluminados por la luz oblicua de la luna, se divisaban dos cuerpos inanimados, tendidos uno al lado del otro.

—¡Papá!... ¡Papá!... ¿Eres tú?... ¿Qué te pasó?... —gritó ella enloquecida, inclinándose sobre uno de ellos.

Al cabo de un instante, el conde de Gesvres se movió y, con la voz quebrada, dijo:

—No te asustes... No estoy herido... Y Daval ¿está vivo? ¿Y el cuchillo... el cuchillo?

En ese momento llegaron dos criados con candelas. Raymonde se arrojó ante el otro cuerpo tendido en el suelo y reconoció a Jean Daval, el secretario y hombre de confianza del conde. Su rostro tenía ya la palidez de la muerte.

Entonces la joven se levantó, volvió al salón y, de una panoplia adosada a la pared, tomó una escopeta que sabía cargada y corrió al balcón. No hacía más de cincuenta o sesenta segundos que el individuo había puesto el pie sobre el primer peldaño de la escalera. No podía entonces estar muy lejos de allí, especialmente porque había tomado la precaución de

---

[1] El *boudoir* es una pequeña habitación decorada con pinturas, tapices y muebles que sirve de vínculo entre la terraza, o el salón/comedor, y el dormitorio, del que generalmente está separado por vidrios y cortinas. Era utilizado por las mujeres para sus conversaciones íntimas. Suele traducirse como «tocador», pero esta definición puede confundir al lector en cuanto a la verdadera importancia de este pequeño salón, que adquirió especial relevancia en la literatura francesa tras ser popularizado por el marqués de Sade [N. del T.].

quitar la escalera para que no se pudiera usar. En efecto, enseguida lo vio, estaba bordeando las ruinas del antiguo claustro. Se echó el arma al hombro, apuntó tranquilamente y disparó. El hombre cayó.

—¡Ya está!... ¡Ya está!... —gritó uno de los criados—. Tenemos a ese. Voy por él.

—No, Víctor, se está levantando... Baje por la escalera y vaya a la puerta pequeña. Es el único lugar por el que puede escapar.

Víctor se apresuró, pero antes de que llegara al jardín, el hombre volvió a caer. Raymonde llamó al otro criado.

—Albert, ¿lo ve allí abajo, cerca de la gran arcada?

—Sí, está arrastrándose por la hierba... está perdido...

—Vigílelo desde aquí.

—No hay forma de que se escape. A la derecha de las ruinas está el jardín descubierto...

—Y Víctor está vigilando la puerta a la izquierda —dijo ella, retomando la escopeta.

—Usted no vaya, señorita.

—Sí, sí —replicó ella con acento resuelto y gesto brusco—. Déjeme... Me queda un cartucho... Si se mueve...

Salió. Un instante después, Albert la vio dirigiéndose hacia las ruinas y le gritó desde la ventana:

—Se arrastró detrás de la arcada. Ya no lo veo... Tenga cuidado, señorita.

Raymonde dio la vuelta por el antiguo claustro para impedir que el hombre huyera, y en seguida Albert la perdió de vista. Al cabo de unos minutos, al no volver a verla, se inquietó, y, sin dejar de vigilar las ruinas, en lugar de bajar por la escalera de la casa intentó acercar la otra escalera. Cuando lo consiguió, bajó rápidamente y corrió directamente hacia la arcada cerca de la cual vio al hombre por última vez. Treinta pasos más adelante encontró a Raymonde, que buscaba a Víctor.

—¿Y bien? —dijo él.

—No pudimos echarle mano —respondió Víctor.

—¿Y la puerta pequeña?

—Vengo de allí... Aquí está la llave.

—Sin embargo... tiene que estar por aquí...

—¡Oh!, ya lo tenemos seguro... En menos de diez minutos ese bandido será nuestro.

El granjero y su hijo, que se habían despertado con el disparo de escopeta, venían desde la granja, cuyas casas estaban bastante lejos, a la derecha, pero dentro del recinto amurallado. En su camino no vieron a nadie.

—¡Caray! —exclamó Albert—. No, ese pícaro no pudo abandonar las ruinas... Lo encontraremos oculto en el fondo de algún agujero.

Organizaron una batida metódica, registrando cada matorral y apartando las espesas ramas de hiedra enroscadas en torno a las columnas. Se aseguraron de que la capilla estaba bien cerrada y de que ninguna de las ventanas tuviera vidrios rotos. Le dieron la vuelta al claustro y buscaron en todos los rincones y escondrijos. La búsqueda fue en vano.

Lo único que encontraron en el mismo lugar donde el hombre había caído herido por el disparo de Raymonde fue una gorra de chofer de cuero leonado. Salvo eso, no había nada más.

Dieron aviso a la gendarmería de Ouville-la-Riviere, que arribó al lugar a las seis de la mañana, después de haber enviado al Juzgado de Dieppe, por correo exprés, una nota en la que relataban las circunstancias en que ocurrió el delito, la captura inminente del principal culpable y «la localización de su gorra y el puñal con el que perpetró el crimen».

A las diez, dos autos bajaban por la ligera pendiente que conduce al castillo. Uno, un venerable carruaje, traía al procurador o fiscal adjunto y al juez de instrucción, acompañados de su secretario. En el otro, un modesto descapotable, venían dos jóvenes reporteros en representación del *Journal de Rouen* y un importante periódico parisino.

Finalmente, el viejo castillo apareció ante ellos. Antaño había sido la residencia abacial de los priores de Ambrumésy, después fue mutilado por la revolución y por último fue restaurado por el conde de Gesvres, a quien pertenecía desde hacía veinte años. Comprende un cuerpo de alojamientos que se remonta en un pináculo donde vela un reloj, y dos alas, cada una envuelta por una escalinata con balaustrada de piedra. Por encima de los muros del parque, y más allá de la planicie que sostienen los altos acantilados normandos, entre los pueblos de Sainte-Marguerite y de Varengeville, se divisa la línea azul del mar.

Allí vivía el conde de Gesvres con su hija Suzanne, una bella y frágil criatura de cabellos rubios, y su sobrina Raymonde de Saint-Véran, a quien había recogido dos años antes, cuando su padre y su madre murieron en forma simultánea y la dejaron huérfana.

Su vida transcurría tranquila y predecible. Solo algunos vecinos los visitaban de vez en cuando. En el verano, el conde llevaba a las dos jóvenes casi todos los días a Dieppe.

Él era un hombre de elevada estatura, con un rostro bello y serio, y cabellos grisáceos. Muy rico, administraba él mismo su fortuna y atendía sus propiedades con ayuda de Daval, su secretario.

En cuanto llegó, el juez de instrucción recogió los primeros hallazgos del brigadier de la gendarmería de Quevillón. La captura del culpable, siempre inminente, todavía no se había efectuado, pero todas las salidas del jardín estaban vigiladas. Era imposible que se escapara.

Enseguida el pequeño grupo atravesó la sala capitular y el refectorio, ubicados en la planta baja, y subió al primer piso. Lo primero que notaron fue el perfecto orden en que estaba el salón. Nada, ni un mueble ni un adorno, parecía estar fuera de su lugar habitual, y tampoco se veían vacíos entre ellos. A derecha e izquierda colgaban magníficos tapices flamencos de personajes. En el fondo, sobre paneles, había cuatro hermosas pinturas con sus marcos de época, representando escenas mitológicas. Eran los célebres cuadros de Rubens, legados al conde de Gesvres, junto con los tapices de Flandes, por su tío el marqués de Bobadilla, uno de los grandes de España.

M. Filleul, el juez de instrucción, observó:

—Si el móvil del crimen fue el robo, en todo caso este salón no era el objetivo.

—¿Quién sabe? —dijo el adjunto, que hablaba poco, pero siempre contradecía las opiniones del juez.

—Veamos, estimado señor: a un ladrón lo que más le hubiera importado sería apoderarse de los tapices y los cuadros, que son de renombre universal.

—Quizá no les dio tiempo.

—Lo averiguaremos.

* * *

En ese momento entró el conde de Gesvres, seguido del médico. El conde, que no parecía resentir los efectos de la agresión de que había sido víctima, dio la bienvenida a los dos magistrados. Luego abrió la puerta del *boudoir*. La estancia, donde nadie había entrado después del crimen, salvo el doctor, presentaba, al contrario del salón, el mayor desorden. Dos sillas estaban derribadas, una de las mesas estaba rota, y muchos otros objetos —un reloj de viaje, un archivero y una caja de papel de cartas— yacían en el piso; algunas de las hojas blancas que estaban esparcidas tenían manchas de sangre.

El médico retiró la sábana que cubría el cadáver. Jean Daval, vestido con sus ropas ordinarias de terciopelo y calzando botas herradas, estaba tendido boca arriba, con uno de los brazos replegado hacia su cuerpo. Tenía la camisa desabrochada y su pecho se veía perforado por una ancha herida.

—La muerte debió ser instantánea —declaró el doctor—. Una puñalada fue suficiente.

—Sin duda lo hicieron con el cuchillo que vi sobre la chimenea del salón —dijo el juez—, junto a ¿una gorra de cuero?

—Sí —confirmó el conde de Gesvres—; el cuchillo fue recogido aquí mismo. Proviene de la panoplia del salón de donde mi sobrina, la señorita De Saint-Véran, tomó la escopeta. En cuanto a la gorra de cuero, evidentemente es del asesino.

M. Filleul estudió otros detalles de la estancia, hizo algunas preguntas al doctor y luego le rogó a M. De Gesvres que le relatara lo que había visto y lo que sabía.

Lo que el conde dijo al respecto fue lo siguiente:

—Jean Daval me despertó. Yo estaba en duermevela, tenía destellos de lucidez en los que creía oír pasos, cuando de pronto, al abrir los ojos, lo vi parado al pie de mi cama, candelero en mano, vestido con la ropa que trae puesta, pues a menudo trabajaba hasta muy tarde durante la noche. Estaba muy agitado y me dijo en voz baja: «Hay gente en el salón». En efecto, percibí ruido. Me levanté y entreabrí despacio la puerta de este *boudoir*. En ese mismo instante vi que alguien empujaba esa otra puerta que da al gran salón, de la cual salió un hombre que se abalanzó sobre mí y me dio un puñetazo en la sien que me dejó aturdido. No puedo darle más detalles, señor juez de instrucción, porque todo ocurrió demasiado rápido y solo recuerdo los hechos principales.

—¿Y después?

—Después no supe qué pasó... Cuando recobré el conocimiento, Daval estaba tendido, herido de muerte.

—A primera vista, ¿sospecha de alguien?

—De nadie.

—¿Tiene usted algún enemigo?

—Ninguno que yo conozca.

—¿Y Daval tampoco los tenía?

—¿Daval? ¿Un enemigo él? Era la mejor persona que vivió. Era mi secretario desde hace veinte años, y debo decirlo, también era mi confidente; nunca vi que alguna persona cercana a él le mostrara otra cosa que simpatía y amistad.

—Sin embargo, se metieron a su castillo y hubo un muerto, tiene que haber un motivo para eso.

—¿Un motivo? Pues es el robo, pura y sencillamente.

—¿Le robaron a usted algo?

—No, nada.

—¿Entonces?

—Entonces, si no le robaron nada y si no falta nada, debieron llevarse cuando menos alguna cosa.

—¿Qué?

—Lo ignoro. Pero mi hija y mi sobrina le dirán a usted, con toda certeza, que vieron sucesivamente a dos hombres atravesar el jardín y que los dos llevaban bultos bastante voluminosos.

—Esas señoritas...

—¿Esas señoritas lo habrán soñado? Yo me sentiría inclinado a creerlo, pues desde esta mañana he estado investigando y haciendo conjeturas. Pero es fácil interrogarlas.

Hicieron ir a las dos primas al gran salón. Suzanne, aún pálida y temblorosa, apenas podía hablar. Raymonde, más enérgica y segura de sí, y más bella también, con el brillo dorado de sus ojos castaños, relató los acontecimientos de la noche y su participación en ellos.

—¿Está completamente segura de su declaración, señorita?

—Sí. Los dos hombres que atravesaron el jardín llevaban objetos.

—¿Y el tercero?
—Salió de aquí con las manos vacías.
—¿Podría describirlo?
—No cesó de cegarnos con su linterna. Lo más que puedo decir es que es alto y corpulento...
—¿Es así como le pareció a usted, señorita? —preguntó el juez a Suzanne de Gesvres.
—Sí... o más bien no... —dijo Suzanne, reflexionando—. Yo lo vi delgado y de mediana estatura.

M. Filleul sonrió, acostumbrado a las divergencias de opinión y de visión entre los testigos de un mismo hecho.

—Henos aquí en presencia, por una parte, de un individuo, el del salón, que es a la vez grande y pequeño, grueso y delgado... y, por la otra, de dos individuos, los del jardín, a quienes se acusa de haber robado objetos de este salón... que todavía se encuentran aquí.

M. Filleul era un juez de la escuela irónica, como él mismo decía. Era también un juez que no despreciaba al *público de la galería* ni las ocasiones de mostrarle al público su experiencia, como lo atestiguaba el creciente número de personas que acudía al salón. A los periodistas se habían unido el granjero y su hijo, el jardinero y su mujer, luego el personal del castillo, luego los dos choferes que habían traído los coches de Dieppe.

Él prosiguió:

—Se trata también de ponerse de acuerdo sobre la forma en que desapareció el tercer personaje. ¿Usted disparó con esa escopeta, señorita, y desde esta ventana?

—Sí, el hombre estaba llegando a la lápida, que casi está enterrada bajo las zarzas, a la izquierda del claustro.

—¿Pero él volvió a levantarse?

—A medias solamente. Víctor bajó enseguida para vigilar la puerta pequeña, después bajé yo, dejando aquí a nuestro criado Albert para que observara lo que pasara.

Albert, a su vez, hizo su declaración, y el juez concluyó:

—Entonces, según usted, el herido no pudo huir por la salida de la izquierda, puesto que su compañero vigilaba la puerta, ni por la de la derecha, puesto que usted lo hubiera visto atravesar el jardín. Así pues, es lógico esperar que en este momento esté en el espacio relativamente restringido que estamos viendo.

—Estoy convencido de que así es.

—¿Usted también, señorita?

—Sí.

—Y yo también—dijo Víctor.

El fiscal adjunto exclamó en tono socarrón:

—El campo de investigaciones es estrecho, solo queda continuar la investigación iniciada hace cuatro horas.

—Quizá ahora tengamos más suerte.

M. Filleul tomó la gorra de cuero de encima de la chimenea, la examinó y, llamando aparte al brigadier de la gendarmería, le dijo:

—Brigadier, envíe inmediatamente a uno de sus hombres a Dieppe, al establecimiento del sombrerero Maigret, y pídale que le pregunte a quién le vendió esta gorra.

«El campo de investigaciones», según la frase del fiscal adjunto, se limitaba al espacio comprendido entre el castillo, el jardín de la derecha, y el ángulo formado por el muro de la izquierda y por el muro opuesto al castillo; es decir, un cuadrado de alrededor de cien metros de lado, donde surgían aquí y allá las ruinas de Ambrumésy, el tan célebre monasterio de la Edad Media.

Inmediatamente, sobre la hierba pisoteada, se veían las huellas del fugitivo. En dos lugares se descubrieron huellas de sangre ennegrecida, ya casi seca. Después de la curva de la arcada, que marcaba el extremo del claustro, ya no había nada, pues la naturaleza del suelo, tapizado de agujas de pino, no se prestaba a registrar la huella de ningún cuerpo. Pero, entonces, ¿cómo había podido el herido escapar a la vista de la joven, de Víctor y de Albert? Lo único que había eran matorrales, en los cuales los criados y los gendarmes ya habían registrado, y algunas lápidas, bajo las cuales ya habían buscado, y eso era todo.

El juez de instrucción hizo que el jardinero, que tenía la llave, le abriera la Capilla Divina, una verdadera joya de la escultura que el tiempo y las revoluciones habían respetado, y que siempre fue considerada, con las finas cinceladuras de su pórtico y sus múltiples estatuillas, como una de las maravillas del estilo gótico normando. La capilla, muy sencilla en su interior, sin otro ornamento que su altar de mármol, no ofrecía ningún refugio. Además, hubiera sido preciso entrar en ella. ¿Y cómo podría haberlo hecho el hombre herido?

La inspección llegó hasta la pequeña puerta por la que entraban los visitantes de las ruinas. Daba a un camino hondo y cerrado entre la muralla y unos matorrales, donde se veían canteras abandonadas. M. Filleul se agachó: el polvo del camino presentaba marcas de neumáticos con cubiertas antideslizantes. De hecho, Raymonde y Víctor habían creído oír, después del disparo de escopeta, el ruido de un auto arrancando. El juez de instrucción insinuó:

—El herido se habrá reunido con sus cómplices.

—Imposible —exclamó Víctor—. Yo estaba allí, y la señorita y Albert todavía alcanzaban a verlo.

—En fin, bueno ¡tiene que estar en alguna parte! Adentro o afuera, no hay otra opción.

—Está aquí —dijeron los criados con terquedad.

El juez se encogió de hombros y se encaminó al castillo bastante melancólico. Decididamente, el asunto no pintaba bien. Un robo en el que nada había sido robado y un prisionero invisible no era algo como para celebrar.

* * *

Era tarde M. De Gesvres invitó a los magistrados a almorzar, así como a los dos periodistas. Comieron en silencio, y luego M. Filleul regresó al salón, donde interrogó a los criados. Hasta que el trote de un caballo resonó a un lado del patio y, un momento después, entró el gendarme a quien habían enviado a Dieppe.

—¿Y bien? ¿Habló con el sombrerero? —exclamó el juez, impaciente por obtener al fin alguna información.

—Sí, dijo que le vendió la gorra a un chofer.

—¡A un chofer!

—Sí, a un hombre que se detuvo con su coche frente al establecimiento y que preguntó si podían venderle una gorra de chofer de cuero amarillo para un cliente suyo. Esta era la única que quedaba. Se la dieron, la pagó sin fijarse siquiera si le quedaba, y se marchó. Tenía mucha prisa.

—¿Qué tipo de coche era?

—Un automóvil de cuatro asientos.

—¿Y cuándo fue eso?

—¿Cuándo? Pues esta mañana.

—¿Esta mañana? ¿De qué está hablando?

—La gorra fue comprada esta mañana.

—Pero eso es imposible, puesto que fue encontrada anoche en el jardín. Para ello tendría que haber estado allí y, en consecuencia, tendría que haber sido comprada con anterioridad.

—Pero el sombrerero me dijo que la vendió esta mañana.

Hubo un momento de desconcierto. El juez de instrucción, estupefacto, trataba de comprender. De pronto dio un salto, como iluminado repentinamente por un rayo de luz.

—Que traigan al chofer que nos trasladó esta mañana.

El brigadier de la gendarmería y su subordinado corrieron presurosos hacia las caballerizas. Al cabo de unos minutos el brigadier regresó solo.

—¿Y el chofer?
—Almorzó en la cocina y después...
—¿Después qué?
—Desapareció.
—¿Con su coche?
—No. Con el pretexto de ir a ver a un pariente en Ouville, pidió prestada la bicicleta del palafrenero. Aquí están su gorra y su chaqueta.
—Pero ¿se fue con la cabeza descubierta?
—No, sacó una gorra de su bolsillo y se la puso.
—¿Una gorra?
—Sí, de cuero amarillo, al parecer.
—¿De cuero amarillo? No puede ser, porque esa está aquí.
—En efecto, señor juez de instrucción, pero él tenía una igual.

El fiscal adjunto sonrió con sarcasmo.

—¡Muy gracioso! ¡Muy divertido! Hay dos gorras... Una, que era la verdadera y que constituía nuestro único elemento de prueba, se fue sobre la cabeza del seudochofer. La otra, la falsa, la tiene usted en sus manos. ¡Ah! ¡El buen hombre nos la jugó bien!

—¡Que lo capturen! ¡Que lo traigan aquí! —gritó M. Filleul—. Brigadier Quevillon, ¡que dos de sus hombres suban a sus caballos y salgan a galope a perseguirlo!

—Ya debe estar lejos —comentó el adjunto.
—Por lejos que esté, es preciso que lo atrapen.
—Así lo espero, pero creo, señor juez de instrucción, que nuestros esfuerzos deben concentrarse sobre todo aquí. Tenga la bondad de leer el papel que acabo de encontrar en los bolsillos del abrigo.

—¿De qué abrigo?
—El del chofer.

Y el fiscal adjunto le tendió a M. Filleul un papel doblado en cuatro, donde se leían, escritas con lápiz y con una letra un tanto vulgar, estas pocas palabras: «Ay de la señorita si ha matado al patrón». El incidente causó cierta emoción.

—Al buen entendedor, pocas palabras: es una advertencia —murmuró el adjunto.

—Señor conde —prosiguió el juez de instrucción—, le suplico que no se inquiete. Tampoco las señoritas deben preocuparse. Esta amenaza no tiene ninguna importancia, pues aquí están las autoridades. Se tomarán todas las precauciones. Yo respondo de su seguridad. En cuanto a ustedes, señores —agregó, volviéndose hacia los reporteros—, cuento con su discreción. Fui yo quien les permitió asistir a esta investigación, y hablar de más sería corresponderme mal...

De pronto, como si se le hubiera ocurrido una idea, interrumpió su discurso y miró a los dos jóvenes alternativamente; después se acercó a uno de ellos:

—¿A qué periódico pertenece usted?
—Al *Journal de Rouen*.
—¿Tiene con qué identificarse?
—Sí, aquí está mi credencial.

El documento estaba en regla. No tenía nada que decir.

M. Filleul interpeló al otro reportero:

—¿Y usted, señor?
—¿Yo?
—Sí, usted. Le pregunto a qué periódico pertenece usted.
—Dios mío, señor juez de instrucción, escribo para varios periódicos...
—¿Y su identificación?
—No la tengo.

—¡Ah! ¿Y cómo es eso?...

—Para que un periódico dé una tarjeta de identidad es preciso escribir para él de manera continua.

—¿Y bien?

—¡Y bien!, soy un colaborador ocasional. Mando mis artículos a diestra y siniestra, y estos son publicados... o rechazados, según las circunstancias.

—En ese caso, ¿cuál es su nombre? ¿Trae sus documentos?

—Mi nombre no le diría nada. En cuanto a mis documentos, no los tengo.

—¿No tiene ningún documento que acredite su profesión?

—Yo no tengo profesión.

—Pero, en fin, señor —exclamó el juez con cierta brusquedad—, no pretenderá que va a seguir aquí de incógnito después de haberse introducido con engaños y haberse enterado de los secretos de las autoridades.

—Le agradecería que observara, señor juez de instrucción, que usted no me preguntó nada cuando vine y que, por consiguiente, yo no tenía nada que decir. Por otra parte, no me ha parecido que la investigación fuese secreta, puesto que todo el mundo asistió a ella... incluso uno de los culpables.

Hablaba despacio, con un tono de cortesía infinita. Era un hombre muy joven, muy alto y muy delgado, estaba vestido con un pantalón demasiado corto y una chaqueta demasiado estrecha. Tenía un rostro sonrosado de muchacha, una ancha frente y una cabellera cortada en cepillo, y la barba rubia y mal recortada. Sus ojos brillaban de inteligencia y no parecía avergonzado en absoluto. Mientras hablaba, en su rostro se dibujaba una sonrisa simpática sin ningún asomo de ironía.

M. Filleul lo observaba con agresivo desafío. Los dos gendarmes se acercaron. El joven exclamó alegremente:

—Señor juez de instrucción, está claro que usted sospecha que soy uno de los cómplices. Pero, si fuese así, ¿no me hubiera escabullido en el momento oportuno, siguiendo el ejemplo de mi compañero?

—Usted podía esperar...

—Toda esperanza habría sido absurda. Piense, señor juez de instrucción, y convendrá conmigo que en buena lógica...

M. Filleul, mirándolo directamente a los ojos, le dijo con sequedad:

—Basta de bromas. ¿Cuál es su nombre?

—Isidore Beautrelet.

—¿Su profesión?

—Alumno de retórica en el Liceo Janson-de-Sailly.

M. Filleul volvió a preguntarle mirándolo a los ojos:

—¿Qué cuento es ese? Alumno de retórica...

—En el Liceo Janson, calle de la Pompe, número...

—¡Ah! Claro... —exclamó M. Filleul—. ¡Se burla de mí! Más le vale no continuar con ese jueguito.

—Le confieso, señor juez de instrucción, que me asombra que se sorprenda con lo que digo. ¿Qué se opone a la idea de que yo sea alumno del Liceo Janson? ¿Mi barba, acaso? Tranquilícese, mi barba es postiza.

Isidore Beautrelet se arrancó los pocos bucles de pelo que adornaban su mentón y su rostro imberbe pareció aún más juvenil y más sonrosado, un verdadero rostro de estudiante de liceo. Y con una risa infantil que dejaba al descubierto sus blancos dientes, añadió:

—¿Se convence usted ahora? ¿O necesita otras pruebas? Tenga, en estas cartas de mi padre está mi dirección: «M. Isidore Beautrelet, interno en el Liceo Janson-de-Sailly».

Convencido o no, a M. Filleul no parecía agradarle la historia. Preguntó con tono malhumorado:

—¿Y qué está haciendo aquí?

—Pues... me instruyo...

—Hay liceos para eso... el suyo.

—Olvida usted, señor juez de instrucción, que hoy, veintitrés de abril, estamos en plenas vacaciones de Pascua.

—¿Y bien?

—Y bien, gozo de entera libertad para utilizar esas vacaciones a mi gusto.

—¿Y su padre?...

—Mi padre vive lejos, en Saboya, y fue él mismo quien me aconsejó hacer un pequeño viaje por las costas de La Mancha.

—¿Con una barba postiza?

—¡Oh!, no. Esa fue idea mía. En el liceo hablamos mucho de aventuras misteriosas, leemos novelas policiacas en las que la gente se disfraza. Nos imaginamos muchas cosas complicadas y terribles. Entonces, quise divertirme y me puse una barba postiza. Además, tuve la ventaja de que me tomaran en serio y me hice pasar por un reportero parisino. Fue así como anoche, después de más de una semana en la que no pasó nada importante, tuve el placer de conocer a mi colega de Rouen, y que esta mañana me hablara del asunto de Ambrumésy y tuviera la amabilidad de proponerme acompañarlo y alquilar un coche entre los dos.

Isidore Beautrelet decía todo eso con una franca, ingenua, y encantadora, sencillez. El propio M. Filleul, aun manteniendo una desafiadora reserva, escuchaba con agrado.

Con un tono menos brusco, le preguntó.

—¿Y está satisfecho de su expedición?

—¡Encantado! Nunca había asistido a un asunto de tal género y este no carece de interés.

—Ni de esas complicaciones misteriosas que usted aprecia tanto.

—¡Y que son tan apasionantes, señor juez de instrucción! No conozco ninguna emoción más grande que el ver todos los hechos que van saliendo de la sombra, agrupándose unos con otros y formando poco a poco la probable verdad.

—¡La probable verdad! ¡No tan aprisa, joven! ¿Quiere decir que usted ya tiene una solucioncita lista para el enigma?
—¡Oh!, no... —replicó Beautrelet, riendo—. Es solo que... me parece que existen ciertos puntos sobre los que es imposible no formarse una opinión, y otros que resultan tan precisos que basta con formular una conclusión.
—¡Ah!, eso resulta muy curioso, y ahora, al fin, voy a saber algo. Porque, le confieso con la mayor vergüenza, yo no sé nada.
—Es que usted no ha tenido tiempo para reflexionar, señor juez de instrucción. Lo esencial es reflexionar. Es muy raro que los hechos no lleven en sí mismos su propia explicación... ¿No opina igual? En todo caso, yo no he comprobado más que aquellos consignados en el proceso verbal.
—¡Maravilloso! De suerte que si yo le preguntara cuáles fueron los objetos robados en este salón...
—Le respondería que sé cuáles son.
—¡Bravo! Este señor sabe más de eso que el mismo propietario. M. De Gesvres lleva su cuenta, el señor Beautrelet no tiene la suya. Le falta una biblioteca y una estatua de tamaño natural en las que nadie se había fijado nunca. ¿Y si le pregunto el nombre del asesino?
—Le respondería que también lo sé.
Se produjo un sobresalto entre todos los presentes. El adjunto y el periodista se acercaron más. M. De Gesvres y las dos jóvenes escuchaban con atención, impresionadas por la seguridad y tranquilidad de Beautrelet.
—¿Sabe el nombre del asesino?
—Sí.
—¿Y tal vez también dónde está?
—Sí.
M. Filleul se frotó las manos:
—¡Qué suerte! Esta captura va a constituir el hecho más

honroso de mi carrera. ¿Y ahora, podría usted hacerme esas revelaciones fulminantes?

—Ahora mismo, sí... O bien, si no ve inconveniente, en una hora o dos, cuando haya asistido hasta el final de la investigación que usted está llevando a cabo.

—No... No, joven..., dígame de inmediato lo que sabe...

En ese momento Raymonde de Saint-Véran, que no había apartado su mirada de Isidore Beautrelet desde que comenzó a hablar, se adelantó hacia M. Filleul y le dijo:

—Señor juez de instrucción...

—¿Qué desea, señorita?

Dudó dos o tres segundos, con los ojos fijos en Beautrelet, y luego, dirigiéndose a M. Filleul, dijo:

—Le rogaría le pregunte a este señor por qué se paseaba ayer por el camino hondo que conduce a la pequeña puerta.

Fue un golpe teatral. Isidore Beautrelet pareció desconcertado.

—¿Yo, señorita? ¿Yo? ¿Me vio usted ayer?

Raymonde se quedó pensativa, con sus ojos siempre fijos en Beautrelet, como si tratara de confirmar aquello de lo que estaba convencida, y a continuación dijo con tono pausado:

—Cuando atravesaba el bosque, a las cuatro de la tarde de ayer, en el camino hondo me crucé con un hombre joven, de la estatura del señor, vestido como él y con la barba cortada como la suya... y tuve la impresión de que trataba de ocultarse.

—¿Y era yo?

—No podría afirmarlo categóricamente, pues mi recuerdo es un poco vago. Sin embargo... sin embargo, me parece que sí, que era usted...; si no, la semejanza sería extraña...

M. Filleul estaba perplejo. Después de haber sido burlado ya por uno de los cómplices, ¿iba a dejar que también el susodicho liceísta se burlara de él?

—¿Cómo va a explicar eso, señor Beautrelet?
—Le diré que la señorita se equivoca y que puedo demostrarlo fácilmente. Ayer, a esa hora, yo estaba en Veules.
—Si es así, tendrá que probarlo. En todo caso, esto cambia la situación. Brigadier, que uno de sus hombres acompañe a este señor.

El rostro de Isidore Beautrelet denotó una viva contrariedad.

—¿Por mucho tiempo?
—El suficiente para reunir toda la información necesaria.
—Señor juez de instrucción, le suplico que la reúna con la mayor rapidez posible...
—¿Por qué?
—Mi padre ya es viejo. Nos queremos mucho... y yo no quisiera que se preocupe por mí.

El tono lloroso con el que habló desagradó a M. Filleul, a quien la escena le pareció melodramática. No obstante, respondió:

—Esta noche... mañana a más tardar, sabré a qué atenerme.

La tarde transcurría. El juez regresó a las ruinas del claustro, teniendo cuidado de prohibir la entrada a todos los curiosos, y pacientemente, con método, dividiendo el terreno en partes para estudiarlas en forma sucesiva, dirigió por sí mismo las investigaciones... Pero terminó el día sin que avanzara nada y, ante un ejército de reporteros que habían invadido el castillo, afirmó:

—Señores, todo nos hace suponer que el herido está aquí, al alcance de nuestra mano; todo, salvo la realidad de los hechos. Por consiguiente, en nuestra humilde opinión, se escapó, y será fuera de aquí donde lo encontremos.

A pesar de eso tuvo la precaución de organizar, de acuerdo con el brigadier, la vigilancia del jardín, y después de volver a revisar los dos salones y de recorrer otra vez todo el castillo, luego de haber recabado toda la información necesaria, se encaminó a Dieppe en compañía del adjunto.

Anocheció, y como el *boudiour* tenía que permanecer cerrado, el cadáver de Jean Daval fue trasladado a otra habitación. Dos campesinas del lugar, acompañadas por Suzanne y Raymonde, velaron el cuerpo. Abajo, dormitando sobre el banco del antiguo oratorio, estaba el joven Isidore Beautrelet, bajo la mirada atenta del guarda de campo que asignaron para vigilarlo. Afuera, los gendarmes, el granjero y una docena de aldeanos se habían apostado entre las ruinas.

Hasta las once todo permaneció tranquilo, pero a las once y diez se escuchó un disparo al otro lado del castillo.

—¡Atención! —gritó el brigadier—. Fossier y Lecanu, ¡quédense...! Los demás ¡corran hacia allá...!

Todos corrieron por el lado izquierdo del castillo y vieron que una silueta se esfumó en la sombra. Inmediatamente después los atrajo otro disparo que se escuchó más lejos, ya cerca de los límites de la granja. Y de pronto, cuando llegaban en tropel al vallado que bordeaba el huerto, a la derecha de la casa reservada para el granjero brotó una llamarada y enseguida se elevaron otras llamas en una columna espesa. Lo que se estaba quemando era un granero, lleno de paja hasta el tope.

—¡Esos pícaros! —gritó el brigadier—. Quevillon, fueron ellos los que le prendieron fuego. Vamos tras ellos, muchachos. No pueden estar lejos.

Pero la brisa estaba haciendo que las llamas se dirigieran al área de viviendas, así que la prioridad era acudir al sitio en peligro. La gente trabajó con más ardor cuando el señor de Gesvres, que llegó corriendo al lugar del desastre, los animó con la promesa de que les daría una recompensa. Cuando controlaron el fuego ya eran las dos de la mañana, ya no tenía caso seguir a los culpables; la persecución habría sido en vano.

—Veremos eso cuando amanezca —dijo el brigadier—. De seguro dejaron rastro... Los encontraremos.

—Y me dará mucho gusto —dijo M. De Gesvres— saber la razón de este ataque. No entiendo para qué les serviría prenderle fuego a las pacas de heno.

—Venga conmigo, señor conde —le dijo el brigadier—, quizá yo pueda decirle la razón.

Juntos llegaron a las ruinas del claustro. El brigadier llamó:

—¡Lecanu!... ¡Fossier!...

Otros gendarmes buscaban ya a sus compañeros que se habían quedado vigilando. Los descubrieron a la entrada de la puerta pequeña; estaban tendidos en el suelo, con los ojos vendados, amordazados y con los pies y manos amarrados con cuerdas.

—Señor conde —murmuró el brigadier mientras los liberaban—, nos engañaron como a unos niños.

—¿Cómo?

—Los disparos... el ataque... el incendio... todo eso fueron artimañas para distraernos y poder terminar el asunto después de amarrar a nuestros dos hombres.

—¿Qué asunto?

—¡El rescate del herido, caray!

—¡Vamos! ¿Cree usted que eso fue?...

—¡Claro que lo creo! Estoy seguro. Se me ocurrió esa idea hace ya diez minutos... pero soy un imbécil por no haberlo pensado antes. Los hubiéramos capturado a todos.

Quevillon pateó el suelo en un súbito acceso de rabia.

—Pero ¿por dónde, Dios bendito? ¿por dónde pasaron? ¿Y él, ese pícaro, dónde estaba escondido? Porque, ¡en fin!, pasamos todo el día registrando el terreno, y un individuo no se oculta entre los matorrales, sobre todo si está herido. Parece cosa de magia, o algo así...

Pero esa no sería la última sorpresa que se llevaría el brigadier Quevillon. Al amanecer, cuando entraron al oratorio que servía de celda al joven Beautrelet, descubrieron que había desaparecido. Sobre una silla, doblado, dormía el hombre que se suponía lo estaba vigilando. Junto a él había una botella y dos vasos, y en el fondo de uno de ellos se veía un poco de polvo blanco.

Después de un examen se probó, primero, que Beautrelet le había administrado un narcótico al guardia, y segundo, que el único lugar por el que habría podido escaparse era una ventana situada a dos metros y medio de altura... y, en fin, un detalle encantador, que la única manera en que pudo alcanzarla fue utilizando como escalón la espalda de su guardián.

II

ISIDORE BEAUTRELET, ALUMNO DE RETÓRICA

Extracto del *Grand Journal:*

NOTICIAS DE LA NOCHE
Secuestro del doctor Delattre.
Un golpe de una audacia loca

En el momento de entrar en prensa recibimos una noticia cuya autenticidad no osamos garantizar, pues nos parece en extremo inverosímil.

La damos, en consecuencia, bajo todas las reservas.

Anoche, el doctor Delattre, el célebre cirujano, asistía con su esposa y su hija a la representación de *Hernani* en la Comedia Francesa. Al comienzo del tercer acto, es decir, a eso de las diez, se abrió la puerta de su palco; un caballero, a quien acompañaban otros dos, se inclinó hacia el doctor y le dijo en voz lo bastante alta para que lo oyera la señora Delattre:

«Doctor, vengo a cumplir una de las más penosas misiones y le agradecería mucho que me facilitara la tarea».

«¿Quién es usted, señor?».

«Monsieur Thézard, comisario de policía, y tengo órdenes de llevarlo a usted a la Prefectura, ante M. Dudouis».

«Pero ¿cómo...?».

«No diga ni una palabra, doctor, se lo suplico, ni haga ningún gesto... Hay un lamentable error y por eso debemos actuar en silencio y no llamar la atención de nadie. Antes de que termine la función estará de regreso, puede estar seguro de eso».

El doctor se levantó y siguió al comisario. Al terminar la función no había regresado.

Muy inquieta, la señora Delattre acudió a la Comisaría de Policía. Allí encontró al verdadero M. Thézard y se enteró, con espanto, de que el individuo que se llevó detenido a su marido no era más que un impostor.

Las primeras investigaciones han revelado que el doctor subió a un automóvil y se alejó en dirección a la Concorde.

En nuestra segunda edición pondremos a nuestros lectores al corriente de esa increíble aventura.

Por increíble que fuese, la aventura era verídica. Por lo demás, el desenlace no tardaría, y el *Grand Journal*, al tiempo que la confirmaba en su edición del mediodía, anunciaba en breves palabras el golpe teatral que la terminaba.

FIN DE LA HISTORIA
y comienzo de las suposiciones

Esta mañana, a las nueve, el doctor Delattre fue llevado ante la puerta del número 78 de la calle Duret por un automóvil que se alejó rápidamente. El número 78 de la calle Duret no es otro que la propia clínica del doctor Delattre, a la cual él llega todas las mañanas a esa misma hora.

Cuando nos presentamos allí, el doctor estaba en conferencia con el jefe de la Sûreté; sin embargo, aceptó recibirnos.

«Todo lo que puedo decir», respondió, «es que fui tratado con las mayores consideraciones. Mis tres acompañantes son las personas más encantadoras que conozco, de una cortesía exquisita, espirituales y buenos conversadores, cosa que no era para desdeñar, dado lo largo que fue el viaje».

«¿Cuánto tiempo duró?».

«Unas cuatro horas».

«¿Y cuál fue el objeto de ese viaje?».

«Fui llevado a la cabecera de un enfermo cuyo estado precisaba de una intervención quirúrgica inmediata».

«¿Y esa operación salió bien?».

«Sí, pero las consecuencias son de temer. Aquí, yo respondería del paciente. Pero allí... en las condiciones en que se encuentra...».

«¿Malas condiciones?».

«Detestables... Una habitación de una posada... y la imposibilidad, podría decir que absoluta, de recibir cuidados».

«Entonces ¿qué podría salvarle?».

«Un milagro... y además, su constitución física, de un vigor excepcional».

«¿Y no puede usted decir nada más sobre ese extraño cliente?».

«No puedo. Primero porque juré no hacerlo, y segundo porque recibí la suma de diez mil francos a beneficio de mi clínica popular. Si no guardo silencio, esa suma me será retirada.

«¡Vamos! ¿Cree usted?».

«Palabra que sí lo creo. Todas aquellas personas me parecieron extraordinariamente serias».

Estas fueron las declaraciones que hizo el doctor.

Y también hemos sabido, por otra parte, que el jefe de la Sûreté todavía no ha logrado obtener de él información más precisa sobre la operación que practicó, sobre el paciente a quien trató, ni sobre la ruta que recorrió el automóvil. Parece, por lo tanto, que no va a ser fácil averiguar la verdad.

* * *

Esa verdad que el redactor de la entrevista se confesaba incapaz de descubrir, los espíritus algo clarividentes la adivinaron con solo establecer una relación con los hechos ocurridos la víspera en el castillo de Ambrumésy, que todos los periódicos reportaron ese mismo día hasta los más mínimos detalles. Evidentemente había una coincidencia entre la desaparición del ladrón herido y el secuestro del célebre cirujano que era preciso tener en cuenta.

La investigación, por lo demás, demostró lo acertado de la hipótesis. Siguiendo la pista del seudochofer que huyó en bicicleta se comprobó que había logrado llegar al bosque de Arques, situado a unos quince kilómetros, y que desde allí, después de arrojar la bicicleta a un foso, se dirigió a la aldea de Saint-Nicolas y envió el siguiente telegrama:

> A. L. N., Oficina 45, París.
> Situación desesperada. Operación urgente.
> Enviar celebridad por nacional catorce.

La prueba era irrefutable. Avisados los cómplices de París, estos se apresuraron a adoptar sus medidas. A las diez de la noche enviaron a la celebridad por la carretera nacional catorce, que bordea el bosque de Arques y llega a Dieppe. Durante ese tiempo la banda de ladrones, ayudados por el incendio que provocaron, rescataron a su jefe y lo transportaron a una posada, en donde tuvo lugar la operación tras el arribo del doctor, a eso de las dos de la madrugada.

Sobre esto no quedó ninguna duda. En Pontoise, en Gournay, en Forges, el inspector jefe Ganimard, enviado especialmente desde París, con el inspector Folenfant, comprobó el paso de un automóvil en el curso de la noche anterior... Lo mismo en la carretera de Dieppe a Ambrumésy, y, si bien la pista del automóvil se perdía a unos dos kilómetros del castillo, cuando menos se observaban numerosos vestigios de su paso entre la pequeña puerta del jardín y las ruinas del claustro. Además, Ganimard hizo la observación de que la cerradura de la puerta había sido violentada.

Así pues, todo se explicaba. Faltaba por determinar cuál era la posada que mencionaba el doctor. Tarea fácil para un Ganimard, husmeador, paciente y perro viejo en la policía. No había tantas, así que esta, dado el estado del herido, tendría que estar en las inmediaciones de Ambrumésy. Ganimard y el brigadier se pusieron manos a la obra. A quinientos metros, mil metros, cinco mil metros a la redonda, visitaron y registraron todo cuanto podía pasar por ser una posada. Pero, contra todo pronóstico, el moribundo se obstinó en permanecer invisible.

Ganimard se empeñó. Regresó al castillo para pasar allí la noche del sábado y continuar con su investigación personal el domingo. Mas el domingo por la mañana se enteró de que una ronda de gendarmes había visto esa misma noche una silueta que se deslizaba por el camino hondo en el exterior de los muros. ¿Era un cómplice que había venido a ver de qué se enteraba? ¿Se podría suponer que el jefe de la banda seguía en el claustro o en las inmediaciones de este?

Por la noche, Ganimard dirigió abiertamente la escuadra de gendarmes por el lado de la granja y tanto él como Folenfant se situaron fuera de los muros, cerca de la puerta.

Un poco antes de medianoche vieron salir del bosque a un individuo, se escurrió entre ellos, cruzó el umbral de la puerta y penetró en el jardín. Durante tres horas lo vieron que caminaba de manera errática por entre las ruinas, se agachaba, escalaba los viejos pilares y a ratos se quedaba inmóvil. Finalmente se acercó a la puerta y volvió a pasar entre los dos inspectores.

Ganimard lo agarró por el cuello, mientras Folenfant lo sujetaba por el cuerpo. No opuso resistencia y se dejó esposar y conducir al castillo con la mayor docilidad del mundo. Pero cuando quisieron interrogarlo, les contestó que no tenía nada que hablar con ellos y que esperaría a la llegada del juez de instrucción.

Entonces lo amarraron con fuerza al pie de una cama en una de las habitaciones contiguas a la que ellos ocupaban.

El lunes por la mañana, a las nueve, en cuanto llegó M. Filleul, Ganimard le informó sobre la captura realizada. A continuación hicieron bajar al prisionero. Era Isidore Beautrelet.

—¡El señor Isidore Beautrelet! —exclamó M. Filleul, dando la impresión de sentirse encantado y tendiéndole las manos al recién llegado—. ¡Qué magnífica sorpresa! ¡Nuestro excelente detective aficionado aquí... y a nuestra disposición!... ¡Esta es una suerte inesperada! Señor inspector, permítame que le presente a M. Beautrelet, alumno de retórica del Liceo Janson-de-Sailly.

Ganimard parecía un tanto desconcertado. Isidore lo saludó en voz muy baja, como a un colega cuyo valor se aprecia, y volviéndose hacia M. Filleul, dijo:

—Parece, señor juez de instrucción, que ha recibido buenos informes sobre mí.

—¡Perfectos! Primero, usted estaba, en efecto, en Veules-les-Roses en el momento en que la señorita De Saint-Véran creyó haberlo visto en el camino hondo. Estableceremos, no lo dudo, la identidad de su doble. Además, usted es efectivamente Isidore Beautrelet, alumno de retórica, y hasta un excelente alumno, trabajador y de conducta ejemplar. Como su padre vive en la provincia, usted sale una vez por mes a casa de M. Bernod, el corresponsal de aquel, quien no escatima elogios hacia usted.

—De suerte que...

—De suerte que está usted libre.

—¿Absolutamente libre?

—Absolutamente. ¡Ah!, sin embargo, pongo una pequeñísima condición. Usted comprende que yo no puedo poner en libertad a un caballero que administra narcóticos, que se evade por las ventanas y al que luego detienen en flagrante delito de vagabundeo dentro de propiedades privadas... ¡que no puedo hacerlo sin una compensación!

—¿Cuál?

—¡Y bien! Reanudaremos nuestra interrumpida conversación y usted me dirá dónde está en sus investigaciones... En dos días de libertad debe haber llegado muy lejos.

Y como Ganimard se disponía a marcharse, demostrando desdén hacia este tipo de ejercicios, el juez exclamó:

—No, no se retire, señor inspector, su lugar está aquí... Le aseguro que vale la pena que escuche lo que M. Isidore Beautrelet nos va a decir. Según mis informes, M. Beautrelet tiene fama en el Liceo Janson-de-Sailly de ser un observador al cual nada le pasa inadvertido y, según sus condiscípulos, es un emulador, algo así como el rival de Herlock Sholmes.

—¿De veras? —exclamó Ganimard con ironía.

—Exactamente. Uno de ellos me escribió: «Si Beautrelet dice que sabe algo, debe creerle, ya que sin duda lo que diga será la expresión exacta de la verdad». Señor Isidore Beautrelet, este es el momento preciso para justificar la confianza que sus compañeros tienen en usted. Se lo ruego, denos la expresión exacta de la verdad.

Isidore, que escuchaba con una sonrisa en los labios, dijo:

—Señor juez de instrucción, usted es cruel; se burla de unos pobres colegiales que se divierten como pueden. Por lo demás, tiene usted razón, y yo no le daré más motivos para burlarse de mí.

—Lo que ocurre es que usted no sabe nada, señor Isidore Beautrelet.

—Confieso muy humildemente que, en efecto, no sé nada. Porque no llamo «saber algo» a descubrir tres o cuatro puntos más precisos que, por lo demás, estoy seguro de que a usted tampoco se le han escapado.

—¿Por ejemplo?

—Por ejemplo, el objeto del robo.

—¡Ah!; decididamente, ¿conoce el objeto del robo?

—Igual que usted, no lo dudo. Fue incluso lo primero que investigué, esta fue la tarea que me parecía más fácil.

—¿Más fácil, de veras?

—¡Dios mío! Sí. Es una cuestión de razonamiento, cuando mucho.

—¿Nada más?

—Nada más.

—¿Y ese razonamiento es...?

—Helo aquí, despojado de todo comentario. Por una parte, *ha habido robo*, puesto que esas dos señoritas están de acuerdo en que ellas realmente vieron a dos hombres que huían llevándose objetos.

—Sí, ha habido robo.

—Y, por otra parte, *nada ha desaparecido,* como lo afirma M. De Gesvres, y él está en mejor posición que nadie para saberlo.

—No ha desaparecido nada.

—En vista de que las dos afirmaciones, que ha habido robo y que nada ha desaparecido, son ciertas, es inevitable concluir que es así porque el objeto que sustrajeron fue sustituido por otro idéntico. Me apresuro a señalar que es posible que este razonamiento no sea ratificado por los hechos. Pero yo pretendo que es el primero que debemos plantearnos y que no hay por qué descartarlo sin antes someterlo a un examen riguroso.

—En efecto... en efecto... —murmuró el juez de instrucción, visiblemente interesado.

—Ahora bien —continuó Isidore—, ¿qué había en ese salón que pudiera atraer la codicia de los ladrones? Dos cosas.

Primero, los tapices. No puede ser eso. Un tapiz antiguo no se puede imitar y la superchería hubiera saltado a la vista. Quedan los cuatro Rubens.

—¿Qué dice usted?

—Digo que los cuatro Rubens que están colgados en esa pared son falsos.

—¡Imposible!

—Son falsos, *a priori*, fatalmente y sin apelación.

—Le repito que eso es imposible.

—Muy pronto hará un año, señor juez de instrucción, que vino al castillo de Ambrumésy un joven que se hacía llamar Charpenais y quien pidió permiso para copiar los cuadros de Rubens. M. De Gesvres le concedió el permiso y desde entonces, cada día, durante cinco meses, de la mañana a la noche, Charpenais trabajaba en este salón. Son las copias que él hizo, marcos y telas, las que tomaron el lugar de los cuatro grandes cuadros originales legados a M. De Gesvres por su tío, el marqués de Bobadilla.

—¿Tiene pruebas?

—No las tengo. Pero tampoco tengo ninguna duda de que estos cuadros son falsificaciones, tanto que ni siquiera creo que sea necesario examinarlos.

M. Filleul y Ganimard se miraron sin disimular su sorpresa. El inspector dejó de pensar en retirarse. Por fin, el juez de instrucción murmuró:

—Necesitamos la opinión de M. De Gesvres.

Ganimard aprobó.

—Necesitamos su opinión.

Y dieron orden de rogarle al conde que viniera al salón.

Era una verdadera victoria lograda por el joven retórico. Obligar a dos hombres del oficio, a dos profesionales como Filleul y Ganimard, a tomar en cuenta sus hipótesis, constituía un homenaje del que cualquier otro se habría enorgullecido.

Pero Beautrelet parecía insensible a esas pequeñas satisfacciones del amor propio y, siempre sonriente, sin la menor ironía, esperaba.

M. De Gesvres entró.

—Señor conde —le dijo el juez de instrucción—, la continuación de nuestras investigaciones nos pone de frente con una eventualidad completamente imprevista y que sometemos a usted con toda clase de reservas... Pudiera ser... digo... pudiera ser... que los ladrones, al penetrar aquí, hayan tenido por objeto el robar sus cuatro Rubens o, cuando menos, sustituirlos por cuatro copias... copias que habría ejecutado hace un año un pintor de nombre Charpenais. ¿Quiere usted examinar esos cuadros y decirnos si los reconoce como auténticos?

El conde pareció dominar un movimiento de contrariedad, observó a Beautrelet, luego a Filleul, y respondió, sin siquiera tomarse la molestia de acercarse a los cuadros:

—Esperaba, señor juez de instrucción, que no se descubriera la verdad. Pero ya que no sucedió así, no dudo en declarar: esos cuatro cuadros son falsos.

—¿Entonces ya lo sabía?

—Desde el primer momento.

—¿Y por qué no lo dijo?

—El poseedor de un objeto nunca tiene prisa por decir que ese objeto no es... o que ha dejado de ser auténtico.

—Sin embargo, era el único medio de recuperarlos.

—Había otro mejor.

—¿Cuál?

—El de no desentrañar el secreto, el no espantar a los ladrones y proponerles la recompra de unos cuadros que de otra manera se les va a complicar venderlos.

—¿Y cómo se comunicaría con ellos?

El conde no respondió. Fue Isidore quien lo hizo:

—Publicando una nota en los periódicos. Esta pequeña nota, publicada por Le Journal y Le Matin, diría lo siguiente: «Estoy dispuesto a comprar los cuadros».

El conde aprobó con un movimiento de cabeza. Una vez más el joven superaba a sus mayores.

M. Filleul actuó como un buen jugador.

—Decididamente, estimado señor, comienzo a creer que sus compañeros no están tan equivocados. ¡Diablos!, ¡qué vista! ¡Qué intuición! Si las cosas continúan así, Ganimard y yo ya no tendremos nada que hacer.

—¡Oh!, nada de eso era tan complicado de resolver.

—¿Quiere decir que lo que falta sí lo es? Yo recuerdo, en efecto, que la primera vez que nos vimos usted me dio la impresión de saber mucho mas. Veamos, si no mal recuerdo, usted dijo que sabía el nombre del asesino.

—En efecto, lo dije.

—¿Quién, entonces, mató a Jean Daval? ¿Y el asesino, aún vive? ¿Dónde se oculta?

—Creo que hay un malentendido entre nosotros, señor juez, o, mejor dicho, entre usted y la realidad de los hechos, y esto desde un principio. El asesino y el fugitivo son dos personas distintas.

—¿Qué está diciendo? —exclamó M. Filleul—. El hombre que M. De Gesvres vio en el salón, y contra el cual luchó... el hombre que vieron las señoritas, y contra el cual disparó la señorita De Saint-Véran... el hombre que cayó en el jardín y que nosotros buscamos... ¿no es el mismo que mató a Jean Daval?

—No.

—¿Descubrió usted las huellas de un tercer cómplice que desapareció antes de que llegaran las señoritas?

—No.

—Entonces, no comprendo nada... ¿Quién es, entonces, el asesino de Jean Daval?

—Quien lo asesinó es...

Beautrelet se detuvo, se quedó pensativo unos instantes y luego prosiguió:

—Antes de decírselo necesito mostrarle el camino que seguí para llegar a esta conclusión, y las razones por las que se cometió el crimen... De lo contrario, mi acusación les parecería monstruosa... Y no lo es... no, no lo es... Hay un detalle que todos pasaron por alto y que, sin embargo, es muy importante, y es que Jean Daval, en el momento de ser atacado estaba vestido y calzado como lo estaría en pleno día, pero el crimen fue cometido a las cuatro de la madrugada.

—Ya hice esa observación —dijo el juez—. M. De Gesvres me respondió que Daval pasaba parte de las noches trabajando.

—Los criados dicen lo contrario, según ellos regularmente se acostaba muy temprano. Pero admitamos que estaba levantado: ¿por qué su cama estaba deshecha como para hacer creer que estaba acostado? Y si estaba acostado, ¿por qué se tomó el trabajo de vestirse de pies a cabeza al escuchar ruidos, en lugar de vestirse solo con lo elemental para salir con rapidez? Yo visité su cuarto el primer día, mientras los demás almorzaban, y vi que sus pantuflas estaban al pie de la cama. ¿Por qué no se las puso en vez de las pesadas botas con herrajes?

—Hasta aquí no veo...

—Hasta aquí, en efecto, usted no puede ver sino anomalías. Sin embargo, me han parecido mucho más sospechosas cuando supe que fue el propio Daval quien le presentó al conde al pintor Charpenais, el copista de los Rubens.

—¿Y bien?

—Y bien, de ahí a concluir que Jean Daval y Charpenais eran cómplices no hay más que un paso, y yo lo di la ocasión en que conversamos.

—Se apresuró un poco, me parece.

—En efecto, hacía falta una prueba material. Ahora bien, cuando estuve en la habitación de Daval, descubrí, en una de las hojas de su libreta, que tenía anotada una dirección, la cual, por lo demás, sigue allí. Calcado a la inversa se puede leer un texto que dice: *Señor A. L. N., oficina 45, París*. Al día siguiente se descubrió que el telegrama que el seudochofer envió desde Saint-Nicolas llevaba esta misma dirección, *A. L. N., oficina 45*. Esta es la prueba material. Jean Daval se comunicaba por escrito con la banda que organizó el robo de los cuadros.

M. Filleul no opuso objeción alguna. Dijo:

—Bien. La complicidad queda demostrada. ¿Y de eso usted concluye que…?

—En primer lugar, que no fue el fugitivo quien mató a Jean Daval, puesto que eran cómplices.

—¿Entonces?

—Señor juez de instrucción, recuerde la primera frase que pronunció M. De Gesvres cuando recuperó el conocimiento. La frase, según la repitió la señorita De Gesvres, figura en las declaraciones: «Yo no estoy herido. ¿Y Daval?… ¿está vivo?… ¿y el cuchillo?». Ahora relaciónela con la otra parte de su relato, que también está consignada en las declaraciones, en la cual M. De Gesvres narra la forma en que fue agredido: «El hombre se me abalanzó y me noqueó de un puñetazo en la nuca». Si estaba desmayado en el momento en que atacaron a Daval, ¿cómo supo, cuando volvió en sí, que lo hirieron con un cuchillo?

Beautrelet continuó, sin esperar que respondieran a su pregunta. Al parecer tenía prisa por hacerlo él mismo y zanjar de inmediato todo comentario.

—Por consiguiente, de todo esto se puede concluir que quien condujo a los tres ladrones hasta el salón fue Jean Daval. Que mientras estaba con ellos escuchó ruido en el *boudoir*. Entonces fue a abrir la puerta y, al reconocer a M. De

Gesvres, se abalanzó contra él armado de un cuchillo; sin embargo, este se lo arrebató y se lo clavó antes de caer derribado por el puñetazo que le propinó el individuo a quien las dos jóvenes vieron salir unos minutos después.

De nuevo M. Filleul y el inspector se miraron. Ganimard agachó la cabeza con aire desconcertado. El juez, dirigiéndose a M. De Gesvres, dijo:

—Señor conde, ¿debo creer en la veracidad de esta versión?...

M. De Gesvres no respondió:

—Veamos, señor conde, su silencio nos permitiría suponer...

Muy claramente, M. De Gesvres manifestó:

—Esa versión es veraz en todos sus puntos.

El juez se sobresaltó:

—Entonces no comprendo por qué indujo a la autoridad al error. ¿Para qué disimular, si usted actuó en legítima defensa y estaba en su derecho?

—Daval llevaba veinte años trabajando conmigo —dijo M. De Gesvres—. Yo confiaba en él. Por eso, aunque me traicionó tentado por no sé qué, cuando menos quería impedir, en recuerdo del pasado, que todos se enteraran de su traición.

—Es de comprender, pero usted debía...

—No comparto su opinión, señor juez de instrucción. Desde el momento en que no se estaba acusando a ningún inocente por ese crimen, creí que estaba en mi derecho de no acusar a quien era culpable y víctima a la vez. Ya estaba muerto y consideré que la muerte era suficiente castigo.

—Pero ahora que se sabe la verdad, señor conde, usted puede hablar.

—Sí. Aquí están dos paquetes de cartas que él les escribió a sus cómplices. Yo las encontré en su portafolios unos minutos después de su muerte.

—¿Y cuál fue el motivo del robo?

—Vaya a Dieppe, en el 18 de la calle de la Barre vive una tal Madame Verdier. Daval robó para satisfacer las necesidades de dinero de esta mujer, a la que conoció hace dos años.

Así quedó todo aclarado. Las razones del drama salieron de las sombras y poco a poco empezaron a revelarse.

—Continuemos —dijo M. Filleul, después de que el conde se retiró.

—Les doy mi palabra —dijo alegremente Beautrelet— de que estoy casi al final de mi rollo.

—Pero ¿y el fugitivo, el herido, en dónde está?

—En cuanto a eso, señor juez de instrucción, usted sabe tanto como yo... Usted siguió sus pasos sobre la hierba del claustro... usted sabe...

—Sí, yo sé...; pero después lo rescataron, y lo que yo quisiera es obtener más información sobre esa posada.

Isidore Beautrelet rompió a reír.

—¡La posada! ¡La posada no existe! Fue un truco para despistar a la policía... un truco ingenioso, puesto que dio resultado.

—Sin embargo, el doctor Delattre afirma...

—Exacto —exclamó Beautrelet con tono de convicción—. Es por eso precisamente que no hay que creer en lo que dice. ¡Cómo! ¡El doctor Delattre no ha querido dar más que los detalles más vagos respecto a toda su aventura!... ¿será porque no quiere decir nada que comprometa la seguridad de su cliente?... Y entonces, de pronto llama la atención sobre una posada. Pero puede usted estar seguro de que si habló de una posada es porque así se lo ordenaron. Tenga la seguridad de que fue obligado, bajo amenazas de terribles represalias contra él y su familia, a contarnos esa historia. El doctor tiene una esposa y una hija a las que quiere demasiado como para desobedecer a unas personas que le dejaron muy claro que tienen el poder de hacerles daño, es por ello que siguió sus indicaciones al pie de la letra.

—Tanto, que no hemos podido encontrar la posada.

—Tanto, que seguimos buscándola a pesar de que es evidente que no existe y que solo nos habló de ella para desviar nuestra atención del único lugar en donde el hombre puede estar escondido... ese misterioso lugar en el que se metió, como una bestia dentro de su madriguera, desde el instante en que fue herido por la señorita De Saint-Véran, y del cual no ha salido desde entonces, el que no ha podido abandonar.

—Pero ¿dónde está ese lugar, maldita sea?...

—En las ruinas de la vieja abadía.

—Pero ¡si ya no existen ruinas! ¡Lo único que hay son algunos trozos de pared! ¡Algunas columnas!

—¡Pues allí es donde se escondió, señor juez de instrucción! —exclamó Beautrelet con energía—. ¡Es allí donde debe concentrarse la búsqueda! Es allí y no en otra parte donde van a encontrar a Arsène Lupin.

—¡Arsène Lupin! —exclamó Filleul, dando un salto.

Hubo un silencio un tanto solemne en el cual se prolongaron las sílabas del famoso nombre. Arsène Lupin, el gran aventurero, el rey de los ladrones... ¿sería posible que fuese él el adversario vencido, pero invisible, contra quien habían estado luchando en vano desde hacía varios días? ¡Y para el juez de instrucción capturar a Arsène Lupin constituía el ascenso inmediato, la fortuna, la gloria!

Ganimard estaba impasible. Isidore le dijo:

—Usted está de acuerdo conmigo, ¿verdad, señor inspector?

—¡Caray!

—Usted tampoco tiene ninguna duda de que fue él quien organizó este asunto, ¿no es así?

—¡No hay lugar a dudas! Tiene su firma. Un golpe de Lupin difiere de otro golpe como un rostro de otro. Basta con abrir los ojos.

—Usted cree... usted cree... —repetía Filleul.

—¡Que si lo creo...! —exclamó el joven—. Observe solo este pequeño hecho: ¿qué iniciales usaban los delincuentes para comunicarse entre sí? A. L. N., o sea la primera letra del nombre de Arsène y la primera y última del nombre Lupin.

—¡Ah! —exclamó Ganimard—. Nada se le escapa. Es usted un tipo duro —dijo mientras bajaba los brazos y le extendía la mano a Beautrelet, quien se la estrechó con la cara roja de satisfacción.

Los tres hombres se habían acercado al balcón y sus miradas se dirigían al campo de las ruinas. Filleul murmuró:

—Entonces, ¿estará allí?

—*Está allí* —dijo Beautrelet con voz sorda—. He estado allí desde el mismo instante en que cayó herido. Es lógico suponer que no pudo escapar de allí sin ser visto por la señorita De Saint-Véran y sus dos criados.

—¿Qué prueba tiene de eso?

—La que nos dieron sus cómplices: esa misma mañana, uno de ellos se disfrazó de chofer y le condujo a usted aquí...

—Para recoger la gorra, el elemento de identificación...

—Sí, digamos que vino para eso, pero también, y sobre todo, para poder entrar y ver por sí mismo lo que le ocurrió a su jefe.

—¿Y se dio cuenta de lo que le pasó?

—Supongo que sí, puesto que sabe en dónde está su escondrijo. Y supongo también que se dio cuenta del estado desesperado en el que está su jefe, pues su inquietud lo impulsó a cometer la imprudencia de escribir la nota con esta amenaza: «*Ay de la señorita si ha matado al patrón*».

—Pero quizá después sus amigos lo rescataron.

—¿Cuándo podrían haberlo hecho? Sus hombres no se han apartado de las ruinas. Y además ¿cómo y a dónde podrían haberlo transportado? Podrían moverlo cuando mucho, a unos centenares de metros de distancia, porque un moribundo no puede viajar... y si lo hubiera hecho ya habría sido encontrado. No, se lo aseguro; él sigue allí. Sus amigos jamás le hubieran sacado del más seguro de los refugios. Fue allí donde llevaron al doctor, mientras los gendarmes, a quienes engañaron como a unos niños, acudían a apagar el incendio.

—Pero entonces ¿cómo está sobreviviendo? Para vivir hacen falta alimentos... agua...

—Esa respuesta no la tengo... no la sé... pero él está allí, se lo juro. Está allí, porque no hay manera de que no esté. Estoy seguro, como si lo estuviera viendo y tocando. Está allí.

Con el dedo apuntando hacia las ruinas dibujaba en el aire un pequeño círculo que disminuía poco a poco de tamaño hasta no ser ya más que un punto, sobre el cual los dos acompañantes de Beautrelet, emocionados por la misma fe que le animaba a él, y temblorosos por la ardiente convicción con la que les hablaba, estaban inclinados buscando tenazmente, tratando de encontrar al herido. Y sí, Arsène Lupin estaba allí. En teoría y en los hechos estaba allí, y ni uno ni otro podían ya dudarlo.

Y había algo de impresionante y de trágico en saber que, en algún refugio tenebroso, en el suelo, sin socorro, febril y agotado, yacía el célebre aventurero.

—¿Y si muere? —dijo Filleul en voz baja.

—Si eso pasa —dijo Beautrelet—, va a tener que velar por la seguridad de la señorita De Saint-Véran, señor juez, porque, una vez que sus cómplices tengan la certeza de que ha muerto, su venganza será terrible.

Unos minutos más tarde, y a pesar de las instancias de M. Filleul, quien con gusto hubiera contratado a este prestigioso auxiliar, Beautrelet, cuyas vacaciones expiraron ese mismo día, retomó el camino hacia Dieppe. Llegó a París a las cinco de la tarde y a las ocho estaba entrando, al mismo tiempo que sus condiscípulos, por la puerta del Liceo Janson.

Ganimard, después de una minuciosa e inútil exploración de las ruinas de Ambrumésy, regresó a su casa en el tren rápido de la noche. Al llegar encontró una carta de Isidore Beautrelet que decía lo siguiente:

Señor inspector: Disponiendo de algún tiempo al final de la jornada pude reunir alguna información complementaria que creo le va a interesar. Averigüé que Arsène Lupin vive desde hace un año en París, bajo el nombre de Etienne de Vaudreix. Estoy seguro de que usted ha leído ese nombre a menudo en las crónicas sociales y en los suplementos deportivos. El hombre, que dice ser un gran viajero, se ausenta por largos periodos durante los cuales, según dice, va a la caza de tigres de Bengala o de zorros azules en Siberia. Hace creer que se ocupa de sus negocios, sin precisar de qué se tratan estos.

Su domicilio actual es: 36, calle Marbeuf. (Le ruego que observe que la calle Marbeuf está cerca de la oficina postal número 45, y también que se dejó de tener noticias de Etienne de Vaudreix desde el jueves 23 de abril, un día antes de que Ambrumésy fuera invadida por intrusos).

Reciba, señor inspector, con toda mi gratitud por la benevolencia con la que me ha tratado, la seguridad de mis mejores sentimientos.

ISIDORE BEAUTRELET

P. D.: Sobre todo, no crea que me fue muy difícil obtener esta información. La misma mañana del crimen, cuando M. Filleul daba instrucciones a algunos privilegiados, yo tuve la feliz inspiración de examinar la gorra del fugitivo antes de que fuera cambiada por el seudochofer. Como usted comprenderá, me bastó con localizar al sombrerero para averiguar el nombre del comprador de la gorra y su domicilio.

Al día siguiente, por la mañana, Ganimard se presentó en el número 36 de la calle Marbeuf. Tras interrogar a la portera, hizo que le abriera la vivienda de la derecha, de la planta baja, en donde lo único que descubrió fueron cenizas en la chimenea. Por lo visto, cuatro días antes dos de los delincuentes estuvieron allí para quemar todos los papeles comprometedores. Pero cuando ya iba de salida, Ganimard se encontró con el cartero, que llevaba una carta para M. De Vaudreix. Al mediodía la policía confiscó la carta. Estaba sellada en Estados Unidos y contenía estas líneas escritas en inglés:

> Señor: Le confirmo la respuesta que le di a su agente. Le pido también que en cuanto tenga en su poder los cuatro cuadros de M. De Gesvres, me los envíe por el medio convenido, junto con el resto de objetos, si logra conseguirlos, lo cual dudo mucho.
>
> Un asunto imprevisto me obliga a partir, pero estaré de regreso al mismo tiempo que usted reciba esta carta. Me encontrará usted en el Grand-Hotel.
>
> HARLINGTON

Ese mismo día, Ganimard, provisto de una orden de arresto, llevó a la prisión central a M. Harlington, ciudadano estadounidense, acusado de complicidad en el robo y encubrimiento.

Fue así como, en el espacio de veinticuatro horas, gracias a las indicaciones verdaderamente inesperadas de un muchacho de diecisiete años, todos los nudos de la intriga se desanudaron. En veinticuatro horas aquello que resultaba inexplicable se volvió sencillo y claro. En veinticuatro horas el plan de los cómplices para salvar a su jefe estaba desbaratado y la captura de Arsène Lupin, herido, moribundo, no era motivo de duda; su banda estaba desorganizada, se conocía su guarida en París, la máscara con la que se cubría y, por primera vez, se frustraba uno de sus golpes más hábiles y más largamente estudiados antes de conseguir su completa ejecución.

El público aclamaba a Beautrelet lleno de asombro, admiración y curiosidad. El periodista de *Rouen*, en un artículo muy logrado, ya había relatado el primer interrogatorio del joven retórico, poniendo en primer plano su gracia, su ingenuo encanto y su tranquila firmeza. Las indiscreciones a que Ganimard y Filleul se entregaron a pesar suyo, arrastrados por un impulso más fuerte que su orgullo profesional, iluminaron al público sobre el papel que desempeñó Beautrelet en el curso de los últimos acontecimientos. Consideraban que él solo lo había hecho todo y que solo a él le correspondía todo el mérito de la victoria.

Fue apasionante. De la noche a la mañana, Isidore Beautrelet se convirtió en un héroe, y la multitud, súbitamente exaltada, exigió los más amplios detalles sobre su nuevo favorito. Los reporteros estaban allí. Se precipitaron al asalto del Liceo Janson-de-Sailly, acecharon a los alumnos externos al salir de las clases y recogieron toda la información concerniente, cercana o lejana, al referido Beautrelet; y así fue como se supo la reputación de que gozaba entre sus compañeros aquel joven a quien llamaban el Rival de Herlock Sholmes. Por razonamiento, por lógica y sin más datos que los que leía en los periódicos, en diversas ocasiones había dicho que tenía la solución para asuntos complicados que a la propia policía le tomaría mucho más tiempo aclarar.

En el Liceo Janson se había convertido en un entretenimiento hacerle a Beautrelet preguntas difíciles, plantearle problemas indescifrables y maravillarse de ver la certeza de análisis y las ingeniosas deducciones mediante las cuales se internaba en las tinieblas más espesas. Diez días antes de la detención del tendero Jorisse, él ya indicaba el papel que desempeñaría el famoso paraguas. Asimismo, desde el principio afirmó, en relación con el drama de Saint-Cloud, que el único asesino posible era el conserje.

Pero lo más curioso fue el opúsculo firmado por él, impreso en máquina de escribir y con una tirada de diez ejemplares, que empezó a circular entre los alumnos del liceo.Llevaba como título: *Arsène Lupin, sus métodos, en qué es clásico y en qué es original*, seguido por un texto que fluctuaba entre el humor inglés y la ironía francesa.

Era un estudio profundo de cada una de las aventuras de Lupin, donde los procedimientos del ilustre ladrón aparecían con extraordinario relieve, donde se mostraban los mecanismos de sus acciones, su táctica tan especial, sus cartas a los periódicos, sus amenazas, el anuncio de sus robos y, en resumen, el conjunto de artimañas que, con el fin de poner a la víctima elegida en tal estado mental que casi se ofrecía al golpe preparado contra ella, empleaba para «*cocinarla*», de tal manera que todo se efectuaba, por así decirlo, con su consentimiento.

El texto era una crítica exacta, penetrante y vívida, y de una ironía tan ingenua y a la vez tan cruel, que los amantes del humor se pusieron de su parte inmediatamente, la simpatía de las multitudes se volvió sin transición de Lupin hacia Isidore Beautrelet, y en la lucha que se entabló entre ellos se proclamó por adelantado la victoria del joven retórico.

En todo caso, tanto M. Filleul como la Fiscalía de París parecían celosos de reservarle una oportunidad a esa victoria. Por una parte, en efecto, aún no habían logrado establecer la identidad del señor Harlington ni presentar una prueba concluyente de que pertenecía a la banda de Lupin. Entretanto él, fuera o no cómplice, callaba obstinadamente. Y lo que es más, después del examen de su escritura ya no se atrevían a afirmar que él escribió la carta interceptada. Un señor llamado Harlington, provisto de una maleta y de una cartera llena de billetes de banco, se había alojado en el Grand-Hotel: eso era todo lo que podían afirmar.

Por otra parte, en Dieppe, M. Filleul seguía en el mismo lugar en el que lo dejó Beautrelet antes de irse. No había avanzado ni un solo paso. Aún seguía en el misterio quién era el individuo a quien la señorita De Saint-Véran vio la víspera del crimen y confundió con Beautrelet. Y en la misma situación estaba todo lo concerniente al robo de los cuatro Rubens. ¿Qué pasó con los cuadros? ¿Y qué camino siguió el automóvil en el que supuestamente se los llevaron durante la noche?

Se encontraron pruebas de que pasó por Luneray, Yerville e Yvetot, así como por Caudebec-en-Caux, donde tuvo que cruzar el Sena al amanecer en el barco de vapor. Pero cuando se profundizó en la investigación resultó que el automóvil era descapotable y que habría sido imposible usarlo para transportar los cuatro grandes cuadros sin que los vieran los empleados del barco. Muy probablemente era el mismo auto, pero el enigma respecto a lo que había pasado con los cuatro Rubens seguía sin resolverse.

M. Filleul seguía sin encontrar la respuesta para todos esos problemas. Él dirigía personalmente, casi todos los días, las exploraciones que ordenaba efectuar a sus subordinados en el terreno cuadrado en donde estaban las ruinas. Lo registraban una y otra vez, pero de allí a descubrir el lugar en el que Lupin agonizaba —si lo que Beautrelet decía era cierto— había un abismo, que el excelente magistrado parecía no poder franquear.

También era natural que recurriera de nuevo a Isidore Beautrelet, puesto que nadie, aparte de él, había logrado penetrar las tinieblas que rodeaban a este caso y las cuales se habían vuelto más intensas e impenetrables. ¿Por qué no se esforzaba un poco más para resolver este asunto? Estaba en un punto en que bastaría un poco de esfuerzo de su parte para encontrar la solución.

Eso fue lo que le preguntó a Beautrelet un redactor del *Grand Journal* que consiguió introducirse en el Liceo Janson haciéndose pasar por alguien llamado Bernod, que era un corresponsal de su padre. Isidore, muy sagazmente, le respondió:

—Querido señor: en este mundo no todo es Lupin, hay más que historias de ladrones y detectives, también existe esta realidad que se llama bachillerato. Estamos en mayo y tengo que presentar exámenes en julio, no puedo distraerme porque no quiero fracasar. ¿Qué diría mi padre?

—Pero ¿y qué diría si usted le entregara a la justicia a Arsène Lupin?

—¡Bah! Hay tiempo para todo. En las próximas vacaciones...

—¿Las de Pentecostés?

—Sí. Me marcharé el sábado seis de junio en el primer tren.

—Y la noche de ese sábado Lupin será detenido...

—¿Me daría hasta el domingo? —preguntó Beautrelet, riendo.

Todo el mundo experimentaba, en relación con el joven, esa confianza inexplicable, nacida ayer y ya tan fuerte, aun cuando en realidad los acontecimientos la justificaran solo hasta cierto punto. ¡Pero eso no importaba! Confiaban en él porque para él nada parecía difícil. Esperaban de él lo que hubieran podido esperar de alguien con poderes de clarividencia e intuición, de experiencia y de habilidad. ¡El 6 de junio! Todos los periódicos señalaron esta fecha como el día en que Isidore Beautrelet tomaría el rápido de Dieppe y, por la noche, le diría a la policía el lugar en donde podría arrestar a Arsène Lupin.

—A menos que de aquí a esa fecha se escape... —objetaron los que seguían siendo partidarios del aventurero Lupin.

—¡Imposible! Todas las salidas están vigiladas.

—A menos entonces que haya sucumbido a sus heridas

—prosiguieron los partisanos, que hubieran preferido la muerte antes que la captura de su héroe.

Y la respuesta era inmediata:

—Vamos, si Lupin estuviera muerto, sus cómplices lo sabrían y ya se habrían vengado, como dijo Beautrelet.

Y llegó el 6 de junio. Media docena de periodistas esperaban a Isidore en la estación Saint-Lazare. Dos de ellos querían acompañarlo en su viaje, pero él les suplicó que no lo hicieran.

Los convenció y se marchó solo. El compartimiento del tren que ocupó estaba vacío. Como estaba muy cansado por la serie de noches que se consagró al trabajo, no tardó en ser vencido por un sueño pesado. Y en sueños tuvo la impresión de que el tren se detenía en diversas estaciones y que subían y bajaban personas. Cuando se despertó, ya en Rouen, aún estaba solo, pero de inmediato vio la cartulina que alguien dejó sujeta con un alfiler al paño gris con el que estaba tapizado el respaldo del asiento de enfrente. Contenía estas palabras: «Cada cual a sus negocios. Ocúpese de los suyos. Si no, tanto peor para usted».

—¡Perfecto! —se dijo él, frotándose las manos—. Las cosas van mal en el campo enemigo. Esta amenaza es tan estúpida como la del seudochofer. ¡Qué mal gusto! Bien se ve que no es Lupin quien tiene la pluma.

El tren entró al túnel que precede a la vieja ciudad normanda. Al llegar a la estación, Isidore dio dos o tres vueltas por el andén para estirar las piernas. Se disponía a volver a su compartimiento cuando se le escapó un grito. Al pasar cerca de la biblioteca y voltear distraídamente la primera página de una edición especial del *Journal de Rouen*, alcanzó a leer estas breves líneas cuyo espantoso significado percibió en seguida.

Última hora. —Nos enteramos por una llamada telefónica de Dieppe de que unos malhechores entraron esta noche al castillo de Ambrumésy, ataron y amordazaron a la señorita De Gesvres y secuestraron a la señorita De Saint-Véran. Se descubrieron huellas de sangre a quinientos metros del castillo, y muy cerca de allí se encontró una pañoleta de mujer también manchada de sangre. Hay motivos para temer que la desventurada joven haya sido asesinada.

Todo el camino que faltaba para llegar a Dieppe, Isidore Beautrelet permaneció inmóvil, agachado, con los codos apoyados en las rodillas y el rostro recargado en las manos; reflexionaba. Al llegar, alquiló un auto que lo llevó hasta el umbral de Ambrumésy, en donde encontró al juez de instrucción, que le confirmó la horrible noticia.

—¿Y usted no sabe nada más? —preguntó Beautrelet.

—Nada. Acabo de llegar.

En ese mismo momento el brigadier de la gendarmería se aproximó a M. Filleul y le entregó un pedazo de papel, todo arrugado, desgarrado, amarillento, que acababa de recoger cerca del lugar en donde fue descubierta la pañoleta. M. Filleul lo examinó y luego se lo ofreció a Isidore Beautrelet, diciéndole:

—Encontré esto, aunque creo que no nos será de mucha ayuda en nuestras investigaciones.

Isidore le dio una vuelta tras otra al pedazo de papel. Cubierto de números, puntos y signos, contenía exactamente el diseño que presentamos aquí:

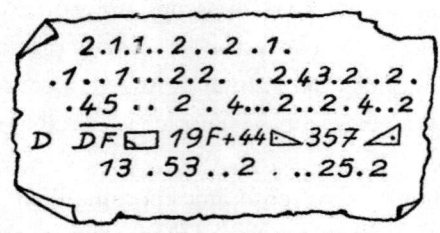

III

El cadáver

Hacia las seis de la tarde, terminadas sus labores, M. Filleul esperaba en compañía de M. Brédoux, su secretario, el coche que los llevaría de regreso a Dieppe. Parecía agitado, nervioso. Dos veces le preguntó a su asistente:

—¿No ha visto usted a Beautrelet?

—Palabra que no, señor juez.

—¿En dónde diablos estará? Nadie lo ha visto en todo el día.

De pronto tuvo una idea, le entregó a Brédoux su portafolios y corrió en torno al castillo, en dirección a las ruinas.

Cerca de la gran arcada, acostado boca abajo sobre el suelo tapizado de largas agujas de pino, con uno de los brazos doblado debajo de la cabeza, Isidore parecía dormir.

—¡Eh! ¡Qué le pasa! ¿Qué está haciendo, joven? ¿Acaso se quedó dormido?

—No estoy durmiendo, estoy reflexionando.

—De hecho de eso se trata, de reflexionar. Primero hay que ver; hay que estudiar los hechos, buscar los indicios, establecer los puntos de referencia. Después de eso, a través de la reflexión, podremos coordinar todo y descubrir la verdad.

—Sí, ya lo sé... Es el método usual... el bueno, sin duda. Pero yo tengo otro... yo reflexiono ante todo y antes que nada trato de encontrar la idea general del asunto, si se me permite expresarme así. Luego me imagino una hipótesis razonable, lógica, acorde con esa idea general. Y solo después de que hago esto examino si los hechos pueden adaptarse a mi hipótesis.

—¡Un método extraño y rudamente complicado!

—Pero es un método seguro, señor Filleul, en tanto que el suyo no lo es.

—Vamos, pues, los hechos son los hechos.

—Con adversarios cualesquiera, sí. Pero si el enemigo es un poco astuto, los hechos se convierten en aquellos que él haya escogido. Esos famosos indicios en los que usted basa su investigación pueden haber sido dispuestos por su adversario a su capricho. Y cuando se trata de un hombre como Lupin, usted ha visto los errores y disparates a los que eso puede conducirlo. El propio Sholmes cayó en la trampa.

—Arsène Lupin está muerto.

—Supongamos que es así. Pero queda su banda, y los alumnos de un maestro como él son ellos mismos maestros.

M. Filleul tomó a Isidore del brazo y, llevándolo consigo, dijo:

—Palabras, joven. He aquí lo que es más importante. Escuche bien. Ganimard está ocupado en París en estos momentos y no vendrá hasta dentro de unos días. Por otra parte, el conde de Gesvres le envió un telegrama a Herlock Sholmes, quien le prometió venir la próxima semana a ayudarlo. Joven, ¿no cree que sería glorioso que cuando esas dos celebridades llegaran les pudiéramos decir: «Lo lamentamos mucho, estimados señores, pero no los pudimos esperar y terminamos la tarea»?

Era imposible confesar su impotencia con mayor ingenio de lo que lo hacía el bueno de M. Filleul. Beautrelet contuvo una sonrisa y, fingiendo que se dejaba engañar, respondió:

—Le confesaré, señor juez de instrucción, que, si no asistí hace poco a su investigación, fue con la esperanza de que usted consentiría en comunicarme los resultados. Así que veamos qué es lo que sabe.

—Pues bien, lo que pasó fue esto. Ayer en la noche, a las once, los tres gendarmes que el brigadier Quevillon dejó en el castillo para que vigilaran recibieron un recado que supuestamente les envió él. La nota decía que se apresuraran a ir a Ouville, donde se encuentra su brigada. Montaron de inmediato en sus caballos, y cuando llegaron...

—Se dieron cuenta de que fueron engañados, que la orden era falsa y que debían regresar a Ambrumésy.

—Es lo que hicieron, bajo el mando del brigadier. Pero los maleantes aprovecharon la hora y media que estuvieron ausentes para cometer el delito.

—¿En qué condiciones lo hicieron?

—En las más sencillas. En los edificios de la granja tomaron una escalera, la cual adosaron contra el segundo piso del castillo. Una vez allí rompieron un cristal y abrieron una ventana, por la cual dos hombres provistos de una linterna penetraron en la habitación de la señorita De Gesvres, a quien amordazaron y ataron con cuerdas antes de que tuviera tiempo de tocar su timbre. Luego abrieron muy despacio la puerta de la habitación donde dormía la señorita De Saint-Véran. La señorita De Gesvres oyó un gemido ahogado y luego el ruido de una persona que luchaba. Un minuto más tarde vio que los dos hombres transportaban a su prima, que también estaba atada y amordazada. Pasaron ante ella y salieron por la ventana. Agotada y aterrorizada, la señorita De Gesvres se desvaneció.

—Pero ¿y los perros? ¿M. De Gesvres no compró dos mastines?

—Los encontraron muertos, envenenados.

—Pero ¿quién lo hizo, si nadie se les podía acercar?

—¡Eso es un misterio! El caso es que los dos hombres atravesaron las ruinas sin tropiezos y salieron por la famosa puerta pequeña. Cruzaron los matorrales, bordeando las antiguas canteras... Solo se detuvieron al llegar a quinientos metros del castillo, al pie del árbol llamado la Encina Grande... y allí ejecutaron la orden que traían.

—Pero si vinieron con la intención de matar a la señorita De Saint-Véran, ¿por qué no lo hicieron en su habitación?

—No lo sé. Quizá el incidente que los decidió a hacerlo se produjo cuando salieron del castillo. Quizá la joven consiguió desatarse. Así que, para mí, la pañoleta que recogimos fue utilizada para amarrarle las manos. En todo caso, fue al pie de la Encina Grande donde la golpearon. Las pruebas que recogimos son irrefutables...

—Pero ¿y dónde está el cadáver?

—No ha sido encontrado, lo que por lo demás no es de sorprender. La pista que seguí me llevó, en efecto, hasta la iglesia de Varengeville, que está en el antiguo cementerio suspendido en la cumbre del acantilado. Allí está el precipicio... un abismo de más de cien metros. Y abajo las rocas, el mar. En un día o dos, una marea fuerte depositará el cadáver en la arena.

—Evidentemente, todo eso resulta muy sencillo.

—Sí, todo eso es muy sencillo y nada perturbador. Lupin murió y, cuando sus cómplices se enteraron, cumplieron su amenaza de asesinar a la señorita De Saint-Véran en venganza, tal como lo habían escrito. Esos son hechos que ni siquiera necesitan comprobación. Pero ¿y el cadáver de Lupin?

—¿Lupin?

—Sí. ¿Qué pasó con él? Probablemente sus cómplices lo recogieron al mismo tiempo que secuestraron a la joven. Pero ¿qué pruebas tenemos de eso? Ninguna. Igual que no las tenemos de que realmente estuvo oculto en las ruinas; ni de que murió o sobrevivió. Y ese es todo el misterio, mi querido Beautrelet. El asesinato de la señorita Raymonde no es un desenlace; por el contrario, es una complicación. ¿Qué es lo que ha estado ocurriendo desde hace dos meses en el castillo de Ambrumésy? Si no desciframos este enigma, vendrán otros que nos harán ruborizar por nuestra ineficiencia.

—¿Qué día van a venir esos otros?

—El miércoles... el martes, quizá...

Beautrelet pareció hacer un cálculo y luego manifestó:

—Señor juez de instrucción, hoy es sábado y yo tengo que volver al liceo el lunes por la noche. ¡Pues bien!, si puede usted estar aquí a las diez la mañana del lunes, trataré de revelarle la clave del enigma.

—¿De verdad, señor Beautrelet... usted cree? ¿Está seguro?

—Al menos lo espero.

—Y ahora ¿adónde va?

—Voy a ver si los hechos quieren acomodarse a la idea general que estoy comenzando a discernir.

—¿Y si no se acomodan?

—Pues bien, señor juez de instrucción, serán ellos los que estén equivocados —dijo Beautrelet riendo—, y entonces buscaré otros más dóciles. Hasta el lunes, ¿o no?

—Hasta el lunes.

Unos minutos después M. Filleul rodaba en camino de Dieppe, mientras Isidore, provisto de una bicicleta que le prestó el conde de Gesvres, rodaba por la carretera de Yerville y de Caudebec-en-Caux.

Había un punto ante todo respecto al cual el joven quería formarse una opinión clara, porque le parecía que ese era justo el punto débil del enemigo. No es posible escamotear objetos de las dimensiones de los cuatro Rubens. Tenían que estar en alguna parte. Si por el momento era imposible encontrarlos, ¿acaso tampoco sería posible descubrir el camino por el cual desaparecieron?

La hipótesis de Beautrelet era esta: el automóvil, en efecto, se había llevado los cuatro cuadros, pero antes de llegar a

Caudebec los había descargado y metido en otro automóvil que atravesó el Sena aguas arriba de Caudebec. No podía ser aguas abajo porque allí el primer barco pasaba por Quillebeuf, una ruta frecuentada y, por lo tanto, peligrosa. Aguas arriba la ruta del barco pasaba por Mailleraie, un pueblo importante pero aislado y completamente incomunicado.

Hacia la medianoche Isidore había recorrido las dieciocho leguas que lo separaban de Mailleraie y llamaba a la puerta de una posada situada a la orilla del río. Durmió allí y por la mañana interrogó a los tripulantes del barco. Estos consultaron el registro de pasajeros y encontraron que el jueves 23 de abril no pasó ningún automóvil.

—¿Y un coche de caballos? —insinuó Beautrelet—. ¿Una carreta? ¿Una camioneta?

—Tampoco.

Isidore dedicó toda la mañana a investigar. Ya iba a marcharse a Quillebeuf cuando el mozo de la posada en donde pasó la noche le dijo:

—Esa mañana volví de mi salida de trece días y efectivamente vi una carreta, pero no pasó el río.

—¿Cómo?

—No. La descargaron sobre una especie de barca plana, una barcaza, como le dicen, que estaba amarrada al muelle.

—¿Y de dónde venía esa carreta?

—¡Oh!, la reconocí bien. Era la del señor Vatinel, el carretero.

—¿Qué vive en...?

—En el caserío de Louvetot.

Beautrelet estudió el plano del estado completo. Encontró que el caserío estaba situado en donde la carretera Yvetot-Caudebec se cruzaba con otra pequeña y tortuosa carretera que, atravesando el bosque, llegaba ¡hasta Mailleraie!

Fue hasta las seis de la tarde cuando Isidore descubrió al carretero Vatinel en una taberna. Era uno de esos viejos normandos, ladinos, que siempre están en guardia, que desconfían de los extraños, pero que son incapaces de resistirse a la atracción de una moneda de oro y a la influencia de unas copas.

—Sí, claro, señor, ese día los caballeros del automóvil me citaron a las cinco de la mañana en el cruce. Me entregaron cuatro grandes bultos así de altos. Uno de ellos me acompañó y llevamos esas cosas hasta la barcaza.

—Habla de ellos como si ya los conociera.

—Claro que los conocía, era la sexta vez que trabajaba para ellos.

Isidore se estremeció.

—¿Dice usted la sexta vez?... ¿Y desde cuándo empezó a trabajar para ellos?

—¡Pues desde todos los días antes de eso, caray! Pero entonces eran otros bultos... grandes bloques de piedra... o bien más pequeños y bastante largos, que ellos traían envueltos y que transportaban como si fuera el santo sacramento. ¡Ah! No había que tocar aquellas cosas... Pero ¿qué le pasa? Está usted muy pálido.

—No es nada... es el calor...

Beautrelet salió titubeante. La alegría y lo imprevisto del descubrimiento lo dejaron aturdido.

* * *

Tranquilamente regresó al pueblo de Varengeville y pasó la noche allí. A la mañana siguiente, después de pasar una hora en el ayuntamiento, regresó al castillo. Allí le esperaba una carta, recomendada «a los buenos cuidados del señor conde de Gesvres».

La carta contenía estas líneas:

«Segunda advertencia. Cállate. Si no...».

—Vamos —murmuró—. Voy a tener que adoptar algunas precauciones para mi seguridad personal. Si no, como ellos dicen...

Eran las nueve; anduvo paseando entre las ruinas y luego se tendió cerca de la arcada y cerró los ojos.

—¡Bien, joven! ¿Está contento con su campaña?

Era M. Filleul, que llegaba a la hora fijada.

—Encantado, señor juez de instrucción.

—¿Eso qué quiere decir...?

—Eso quiere decir que voy a cumplir mi promesa a pesar de esta carta, que no me entusiasma nada.

Le mostró la carta a M. Filleul.

—¡Bah! ¡Historias! —le dijo este—. Espero que esto no le impedirá...

—¿Decirle lo que sé? No, señor juez de instrucción. Lo prometí y lo cumpliré. Antes de diez minutos sabremos... una parte de la verdad.

—¿Una parte?

—Sí, en mi opinión el escondrijo de Lupin no constituye todo el problema. Pero por lo demás, ya veremos.

—Señor Beautrelet, nada me sorprende de su parte. Pero ¿cómo pudo descubrir...?

—¡Oh! En forma muy natural. En la carta del señor Harlington a M. Etienne de Vaudreix o, más bien, a Lupin, hay...

—¿Está hablando de la carta interceptada?

—Sí. Había una frase que me dejó intrigado. Es esta: «Le pido también que, en cuanto tenga en su poder los cuatro cuadros de M. De Gesvres, me los envíe por el medio convenido, junto con el resto de objetos, si logra conseguirlos, lo cual dudo mucho».

—En efecto, recuerdo que decía eso.

—¿Qué cree que era lo que faltaba? ¿Un objeto de arte, una curiosidad? En el castillo no hay otro objeto precioso, salvo los Rubens y los tapices. ¿Las joyas? Hay muy pocas, y no son tan valiosas. Entonces, ¿qué es? Y, por otra parte ¿es admisible que un tipo como Lupin, tan prodigiosamente hábil, no lograra unir al envío *ese resto* que, evidentemente, le habían propuesto que consiguiera? Supongamos que era una empresa difícil, quizá excepcional, pero era posible y, por tanto, segura, puesto que así lo quería Lupin.

—No obstante, no lo logró, puesto que no desapareció nada.

—Sí, los Rubens... pero...

—Los Rubens y otra cosa... algo que también pudieron sustituir por otra cosa idéntica, algo más extraordinario, raro y precioso que ellos.

—Pero termine de decirme qué es... Estoy ansioso por saber...

Caminando entre las ruinas los dos hombres se habían dirigido hacia la puerta pequeña y bordeaban la Capilla Divina.

Beautrelet se detuvo:

—¿Quiere usted saber qué es, señor juez de instrucción?

—¡Que si quiero saberlo!, ¡pues claro que sí!

Beautrelet tenía un bastón en la mano, un bastón sólido y nudoso. Bruscamente, con un bastonazo, hizo saltar en pedazos una de las estatuillas que adornaban el portal de la capilla.

—Pero ¡no haga eso! —gritó fuera de sí M. Filleul, precipitándose hacia la estatuilla rota—. ¡Está loco! Este antiguo santo era admirable...

—¡Admirable! —replicó Isidore haciendo un molinete que echó abajo la estatuilla de una virgen.

M. Filleul lo agarró del brazo para detenerlo.

—Joven, no le dejaré cometer...

Un rey mago voló por los aires y después un pesebre con el niño Jesús.

—Otro movimiento y disparo.

El conde de Gesvres se había presentado, armado con su revólver.

Beautrelet se empezó a reír...

—Tire usted, señor conde... tire como en la feria... Mire lo que hago con esta figura que lleva su cabeza en las manos...

La figura de San Juan Bautista saltó en pedazos.

—¡Ah! —exclamó el conde, empuñando su revólver—. ¡Qué profanación! ¡Cómo se atreve a destruir semejantes obras maestras!...

—¡Que son falsas, señor conde!

—¿Cómo? ¿Qué dice? —gritó M. Filleul mientras desarmaba al conde.

—¡Son falsas!... ¡De cartón piedra!

—¡Ah! ¿Cómo es posible?...

—¡Son cosas infladas! ¡Vacías! ¡No valen nada!

El conde se agachó y recogió un pedazo de estatuilla.

—Vea bien, señor conde... yeso... yeso patinado, enmohecido, enverdecido para que parezca piedra antigua... pero solo son moldes de yeso... eso es todo lo que queda de esas obras maestras tan puras... Ahí está lo que hicieron en pocos días... ahí está lo que M. Charpenais, el copista de Rubens, preparó hace un año.

Y tomando del brazo a M. Filleul, le dijo:

—¿Usted qué opina, señor juez de instrucción? ¿Es hermoso? ¿Es enorme? ¿Gigantesco? ¡La capilla ha sido robada! ¡Toda una capilla gótica robada piedra por piedra! ¡Todo un pueblo de estatuillas ha sido sustituido por figurillas de estuco! ¡Uno de los más magníficos ejemplares de una época de arte incomparable ha sido confiscado! ¡En resumen, la Capilla Divina fue robada! ¿No es eso formidable? ¡Ah, señor juez de instrucción, qué genial es este hombre!

—Se exalta usted, señor Beautrelet.

—Cuando se trata de semejantes individuos, uno nunca se exalta demasiado, señor. Todo lo que sobrepasa la media merece ser admirado. Y esto destaca por encima de todo. En este robo hay una riqueza de concepción, una fuerza, una potencia, una dirección y una habilidad que me dan escalofríos.

—Es una pena que se haya muerto —dijo con sorna M. Filleul—. Si no, hubiera acabado robando las torres de Notre-Dame.

Isidore se encogió de hombros.

—No se ría usted, señor. Incluso muerto, sus actos desconciertan.

—No lo niego, señor Beautrelet, y confieso que me dispongo a contemplar el cadáver con cierta emoción... en el caso de que sus compañeros no lo hayan hecho desaparecer.

—Y admitiendo, sobre todo —observó el conde de Gesvres—, que fue él en efecto a quien hirió mi pobre sobrina.

—Fue él, señor conde —afirmó Beautrelet—. Fue él, sin duda alguna, quien cayó en las ruinas bajo la bala disparada por la señorita De Saint-Véran; fue él a quien vieron levantarse y volver a caer, para después arrastrarse hacia la gran arcada y levantarse una última vez antes de llegar al refugio de piedra en el que desapareció —por un milagro que muy pronto voy a explicar— y que habría de ser su tumba.

Y con su bastón, el joven golpeó el piso de la capilla.

—¿Cómo? ¿Qué? —exclamó M. Filleul, estupefacto—. ¿Su tumba?... ¿Cree usted que el escondrijo impenetrable...?

—Se encuentra aquí... allí... —repitió el joven.

—Pero si nosotros lo registramos...

—Lo hicieron mal.

—Aquí no hay ningún escondrijo —protestó M. De Gesvres—. Conozco la capilla.

—Sí, señor conde, hay uno. Vaya a la alcaldía de Varengeville, donde tienen todos los documentos que se encontraban en la antigua parroquia de Ambrumésy, y se enterará por esos documentos, fechados en el siglo dieciocho, de que bajo la capilla existía una cripta que sin duda se remonta a los tiempos de la capilla romana, sobre cuyo sitio fue construida esta.

—Pero ¿cómo podía Lupin saber ese detalle? —preguntó M. Filleul.

—De una manera muy simple: por los trabajos que tuvo que realizar para robar la capilla.

—Veamos, veamos, señor Beautrelet, usted exagera... Él no ha robado toda la capilla. Mire, ninguna de esas piedras de asiento ha sido tocada.

—Evidentemente, él no ha imitado ni se ha llevado más que lo que tenía un valor artístico: las piedras talladas, las esculturas, las estatuillas, todo el tesoro de pequeñas columnas y de ojivas cinceladas. No le interesaba llevarse la base del edificio. Dejó los cimientos.

—Por consiguiente, señor Beautrelet, Lupin no pudo penetrar hasta la cripta.

En ese momento M. De Gesvres, que había llamado a uno de sus criados, regresaba con la llave de la capilla. Abrió la puerta y los tres hombres entraron.

Después de examinar el espacio un instante, Beautrelet prosiguió:

—Como es lógico las losas del suelo fueron respetadas. Pero es fácil darse cuenta de que el altar mayor no es más que una imitación. Y, generalmente, la escalera que baja a las criptas se abre delante del altar mayor y pasa por debajo de él.

—¿Y qué concluye de esto?

—Que Lupin encontró la cripta mientras trabajaba en la falsificación del altar mayor.

Con ayuda de un pico que el conde mandó a buscar, Beautrelet comenzó a trabajar en el altar. Los pedazos de yeso saltaban por todas partes.

—¡Caray! —murmuró M. Filleul—. Estoy ansioso por saber...

—Yo también —dijo Beautrelet, pálido de angustia.

Aceleró sus golpes y de pronto el pico, que hasta entonces no había encontrado resistencia, chocó con una materia más dura y rebotó. Se escuchó que algo se derrumbaba y lo que quedaba del altar se hundió, siguiendo al bloque de piedra que fue golpeado con el pico. Beautrelet se asomó al hueco. Encendió un cerillo y recorrió el espacio con la luz.

—La escalera comienza más adelante de lo que yo creía, está casi bajo las losas de la entrada. Alcanzo a ver los últimos peldaños.

—¿Y llega muy profundo?

—Son tres o cuatro metros... Los peldaños son muy altos... y faltan algunos.

—No es creíble —dijo M. Filleul— que el tiempo en que se ausentaron los tres gendarmes fuera suficiente para que los cómplices de Lupin secuestraran a la señorita De Saint-Véran y sacaran el cadáver de esta cueva... Y, además ¿para qué habían de hacerlo? No; para mí el cadáver sigue aquí.

Un criado les trajo una escalera; Beautrelet la introdujo a la excavación y a tientas la colocó entre los escombros. Luego la sujetó vigorosamente en los dos extremos y dijo:

—¿Quiere bajar, M. Filleul?

El juez de instrucción, provisto de una vela, se aventuró a hacerlo, seguido por el conde de Gesvres. A su vez, Beautrelet puso el pie sobre el primer peldaño. Había dieciocho, los contó maquinalmente mientras sus ojos examinaban la cripta donde la luz de la vela luchaba contra las espesas tinieblas. Pero abajo lo impactó un hedor violento, inmundo, uno de esos hedores de podredumbre cuyo recuerdo más tarde obsesiona a quien lo percibe. ¡Oh! ¡Ese horrible hedor! Sintió que su corazón daba un vuelco...

Y de pronto una mano temblorosa lo agarró por el hombro.
—¡Dígame! ¿Qué le ocurre?
—Beautrelet... —balbuceó M. Filleul.
Apenas podía hablar, acongojado por el espanto.
—Vamos, señor juez de instrucción, trate de sobreponerse...
—Beautrelet... él está ahí...
—¿Cómo?
—Sí... vi que bajo la piedra grande que se desprendió del altar había algo... la empujé y... ¡Oh!, creo que jamás voy a poder olvidarlo...
—¿Dónde está?
—De ese lado... ¿Siente ese hedor?... Y además... mire...
Tomó la vela y proyectó su luz sobre una forma tendida en el suelo.
—¡Oh! —gritó Beautrelet horrorizado.
Los tres hombres se inclinaron ávidamente. Medio desnudo, el cadáver yacía delgado, aterrador. La carne verdusca, en tonos de cera suave, aparecía en las partes en que estaba desgarrada la ropa. Pero lo más horroroso, lo que aterrorizó al joven hasta hacerlo gritar, fue la cabeza... la cual acababa de aplastar el bloque de piedra que cayó...; la cabeza informe, la masa repugnante en la que ya nada podía distinguirse... Y cuando sus ojos se fueron acostumbrando a la oscuridad, vieron que en toda aquella carne pululaban gusanos de aspecto abominable...
En cuatro zancadas, Beautrelet subió la escalera y huyó al exterior, al aire libre. M. Filleul lo encontró de nuevo acostado en la tierra, boca abajo y con las manos pegadas al rostro, y le dijo:
—Lo felicito, Beautrelet. Además del descubrimiento del escondrijo hay otros dos puntos en los que comprobé que sus afirmaciones eran ciertas. Primero, el hombre al que la señorita De Saint-Véran le disparó era realmente Arsène Lupin,

como usted dijo desde un principio. O Etienne de Vaudreix, según el nombre que usaba cuando vivía en París. Su ropa está marcada con las iniciales E. V. Me parece que basta con esa prueba, ¿no es así?...

Isidore no se movía.

—El señor conde ha ido a buscar al doctor Jouet, que hará las comprobaciones de costumbre. Para mí, por el estado de descomposición del cadáver, el hombre tiene al menos ocho días de haber muerto.... Pero usted no parece estarme escuchando.

—Sí, sí.

—Lo que digo está apoyado por razones perentorias. Así, por ejemplo...

M. Filleul continuó su demostración, sin obtener, por lo demás, señales manifiestas de atención. El regreso de M. De Gesvres interrumpió su monólogo. El conde traía dos cartas. Una anunciaba la llegada de Herlock Sholmes para el día siguiente.

—Maravilloso —exclamó M. Filleul, muy alegre—. También va a llegar el inspector Ganimard. Será delicioso.

—Y esta otra carta es para usted, señor juez de instrucción —dijo el conde.

—De mejor en mejor —manifestó M. Filleul después de leerla—. Decididamente esos señores no tendrán gran cosa que hacer... Beautrelet, me avisan de Dieppe que esta mañana unos pescadores encontraron sobre las rocas el cadáver de una mujer joven.

Beautrelet se sobresaltó:

—¿Qué dice usted? El cadáver...

—De una mujer joven... Un cadáver horriblemente mutilado, precisan y cuya identidad sería imposible establecer si no fuese porque en la piel tumefacta de la mano derecha tiene incrustada una pequeña y muy delgada pulsera de oro.

Y la señorita De Saint-Véran llevaba una pulsera de oro en la mano derecha. Por consiguiente, señor conde, creo que se trata de su desventurada sobrina, cuyo cuerpo fue arrastrado por el mar hasta allí. ¿Usted qué cree, Beautrelet?

—Nada, nada... o, más bien, sí... Como puede ver, todos mis argumentos se están eslabonando, ya no falta nada. Todos los hechos, uno a uno, hasta los más contradictorios, hasta los más desconcertantes, han venido a apoyar la hipótesis que yo planteé desde el primer momento.

—No comprendo muy bien...

—No tardará en hacerlo. Recuerde que le prometí la verdad completa.

—Pero a mí me parece...

—Tenga un poco de paciencia. Hasta aquí usted no ha tenido motivos para quejarse de mí. Hace buen tiempo, dé un paseo, almuerce en el castillo, fume su pipa. Yo estaré de regreso como a las cuatro o cinco de la tarde. En lo que respecta al liceo... tanto peor, tomaré el tren de medianoche para regresar.

Cuando llegaron a los extremos comunales detrás del castillo, Beautrelet saltó a su bicicleta y se alejó.

En Dieppe se detuvo en las oficinas del periódico *La Vigié*, donde pidió que le enseñaran los números de los últimos quince días. Luego salió hacia el pueblo de Envermeu, situado a diez kilómetros. Allí conversó con el alcalde, el cura y el guarda de campo. Cuando sonaron las tres en la iglesia del pueblo, dio por terminada su investigación.

Regresó cantando de alegría. Sus piernas pedaleaban con un ritmo igual y vigoroso sobre ambos pedales, y su pecho se abría en toda su capacidad al aire vivo que soplaba del mar. Y a veces se distraía lanzando clamores de triunfo al cielo, pensando en la meta que perseguía y en que sus esfuerzos tuvieron un final feliz.

Ambrumésy apareció a la vista. Se dejó llevar a toda velocidad por la pendiente que conducía al castillo. Los árboles que bordeaban el camino en cuádruple alineación secular parecían correr a su encuentro y luego desvanecerse inmediatamente detrás de él. De pronto lanzó un grito. En una visión súbita se dio cuenta de que una cuerda estaba tendida a lo ancho de la carretera, con un extremo atado a un árbol en uno de los lados del camino y el otro atado a un árbol del otro lado.

No tuvo tiempo para frenar y, al detenerse en seco, la máquina lo lanzó hacia adelante con inusitada violencia, y tuvo la impresión de que solo una casualidad, una milagrosa casualidad, hizo que no cayera sobre un montón de piedras, donde lógicamente se hubiera roto la cabeza.

Permaneció aturdido durante unos segundos. Luego, lleno de contusiones y raspones en las rodillas, examinó los lugares que lo rodeaban. A la derecha se extendía un pequeño bosque, por donde, sin duda alguna, había huido el agresor. Beautrelet soltó la cuerda y en el árbol de la derecha en torno al cual estaba atada encontró un pequeño papel. Lo desplegó y leyó: «Tercer y último aviso».

Regresó al castillo, hizo algunas preguntas a los criados y se reunió con el juez de instrucción en una estancia de la planta baja, al fondo del ala derecha, donde M. Filleul acostumbraba permanecer en el curso de sus investigaciones. M. Filleul estaba escribiendo, con su secretario sentado frente a él. A una señal, el secretario salió, y el juez exclamó:

—Pero ¿qué le pasó, señor Beautrelet? ¿Por qué tiene las manos ensangrentadas?

—No es nada, no es nada —dijo el joven—. Una simple caída provocada por una cuerda que tendieron delante de mi bicicleta. Lo único que le rogaría es que observe que dicha cuerda proviene del castillo. No hace más de veinte minutos servía para secar ropa cerca del lavadero.

—¿Es posible?

—Señor, quien me vigila es alguien de aquí mismo, es alguien que se encuentra en el propio corazón de este lugar, que me ve, que me oye y que asiste minuto a minuto a mis actos y conoce mis intenciones.

—¿Cree usted?

—Estoy seguro. A usted le corresponde descubrir quién es y no le costará mucho trabajo. En cuanto a mí, quiero terminar esto y darle las explicaciones prometidas. He avanzado con más rapidez de la que nuestros adversarios esperaban y estoy convencido de que debido a eso van a hacer algo realmente fuerte. El círculo va cerrándose a mi alrededor. Presiento que el peligro se aproxima.

—Veamos, veamos, Beautrelet...

—Bueno, ya veremos. De momento, apresurémonos. Y, antes que nada, quiero preguntarle sobre un punto que necesito descartar en seguida. ¿No le ha hablado a nadie de ese documento que el brigadier Quevillon recogió y que le entregó en mi presencia?

—Le aseguro que no... a nadie. Pero ¿acaso le concede usted algún valor?

—Un gran valor. Es una idea que tengo, una idea que, por lo demás, lo confieso, aún no tengo forma de probar... puesto que hasta este momento no lo he podido descifrar. Así, pues, le hablo de eso... para no hacerlo más.

Beautrelet apoyó su mano sobre la de M. Filleul y, en voz baja, le dijo:

—Cállese... hay alguien afuera escuchándonos.

La arena crujió. Beautrelet corrió a la ventana y se asomó.

—Ya no hay nadie... pero la platabanda está pisoteada... Será fácil obtener las huellas.

Cerró la ventana y volvió a sentarse.

—Ya ve, señor juez de instrucción, el enemigo ya ni toma precauciones... ya no tiene tiempo... él también siente que la hora apremia... Apresurémonos, pues, y hablemos, puesto que eso es precisamente lo que ellos no quieren, que hable.

Desplegó el documento y lo puso sobre la mesa. Luego dijo:

—Ante todo, quiero que observe esto. Sobre este papel, aparte de los puntos, lo único que hay son números. Y en las tres primeras líneas y en la quinta, las únicas de las cuales vamos a ocuparnos, pues la cuarta parece de una naturaleza completamente diferente, ninguno de esos números es mayor que cinco. Tenemos, por lo tanto, muchas probabilidades de que cada una de esas cifras represente una de las cinco vocales en orden alfabético. Escribamos el resultado.

Y en una hoja aparte escribió:

e.a.a..e..e.a.
.a..a...e.e..e.oi.e..e.
.ou..e.o...e..e.o..e
ai.ui..e..eu.e

Luego prosiguió:

—Como ve, esto no revela gran cosa. La clave para descifrar lo que dice es muy fácil y muy difícil a la vez, si no es que imposible —puesto que las formaron sustituyendo las vocales con números y las consonantes con puntos—, y no pudieron encontrar otra forma para complicar más el problema.

—En efecto, de hecho es suficientemente oscuro.

—Tratemos de aclararlo. La segunda línea está dividida en dos partes, y la segunda parte se presenta de tal manera que es muy probable que forme una palabra. Si tratamos ahora de reemplazar los puntos intermedios por consonantes, podemos concluir, después de probar con varias, que las únicas consonantes que pueden servir lógicamente de apoyo a las vocales no pueden, también lógicamente, producir más que una palabra: *demoiselles*.[2]

—¿Entonces, se estarían refiriendo a la señorita De Gesvres y a la señorita De Saint-Véran?

—Puedo asegurarlo con toda certeza.

—¿Y no ve nada más?

—Sí. Noto además una solución de continuidad en medio de la línea, y si efectúo el mismo trabajo sobre el comienzo de la línea, veo inmediatamente que entre los dos diptongos *ai* y *ui* la única consonante que puede reemplazar el punto es una g, y que cuando formo el comienzo de esa palabra *aigui*, es natural e indispensable que con los puntos siguientes y la *e* final, llegue a la palabra *aiguille*.[3]

—En efecto... Se impone esa palabra.

—En fin, para la última palabra tengo tres vocales y tres consonantes. Sigo probando, pruebo todas las letras, unas tras otras, y partiendo de ese principio de que las dos primeras letras son consonantes, compruebo que se pueden formar cuatro palabras; esas palabras son: *fleuve, preuve, pleure* y *creuse*.[4] Elimino las tres primeras palabras porque no tienen ninguna relación con la palabra aguja y me quedo con la palabra *creuse*.

—Y veo que al hacerlo se forma la frase *aguja hueca*. Admito que su solución puede ser exacta, pero ¿en qué nos ayuda?

—En nada —respondió Beautrelet con tono pensativo—. En nada por el momento... Ya veremos más adelante,... Yo tengo la idea de que en la agrupación enigmática de esas dos palabras, *aguja* y *hueca*, están comprendidas muchas cosas. Lo que me preocupa es, sobre todo, el material en el que escribieron, el papel que utilizaron para escribir... ¿Se fabrica aún esta

---

[2] Señoritas.
[3] Aguja.
[4] Río, prueba, llora y hueca.

clase de pergamino un poco granulado? Y además este color marfil... Y estos pliegues... el desgaste de estos cuatro pliegues... Y, en fin, vea, estas marcas de lacre rojo por detrás...

En ese momento Beautrelet fue interrumpido por el secretario Brédoux, quien abrió la puerta y anunció la súbita llegada del procurador general.

M. Filleul se levantó.

—¿El procurador general está abajo?

—No, señor juez de instrucción. No se bajó de su coche. Está solo de paso y le ruega que vaya a verlo frente a la verja. Dice que solo tiene que hablar con usted unas pocas palabras.

—Es extraño... —murmuró M. Filleul—. En fin, vamos a ver. Beautrelet, discúlpeme, voy y vuelvo.

Salió. Se oyó que sus pasos se alejaban. Entonces el secretario cerró la puerta, dio la vuelta a la llave y la metió en su bolsillo.

—¡Y bien!... ¿qué hace...? —exclamó Beautrelet sorprendido—. ¿Por qué cierra con llave?

—¿No hablaremos mejor estando encerrados? —respondió Brédoux.

Beautrelet saltó hacia otra puerta que daba a la habitación contigua. Había comprendido. El cómplice era Brédoux, el propio secretario del juez de instrucción.

Brédoux dijo con ironía:

—No se lastime los dedos, mi joven amigo, también tengo la llave de esa puerta.

—¡Queda la ventana! —exclamó Beautrelet.

—Demasiado tarde —dijo Brédoux, que se situó delante de la ventana empuñando un revólver.

Estaban cortadas todas las retiradas. No había nada más que hacer, solo defenderse del enemigo que se desenmascaraba con una audacia brutal. Isidore, que experimentaba una sensación de angustia desconocida, se cruzó de brazos.

—Bien —murmuró el secretario—, ahora seamos breves. Sacó su reloj.

—El bueno de M. Filleul va a caminar hasta la verja. En la verja no hay nadie; entendió usted bien, el procurador no está allí más de lo que está aquí en mi mano. Entonces regresará. Eso nos da unos cuatro minutos. Solo necesito uno para escaparme por esa ventana, escurrirme por la puerta pequeña de las ruinas y saltar sobre mi motocicleta, que dejé afuera esperando. Quedan, entonces, tres minutos. Eso es suficiente.

Era un sujeto extraño, contrahecho, con un torso enorme, redondo como el cuerpo de una araña y provisto de unos brazos inmensos, el cual mantenía en equilibrio sobre sus piernas muy débiles y largas. Su rostro huesudo, y una frente pequeña y baja, indicaban la personalidad algo obstinada del personaje.

Beautrelet sintió que sus piernas se aflojaban y se tambaleó. Tuvo que sentarse:

—Hable. ¿Qué quiere?

—El papel. Hace tres días que lo busco.

—No lo tengo.

—Mientes. Cuando entré te vi guardándolo en la billetera.

—¿Y después?

—¿Después? Te comprometerás a mantenerte muy prudente. Estás molestándonos. Déjanos tranquilos y ocúpate de tus asuntos. Estás haciendo que perdamos la paciencia.

Había avanzado, se había acercado más al joven sin dejar de apuntarle con el revólver, hablándole en un tono sordo, martilleando las sílabas con acento de increíble energía. Su mirada era dura y la sonrisa cruel. Beautrelet estaba temblando. Era la primera vez que experimentaba la sensación del peligro. ¡Y qué peligro! Se sentía frente a un enemigo implacable, de una fuerza ciega e irresistible.

—¿Y después? —le dijo al sujeto con voz ahogada.

—¿Después? Nada... Serás libre...

Después de un momento de silencio, Brédoux continuó:

—Solo tienes un minuto para decidirte. Vamos, hombre, no hagas tonterías... Nosotros somos más fuertes, siempre y en todas partes... Pronto, dame el papel...

Isidore no se movía, estaba lívido, aterrado; sin embargo, se sentía dueño de sí mismo y con el cerebro lúcido entre la debacle de sus nervios. A veinte centímetros de sus ojos se abría el pequeño agujero negro del cañón del revólver. El dedo replegado oprimía visiblemente el gatillo. Bastaba un pequeño esfuerzo...

—El papel —repitió Brédoux—. Si no...

—Aquí está —dijo Beautrelet.

Sacó del bolsillo la billetera y se la tendió al secretario, que se apoderó de ella.

—¡Perfecto! Somos razonables. Decididamente, se puede hacer algo de ti... eres un poco miedoso, pero tienes sentido común. Les hablaré de ti a los compañeros. Y ahora me largo. Adiós.

Se guardó el revólver e hizo girar el pestillo de la ventana. Se oyó ruido en el pasillo.

—Adiós —dijo de nuevo—. Es hora de irme.

Pero una idea lo detuvo. Hizo un movimiento para revisar el contenido de la cartera.

—¡Truenos!... —gritó el secretario—. El papel no está aquí... Me engañaste.

De un salto volvió a entrar a la habitación. Sonaron dos disparos. Isidore había sacado su revólver y disparado al mismo tiempo que el secretario.

—¡Fallaste, hombre! —gruñó Brédoux—. Te tiembla la mano... tienes miedo.

Se enfrentaron cuerpo a cuerpo y rodaron sobre el piso. En la puerta se redobló el sonido de golpes.

Isidore se rindió inmediatamente, dominado por su adversario. Era el fin. Una mano armada con un cuchillo se alzó por encima de él y cayó. Un dolor violento le quemó el hombro.

Sintió que hurgaban en su chaqueta y que sacaban el documento. Luego, a través del velo caído de sus párpados, creyó ver al hombre cruzando la ventana...

* * *

Los mismos periódicos que a la mañana siguiente relataban los últimos episodios ocurridos en el castillo de Ambrumésy, las falsificaciones descubiertas en la capilla, el descubrimiento del cadáver de Arsène Lupin y el de Raymonde, y, finalmente, el atentado criminal contra Beautrelet a manos de Brédoux, el secretario del juez de instrucción, anunciaban también las siguientes noticias:

La desaparición de Ganimard y el secuestro de Herlock Sholmes en pleno día, en el corazón de Londres, cuando iba a tomar el tren para Douver.

De esta manera la banda de Lupin, que momentáneamente estuvo desorganizada, merced al extraordinario ingenio de un muchacho de diecisiete años, retomó la ofensiva y al primer golpe, por doquier y en todos los puntos, salió victoriosa. Logró suprimir a Sholmes y Ganimard, los dos grandes adversarios de Lupin; y dejó fuera de combate a Beautrelet. Ya no había nadie que pudiera enfrentar a enemigos como ellos.

IV

Frente a frente

Una noche, seis semanas después, mi criado no estaba porque le había dado el día libre. Era la víspera del 14 de julio. Hacía un calor de tormenta y no me agradaba en absoluto la idea de salir. Con las ventanas de mi balcón abiertas y mi lámpara de trabajo encendida, me instalé en una butaca y me puse a hojear los periódicos, que aún no había leído. Hablaban de Arsène Lupin. Después del intento de asesinato del que había sido víctima el pobre Isidore Beautrelet, no había pasado un día sin que se escribiera del asunto de Ambrumésy. Todos los diarios tenían un espacio para una sección cotidiana dedicada a este tema. Jamás la opinión pública se había sobreexcitado a tal punto por semejante serie de acontecimientos precipitados, y golpes teatrales inesperados y desconcertantes. M. Filleul, quien decididamente aceptaba, sin protestar, su papel de subalterno, había confiado a sus entrevistadores las hazañas de su joven consejero durante los tres días memorables, de suerte que cualquiera podía hacer las suposiciones más temerarias.

Y nadie se privaba de hacerlo. Especialistas y técnicos del crimen, novelistas y dramaturgos, magistrados y exjefes de la Sûreté, los Lecocq[5] jubilados y los Herlock Sholmes en ciernes, todos tenían su teoría y la detallaban en copiosos artícu-

---

[5] Famoso detective de la Sûreté, de las novelas de Emile Gaborou.

los. Cada uno retomaba y completaba la investigación. Y todo con base en la palabra de un niño, Isidore Beautrelet, alumno de retórica del Liceo Janson-de-Sailly.

Pero era preciso decirlo: en verdad ya tenían todos los elementos de la verdad. ¿En dónde estaba el misterio? Se sabía en dónde estaba el escondrijo en el que Arsène Lupin se refugió y agonizó hasta morir, no había duda sobre esto: el doctor Delattre se atrincheró detrás del secreto profesional y se negó a hacer cualquier declaración; sin embargo, les confesó a sus íntimos —quienes de inmediato hablaron— que el lugar al que lo llevaron para atender a un herido, a quien sus cómplices le presentaron como Arsène Lupin, en efecto fue una cripta. Y como en esa misma cripta fue encontrado el cadáver de Etienne de Vaudreix, que no era otro que Arsène Lupin, como lo probaba la instrucción, la identidad de Arsène Lupin y del herido encontraba allí un elemento demostrativo.

Así, con Lupin muerto, y con el cadáver de la señorita De Saint-Véran reconocido gracias a la pequeña pulsera que llevaba, el drama se había dado por terminado...

Pero no era así.

No había terminado para nadie, puesto que Beautrelet había dicho lo contrario. No se sabía qué faltaba por averiguar; pero, de acuerdo con lo dicho por el joven, el misterio seguía sin resolverse. El testimonio de la realidad no prevalecía sobre la afirmación de Beautrelet. Había algo que se ignoraba, y no había duda de que solo el podía revelar qué era ese algo.

¡También con qué ansiedad se esperaban, al principio, los boletines de salud publicados por los médicos de Dieppe, a los que el conde encomendó al paciente! ¡Qué desolación, durante los primeros días, cuando se creyó que su vida estaba en peligro! ¡Y qué entusiasmo la mañana en que los periódicos publicaron que ya no había nada que temer! Los más pequeños detalles apasionaban a las multitudes. Se enternecían al saber que estaba al cuidado de su anciano padre, a quien le enviaron un telegrama para avisarle lo sucedido, y admiraban la dedicación de la señorita De Gesvres, que pasaba las noches a la cabecera del herido.

Después empezó a convalecer, rápida y alegremente. ¡Al fin se podría saber todo! Se sabría lo que Beautrelet había prometido revelar a M. Filleul y las palabras definitivas que no pudo pronunciar al ser acuchillado por el criminal. Y también se sabría todo lo que, aparte del drama en sí, continuaba impenetrable o inaccesible a pesar de los esfuerzos de las autoridades.

Con Beautrelet libre, curado de su herida, habría alguna certeza sobre la participación de Harlington, el enigmático cómplice de Arsène Lupin, que continuaba detenido en la prisión de la Santé. Y se averiguaría qué pasó, después de que cometió el crimen, con el secretario Brédoux, aquel otro cómplice cuya audacia había sido verdaderamente desconcertante.

Con Beautrelet libre se podrían formar ideas precisas sobre la desaparición de Ganimard y el secuestro de Herlock Sholmes. ¿Cómo habían podido producirse dos atentados de esa naturaleza? Los detectives ingleses, así como sus colegas de Francia, seguían sin tener ningún indicio al respecto.

El domingo de Pentecostés, Ganimard seguía sin regresar a su casa, tampoco volvió el lunes ni después de seis semanas.

En Londres, el lunes de Pentecostés, a las cuatro de la tarde, Herlock Sholmes tomaba un coche de alquiler para dirigirse a la estación. En cuanto subió trató de bajarse, probablemente porque se dio cuenta de que estaba en peligro. Pero dos individuos subieron al coche, uno por la derecha y el otro por la izquierda, lo derribaron y lo mantuvieron sujeto entre ellos, debajo de ellos mejor dicho, dado el pequeño tamaño del vehículo. Y esto delante de diez testigos que no tuvieron tiempo de interponerse. El coche huyó a galope. ¿Y qué pasó después? No se sabe nada. Desde ese día no se volvió a saber nada del secuestrado.

Y quizá también, con Beautrelet recuperado, se lograría explicar el mensaje oculto en el documento, en ese papel misterioso que para el secretario Brédoux era tan importante que estaba dispuesto a acuchillar a quien lo poseía para recuperarlo. Todos querían resolver *El problema de la aguja hueca*, como dieron en llamarle los innumerables Edipos que, agachados sobre los números y los puntos, trataban de encontrarles un significado... ¡La aguja hueca!, una desconcertante asociación de dos palabras, una pregunta incomprensible planteada en un trozo de papel ¡del que ni siquiera se conocía su procedencia! ¿Se trataría de una expresión sin significado, de un acertijo que un escolar embadurnó con tinta en un trozo de papel? ¿O bien, eran dos palabras mágicas que le darían verdadero sentido a toda la gran aventura del aventurero Arsène Lupin?

No se sabía nada.

Pero había llegado el momento de saberlo todo. Los periódicos empezaron a anunciar, con días de anticipación, la llegada de Beautrelet. La lucha estaba por comenzar. Y esta vez el joven, que ardía por tomar su revancha, sería implacable.

Y justo su nombre, escrito en grandes caracteres, fue lo que atrajo mi atención. Lo vi en el encabezado de una nota publicada por el *Grand Journal*. El texto de la nota era el siguiente:

> Logramos que el señor Isidore Beautrelet nos reserve las primicias de sus revelaciones. Mañana miércoles, justo antes de que la justicia sea informada, el *Grand Journal* publicará toda la verdad sobre el drama de Ambrumésy.

—Esto promete, ¿eh? ¿Usted qué piensa de todo eso, mi estimado?

Salté en mi butaca. Quien me hablaba era un desconocido que estaba sentado en la silla vecina, cerca de mí. Me levanté y busqué un arma con la mirada, pero como su actitud parecía inofensiva, me contuve y me acerqué a él.

Era un hombre joven, de rostro enérgico, con largos cabellos rubios y barba, de un tono un tanto leonado y dividida en dos puntas cortas. Su traje me recordaba al de un sacerdote inglés, y toda su persona emanaba un aire de austeridad y gravedad que inspiraba respeto.

—¿Quién es usted? —le pregunté. Al no recibir respuesta, le volví a preguntar—: ¿Quién es usted? ¿Cómo y para qué entró aquí?

Se me quedó mirando y me dijo:

—¿No me reconoce?

—No... no.

—¡Ah! Qué extraño... Míreme bien... uno de sus amigos... un amigo de un género muy especial...

Lo sujeté de un brazo con firmeza:

—Miente... usted no es quien dice ser... eso no es cierto...

—Entonces ¿por qué piensa en ese y no en otro? —respondió, riendo.

¡Ah! Aquella risa juvenil y clara cuya alegre ironía me había divertido a menudo... Sentí un escalofrío. ¿Era posible?

—No, no —protesté con una suerte de espanto—. No puede ser...

—Puede que no sea yo, porque yo estoy muerto... y usted no cree en aparecidos.

Y volvió a reír.

—¿Acaso soy de esos que se mueren? ¡Morir así, por una bala, por la espalda, y por una joven! De verdad, eso es juzgarme mal. ¡Como si yo fuera a consentir semejante fin!

—Entonces es usted —dije balbuceando, todavía incrédulo y emocionado—. No logro reconocerle...

—Entonces —contestó alegremente— puedo estar tranquilo. Si el único hombre que conoce mi verdadero aspecto no es capaz de reconocerme hoy, nadie que de ahora en adelante me vea tal como me veo ahora me reconocerá cuando me vea bajo mi aspecto real... si es que tengo un aspecto real.

Encontré su voz, ahora que ya no cambiaba de timbre, y encontré también sus ojos y la expresión de su rostro, y toda su actitud y su propio ser a través de la apariencia que lo envolvía.

—Arsène Lupin —murmuré.

—Sí, Arsène Lupin —exclamó levantándose—. El solo y único Arsène Lupin, que vuelve del reino de las sombras, puesto que parece que estuve agonizando en una cripta hasta perecer. Arsène Lupin vivo con toda su vida, actuando con toda su voluntad, feliz y libre, y más resuelto que nunca a gozar de esta feliz independencia en un mundo en el que hasta ahora no ha encontrado más que favor y privilegio.

En ese momento yo también reí.

—Vamos, en verdad es usted, y lo veo más feliz que el día que tuve el placer de verlo el año pasado... Lo felicito.

Yo aludía a su última visita, la que siguió a la famosa aventura de la diadema,[6] el rompimiento de su matrimonio, su fuga con Sonia Krichnoff y la horrible muerte de la joven rusa. Ese día yo había visto a un Arsène Lupin que desconocía, un hombre débil, abatido, con los ojos cansados de llorar y en busca de un poco de simpatía y ternura...

—Cállese —dijo él—. El pasado ya está lejos.

—Eso fue hace un año —observé.

[6] *Arsène Lupin*, libro 3 de esta serie, originalmente fue una obra de teatro en cuatro actos, que después fue convertida a novela en inglés por el autor Edgar Jepson. La traducción que preparamos se basa en esa novela.

—Eso fue hace diez años —afirmó él—. Los años de Arsène Lupin cuentan diez veces más que los otros.

No insistí y cambié de conversación.

—¿Cómo entró?

—¡Dios mío! Como todo el mundo, por la puerta. Luego, al no ver a nadie, crucé el salón y seguí caminando por el balcón, y heme aquí.

—Digamos que fue así, pero ¿con qué llave abrió la puerta?

—Usted sabe que para mí no hay puertas. Necesitaba entrar a su departamento y entré.

—A sus órdenes. ¿Deberé dejarlo solo?

—¡Oh no, de ninguna manera! Usted no me estorbará. Incluso puedo decirle que la velada será interesante.

—¿Espera a alguien?

—Sí, cité a esa persona aquí a las diez.

Sacó su reloj.

—Las diez. Si el telegrama llegó, la persona no debe tardar en llegar...

El timbre sonó en el vestíbulo.

—¿Qué le dije? No, no se moleste... iré yo mismo.

¿Con quién diablos tendría una cita? ¿A qué escena dramática o burlesca iba a asistir? La situación tendría que ser excepcional para que el propio Lupin la considerara digna de interés.

Al cabo de unos instantes regresó y se hizo a un lado para dejar pasar a un joven delgado, alto y de rostro muy pálido.

Sin mediar palabra, y actuando con una preocupante solemnidad, Lupin encendió todas las luces eléctricas. La habitación quedó inundada de claridad. Entonces, los dos hombres se miraron mutuamente con minuciosidad, como si con todo el esfuerzo de sus ojos ardientes trataran de penetrar el uno en el otro. Era un espectáculo impresionante el verlos así, graves y silenciosos. Pero ¿quién podía ser aquel recién llegado?

En el preciso momento en que estaba a punto de adivinarlo, por su enorme parecido con una fotografía de él que recientemente había visto publicada, Lupin se volvió hacia mí y me dijo:

—Estimado amigo, le presento a Isidore Beautrelet.

E inmediatamente, dirigiéndose al joven, agregó:

—Ante todo debo agradecerle, señor Bautrelet, el haber tenido a bien concederme esta entrevista y su buena disposición para retrasar sus revelaciones hasta después de realizarla, tal como le pedí en mi carta.

Beautrelet sonrió:

—Le ruego observe que mi buena disposición consiste sobre todo en obedecer sus órdenes. La amenaza que me hizo en la carta en cuestión era tanto más perentoria cuanto que no estaba dirigida a mí, sino a mi padre.

—Palabra de honor que uno obra como puede —respondió Lupin, riendo—, y es preciso recurrir a los medios de acción de que se dispone. Yo sabía por experiencia que su propia seguridad le es indiferente, puesto que no cedió a las amenazas del señor Brédoux. Solo quedaba apelar al cariño entrañable que le tiene a su padre, quien realmente tiene importancia para usted... Entonces, tiré de esa cuerda...

—Y aquí estoy —aprobó Beautrelet.

Les rogué que se sentaran. Así lo hicieron, y Lupin, con ese casi imperceptible tono irónico que le es tan particular, dijo:

—En todo caso, señor Beautrelet, si no acepta mi agradecimiento, cuando menos no rechace mis disculpas.

—¡Disculpas! ¿Y por qué se disculpa conmigo, señor?

—Por la brutalidad con la que lo trató el señor Brédoux.

—Confieso que me sorprendió lo que hizo. Sé que no es la forma habitual de proceder de Lupin. Matar de una cuchillada...

—No tuve nada que ver con eso. El señor Brédoux es un nuevo recluta. Mis amigos, quienes estaban a cargo de la dirección de nuestros asuntos, creyeron que podía sernos útil ganar para nuestra causa al propio secretario del juez de instrucción.

—Sus amigos no se equivocaron.

—En efecto, Brédoux, a quien le encargaron especialmente que lo siguiera, nos brindó inapreciable ayuda. Pero con ese ardor propio de todo neófito que quiere distinguirse, llevó su celo un poco lejos y contrarió mis planes al actuar por iniciativa propia y herirle a usted.

—¡Oh!, esa es una pequeña desgracia...

—No, no, y yo le reprendí severamente. Sin embargo, debo decir en su favor que la inesperada rapidez con la que usted avanzó en su investigación le tomó por sorpresa. Si no se nos hubiera adelantado, habría escapado a ese atentado imperdonable.

—¿Y sin duda hubiera tenido la gran ventaja de que me pasara lo mismo que a los señores Ganimard y Sholmes?

—Precisamente —respondió Lupin, riendo aún más—. Y yo no hubiera sufrido la cruel angustia que sentí al saber que lo hirieron. Le juro que pasé horas atroces debido a ello y, todavía hoy, al ver su palidez siento punzadas de remordimiento. ¿Aún me culpa?

—La prueba de confianza —respondió Beautrelet— que me da al entregarse a mí sin condición... pues me hubiera sido fácil traer algunos amigos de Ganimard... lo borra todo.

* * *

¿Hablaba en serio? Confieso que me sentía muy confundido. La forma en que se estaba dando la lucha entre aquellos dos hombres me parecía incomprensible. Yo, que había asistido al primer encuentro de Lupin y Sholmes[7] en el café de la Gare du Nord, no pude evitar recordar el porte altivo de los dos combatientes, el espantoso choque de sus respectivos orgullos bajo la civilidad de sus modales, los duros golpes que se cruzaban, sus fintas, su arrogancia.

Aquí no veía nada semejante. Lupin no había cambiado. Actuaba con la misma táctica y la misma afabilidad burlona. Pero ¡a qué extraño adversario se estaba enfrentando! ¿Era un adversario en realidad? Lo cierto es que no tenía ni el tono ni la apariencia. Se veía muy tranquilo, pero con una calma real, no estaba tratando de ocultar ni disfrazar el brío de un hombre que se contiene; actuaba muy cortés, pero sin exageración; sonreía, pero sin ironía; contrastaba por completo con Arsène Lupin, tanto que me parecía que el propio Lupin estaba tan desorientado como yo.

No, seguramente Lupin no le temía a este adolescente frágil, con mejillas sonrosadas de muchacha, con ojos cándidos y encantadores; no, Lupin actuaba con la seguridad de siempre. En varias ocasiones observé que mostraba señales de molestia. Dudaba, no atacaba abiertamente, perdía tiempo expresándose con frases afectadas y pueriles. Se diría que a él también le faltaba algo. Daba la impresión de que estaba buscando, esperando algo. ¿Qué era? ¿Sería alguna clase de ayuda?

Volvieron a llamar a la puerta y de nuevo él se apresuró a abrir.

Regresó con una carta.

—¿Me permiten, señores? —nos preguntó.

Abrió la carta. Contenía un telegrama. Lo leyó y después de hacerlo su comportamiento se transformó. Vi que su rostro se iluminó, su cuerpo se irguió y las venas de su frente se hincharon. Volví a ver al atleta, al dominador, seguro de sí

---

[7] En *Arsène Lupin contra Herlock Sholmes*, libro 2 de esta serie.

mismo, amo de los acontecimientos y de las personas. Puso el telegrama sobre la mesa y, golpeándolo con el puño, gritó:

—Y ahora, señor Beautrelet, volvamos a lo nuestro.

Beautrelet se colocó en postura de escuchar y Lupin comenzó a hablar con voz mesurada, pero seca y voluntariosa:

—Vamos a quitarnos las caretas, ¿no es así?, y a dejar de actuar como personas insulsas e hipócritas. Somos dos enemigos que sabemos perfectamente a qué atenernos uno respecto del otro y no podemos comportarnos en relación con el otro más que como enemigos; en consecuencia, debemos *negociar* el uno con el otro como los enemigos que somos.

—¿Negociar? —preguntó Beautrelet, sorprendido.

—Sí, negociar. No dije esa palabra al azar y la repito, cuésteme lo que me cueste. Y me cuesta mucho porque es la primera vez que la empleo frente a un adversario. Pero también, y se lo digo de inmediato, es la última vez. Así que aprovéchese. No saldré de aquí si no es con una promesa suya. De lo contrario me declarará la guerra.

Beautrelet, que parecía cada vez más sorprendido, dijo con gentileza:

—No me esperaba esto... me extraña la forma en que me habla... ¡Es tan diferente a como pensaba que era! Sí, me lo imaginaba distinto... ¿Por qué su cólera? ¿Por qué las amenazas? ¿Acaso el hecho de que las circunstancias nos pongan uno contra el otro nos convierte en enemigos? ¿Por qué tendría que ser así?

Lupin pareció un tanto desconcertado al escucharlo, pero inclinándose hacia el joven, le dijo en tono irónico:

—Escuche, pequeñuelo, no se trata de escoger formas de expresión. Se trata de un hecho, de un hecho cierto, indiscutible. Es este: desde hace diez años no me había tropezado con un adversario con la fuerza que tiene usted; con Ganimard y con Herlock Sholmes he jugado como con unos niños. Con usted me he tenido que defender; más aún, diría que me he visto obligado a retroceder. Sí, en este momento usted y yo sabemos muy bien que debo considerarme como el vencido. Isidore Beautrelet le ganó a Arsène Lupin. Mis planes están trastornados. Lo que traté de ocultar usted lo sacó a plena luz. Usted me molesta, se me atraviesa en el camino. Pues bien, ya tuve suficiente... Brédoux se lo dijo, inútilmente. Así que yo se lo repito e insisto para que lo tome en cuenta: ya tuve suficiente.

Beautrelet agachó la cabeza:

—Pero, a final de cuentas, ¿qué es lo que quiere?

—La paz... que cada cual se quede en su casa, en sus dominios.

—O sea, quiere que lo deje en libertad de robar a su antojo y a cambio usted me deja en libertad para que regrese a mis estudios.

—A sus estudios o a lo que quiera... eso no me importa... Pero quiero que me deje en paz... Quiero paz.

—¿En qué puedo yo perturbarlo ahora?

Lupin le agarró una mano con violencia.

—Usted lo sabe bien. No finja no saberlo. Actualmente usted posee un secreto muy importante para mí. No me importa que lo haya adivinado, tenía el derecho de hacerlo, pero no tiene ningún derecho a hacerlo público.

—¿Y está seguro de que yo conozco ese secreto?

—Lo conoce, estoy seguro; día por día, hora por hora, yo he seguido la marcha de su pensamiento y el progreso de su investigación. En el instante mismo en que Brédoux le atacó, usted iba a revelarlo todo. Sé que ha retrasado sus revelaciones por atención a su padre, pero también que le prometió a este periódico que hoy le diría todo. Sé que el artículo está listo, que lo van a componer dentro de una hora y que mañana lo publicarán.

—Así es.

Lupin se levantó y, cortando el aire con un ademán, gritó:

—¡No aparecerá!

—Aparecerá —replicó Beautrelet, levantándose de golpe.

Por fin los dos hombres estaban erguidos uno contra otro. Tuve la impresión de que ocurría un choque, como si se hubieran enfrentado cuerpo a cuerpo. Una súbita energía inflamaba a Beautrelet. Se diría que una chispa prendió en él nuevos sentimientos de audacia, de amor propio, de la voluptuosidad de la lucha y de la embriaguez del peligro.

En cuanto a Lupin, en su mirada se percibía el resplandor de alegría del duelista que por fin cruza su espada con la del rival detestado.

—¿El artículo ya fue entregado?

—Aún no.

—¿Lo tiene aquí... con usted?

—¡No soy tan tonto! Ya me lo habría quitado, así que...

—¿Así que...?

—Lo tiene uno de los redactores, bajo doble sobre. Si a medianoche no estoy en el periódico, hará que lo compongan.

—¡Ah!, el pícaro —murmuró Lupin—. Lo ha previsto todo.

Su cólera se fermentaba, visible, aterradora.

Beautrelet sonrió, burlón a su vez y embriagado por su triunfo.

—¡Cállate, pues, chiquillo! —gruñó Lupin—. ¿Acaso no sabes quién soy? Y que si yo quisiera... ¡palabra!... ¡Se atreve a reír!

Un gran silencio se interpuso entre ellos. Luego, Lupin se acercó a Beautrelet y, con voz sorda y mirándolo a los ojos, le dijo:

—Vas a ir corriendo al *Grand Journal*...

—No lo haré.

—Romperás tu artículo.
—No.
—Le hablarás al redactor jefe.
—No.
—Le dirás que estabas equivocado.
—No.
—Y escribirás otro artículo donde darás la versión oficial del asunto de Ambrumésy, la que todo el mundo ha aceptado.
—No.

Lupin tomó una regla de hierro que estaba sobre mi escritorio y sin esfuerzo la rompió. Su palidez era aterradora. Se secó las gotas de sudor que brotaban de su frente. A él, que jamás había conocido a alguien que le opusiera resistencia, lo estaba enloqueciendo la terquedad de aquel niño.

Puso sus manos vigorosamente sobre los hombros de Beautrelet y, palabra por palabra, le dijo:

—Harás todo eso, Beautrelet, dirás que tus últimos descubrimientos te convencieron de que no queda la menor duda de mi muerte. Lo dirás porque yo lo quiero así, porque es preciso que se crea que estoy muerto. Y lo dirás, sobre todo, porque si no lo dices...

—Porque si no lo digo, ¿qué...?

—Si no lo dices, esta noche secuestraremos a tu padre igual que secuestramos a Ganimard y a Herlock Sholmes.

Beautrelet sonrió.

—No te rías... Responde.

—Mi respuesta es que, aunque me desagrada mucho contradecirle, he prometido hablar y hablaré.

—Habla, pero dirás lo que yo te indique.

—¡Diré la verdad! —exclamó Beautrelet con ardor—. Sé que eso es algo que usted no puede comprender, que no conoce el placer o, más bien, la necesidad de decir las cosas como son, de decirlas en voz alta. La verdad está aquí, en este cerebro que la ha descubierto, y saldrá a la luz desnuda y temblorosa. Por consiguiente, el artículo se publicará tal como lo escribí. Se sabrá que Lupin está vivo y la razón por la cual quería que se le creyese muerto —y agregó tranquilamente—: Y mi padre no será secuestrado.

Ambos volvieron a quedarse callados, sus ojos siempre fijos en los del otro. Se vigilaban. Las espadas estaban tomadas de la empuñadura. Era el pesado silencio que precede al golpe mortal. ¿Quién lo recibiría?

Lupin murmuró:

—A las tres de la madrugada, salvo que yo revierta la orden que les di, dos de mis amigos van a entrar a la habitación de tu padre y se lo van a llevar, de buen grado o por la fuerza, a reunirse con Ganimard y Herlock Sholmes.

La respuesta a sus palabras fue un estridente estallido de risa.

—¿Pero entonces no comprendes, bandido —exclamó Beautrelet—, que tomé mis precauciones? ¿Crees que soy tan ingenuo como para cometer la tontería, la estupidez de enviar a mi padre a su casa, a la casita aislada que ocupaba en pleno campo?

¡Oh! ¡La risa irónica que animaba el rostro del joven era bonita! Era una risa nueva sobre sus labios... una risa en la que incluso se sentía la influencia de Lupin... Y aquel tuteo insolente lo ponía de golpe al mismo nivel de su adversario...

Continuó:

—¿Ves, Lupin? Tu gran defecto es creer que tus planes son infalibles. ¡Tú te declaras vencido! ¡Qué historia! Estás convencido de que a final de cuentas siempre triunfarás... y te olvidas de que los otros también pueden tener sus planes. El mío es muy simple, mi buen amigo.

Resultaba delicioso oírle hablar. Iba y venía, con las manos en los bolsillos, con la fanfarronería y la desenvoltura de un chico que hostiga a la feroz bestia encadenada. Verdaderamente, en este momento estaba vengando, con la más terrible de las venganzas, a todas las víctimas del gran aventurero. Y concluyó:

—Lupin, mi padre no está en Saboya. Está en el otro extremo de Francia, en el centro de una gran ciudad, cuidado por veinte de nuestros amigos, quienes tienen orden de no dejar de cuidarlo hasta que termine nuestra batalla. ¿Quieres detalles? Está en Cherbourg, en casa de uno de los empleados del arsenal... la cual está cerrada durante la noche y a la que solo se puede entrar de día, con autorización y acompañado por un guía.

Se había detenido frente a Lupin y lo provocaba, como un niño que le hace muecas a un compañero.

—¿Qué dices a eso, maestro?

Desde hacía unos momentos, Lupin permanecía inmóvil. No movía ni un solo músculo de su rostro. ¿Qué estaría pensando? ¿Cuál sería su decisión? Para cualquiera que conociese la violencia feroz con la que su orgullo lo hacía reaccionar, esa situación solo podía tener un desenlace: el hundimiento total de su enemigo, inmediato y definitivo. Vi que sus dedos se crisparon y por un segundo pensé que se arrojaría sobre él y lo estrangularía.

—¿Qué dices a eso, maestro? —repitió Beautrelet.

Lupin tomó el telegrama que estaba sobre la mesa, se lo tendió y, completamente dueño de sí mismo, dijo:

—Toma, bebé; lee esto.

Beautrelet se puso serio, impresionado de repente por la suavidad del gesto. Desplegó el papel y, enseguida, alzando la mirada, murmuró:

—¿Qué significa esto?... No comprendo nada...

—Comprenderás muy bien en cuanto leas la primera palabra —respondió Lupin—. La primera palabra del telegrama... es decir, el nombre del lugar desde donde fue expedido... Mira... *Cherbourg*...

—Sí... sí... —balbuceó Beautrelet—. Sí... dice *Cherbourg*... ¿y después?

—¿Y después?... Me parece que lo que sigue no está menos claro: «El paquete postal ha sido recogido... compañeros se lo llevaron y esperarán instrucciones hasta las ocho mañana. Todo va bien». ¿Qué es, entonces, lo que te parece oscuro en esto? ¿Las palabras *paquete postal*? ¡Bah! No era posible escribir M. *Beautrelet padre*. Entonces, ¿qué? ¿La forma en la que fue realizada la operación? ¿El milagro gracias al cual pudieron sacarlo del arsenal de Cherbourg a pesar de los veinte guardias que lo estaban cuidando? ¡Bah! Esa parte del arte es cosa de niños. El caso es que el *paquete* ha sido enviado. ¿Qué dices a todo eso, niño?

Con todo su ser en tensión, haciendo un esfuerzo desesperado, Isidore trataba de mantenerse sereno. Pero sus labios se veían temblorosos; la mandíbula estaba contraída, y sus ojos trataban en vano de fijarse sobre un punto. Tartamudeó tratando de decir algo y luego se quedó callado, y de pronto, desplomándose sobre sí mismo, con las manos pegadas al rostro, rompió en sollozos:

—¡Oh, papá, papá!...

¡Un desenlace imprevisto! Lo que el amor propio de Lupin reclamaba, un desenlace que condujo al desmoronamiento completo del adversario, pero que además era otra cosa, otra cosa infinitamente emocionante e infinitamente ingenua. Lupin hizo un gesto de irritación y tomó su sombrero, como excedido por aquella insólita crisis de sensiblería. Pero en el umbral de la puerta se detuvo y regresó paso a paso, lentamente.

El ruido suave de los sollozos se elevaba, como la queja de un niño pequeño abrumado por la pena. Los hombros marcaban el ritmo desgarrador mientras las lágrimas se escurrían entre los dedos cruzados. Lupin se inclinó y, sin tocar a Beautrelet y con una voz que no tenía el menor asomo de burla, ni siquiera de esa piedad ofensiva de los vencedores, le dijo:

—No llores, pequeño. Siempre que uno se lanza a la batalla con la cabeza baja como tú lo hiciste, estos golpes son de esperar. Te acechan los peores desastres... Nuestro destino de luchadores lo quiere así y hay que sufrirlos valientemente —luego, con dulzura, continuó—: Tenías razón; ya ves, no somos enemigos. Hace tiempo que lo sé... Desde el principio sentí por ti, por el ser inteligente que eres, una simpatía involuntaria, y por eso quisiera decirte esto... sin ninguna intención de ofenderte... me dolería mucho que te ofendieras... pero es preciso que te lo diga... Pues bien: renuncia a luchar contra mí... No es por vanidad que te lo digo... tampoco es porque te desprecie...; pero ya ves... la lucha es demasiado desigual... Tú no sabes... Nadie sabe todos los recursos de que dispongo... Mira, un ejemplo es ese secreto de la aguja hueca que tan en vano buscas descifrar, admite por un instante que puede ser un tesoro formidable, inagotable... o un refugio invisible, prodigioso, fantástico... o quizá las dos cosas... ¡Piensa en el poder sobrehumano que puedo obtener con eso! Y tampoco sabes todos los recursos que llevo dentro de mí... todo lo que mi voluntad y mi imaginación me permiten emprender y lograr. Piensa, pues, que toda mi vida, podría decir que desde que nací, ha estado dirigida hacia el mismo objetivo, que he trabajado como un condenado antes de ser lo que soy, y para realizar con perfección el tipo que yo quería y he conseguido crear... Entonces, ¿qué puedes hacer tú? En el mismo momento en que creas que tienes la victoria, se te escapará...; siempre se te escapará algo, siempre habrá algo en lo que no pensaste... un algo... el grano de arena que yo habré colocado en el lugar preciso sin que tú lo sepas... Te lo ruego... renuncia...

porque si no lo haces me veré obligado a hacerte daño, y esto me aflige... —y poniéndole la mano en la frente, repitió—: Por segunda vez, pequeño, renuncia. No quiero hacerte daño. ¿Quién sabe si la trampa en que caerás inevitablemente no está ya abierta bajo tus pies?

Beautrelet alzó el rostro. Ya no lloraba. ¿Habría escuchado las palabras de Arsène Lupin? Cabía la duda, a juzgar por el aire distraído con el que se comportó. Guardó silencio dos o tres minutos, como sopesando la decisión que iba a tomar, examinando los pros y los contras, enumerando las posibilidades de que las cosas le fueran favorables o desfavorables. Finalmente, le dijo a Lupin:

—Si cambio el sentido de mi artículo y si confirmo la versión de su muerte y me comprometo a no desmentir jamás la versión falsa que voy a dar, ¿me jura que dejará a mi padre en libertad?

—Te lo juro. Mis amigos llevaron a tu padre en automóvil a otro pueblo en la provincia. Mañana por la mañana, a las siete, si el artículo del *Grand Journal* aparece tal y como te lo pedí, les llamaré por teléfono y lo liberarán.

—Está bien —dijo Beautrelet—, entonces me someto a sus condiciones.

Rápidamente, y como si juzgara inútil prolongar la entrevista después de haber aceptado su derrota, se levantó, tomó su sombrero, se despidió de Lupin y de mí, y salió.

Lupin lo observó marcharse, escuchó el ruido de la puerta que se cerraba y murmuró:

—¡Pobre chiquillo!...

Al día siguiente, a las ocho de la mañana, mandé a mi criado a buscar el *Grand Journal*. Me lo trajo al cabo de veinte minutos, pues la mayoría de los quioscos ya no tenían ejemplares.

* * *

Desplegué febrilmente el periódico. Como encabezado aparecía el artículo de Beautrelet. Helo aquí, tal como los periódicos del mundo entero lo reprodujeron:

EL DRAMA DE AMBRUMÉSY

El objeto de estas pocas líneas no es explicar en detalle las reflexiones e investigaciones gracias a las cuales logré reconstruir el drama, o más bien el doble drama, de Ambrumésy. A mi juicio, ese género de trabajo y los comentarios que comprenden las deducciones, inferencias, análisis, etcétera, no ofrece más que un interés relativo y, en todo caso, muy banal. No, yo me contentaré con exponer las dos ideas directrices de mis esfuerzos, y al exponerlas y resolver los dos problemas que originan, habré relatado este asunto con la mayor simplicidad, siguiendo el orden mismo de los hechos que lo constituyen.

Se observará quizá que algunos de esos hechos no están demostrados y que yo dejo una parte bastante considerable a las hipótesis. Es verdad. Pero estimo que mi hipótesis está fundamentada en un número lo bastante grande de certezas para que el desarrollo de los hechos, aunque no probados, se imponga con un rigor inflexible. Aunque la fuente se pierde a menudo bajo el lecho de piedras, no por ello deja de ser la misma fuente, que vuelve a verse a intervalos y sobre la que se refleja el azul del cielo...

Enuncio así el primer enigma, enigma no de detalle, sino de conjunto, que me reclama: ¿cómo es que Lupin, podría decirse que herido de muerte, pudo sobrevivir durante cuarenta días sin cuidados, sin medicamentos y sin alimentos, en el fondo de un agujero oscuro?

Volvamos al principio. El jueves 16 de abril, a las cuatro de la madrugada, Arsène Lupin, sorprendido en mitad de uno de sus robos más audaces, huyó por el camino de las ruinas y cayó herido por una bala. Se arrastró con dificultad, volvió a caer y se levantó con la esperanza ansiosa de llegar hasta la capilla. Allí se encuentra la cripta que la casualidad le reveló. Si logra ocultarse allí, quizá se salve. A fuerza de energía se acerca, está a solo unos metros cuando empieza a escuchar pasos. Desconcertado, perdido, se abandona. El enemigo llega: es la señorita Raymonde de Saint-Véran. Ese es el prólogo o quizá más bien la primera escena del drama.

¿Qué ocurre entre ellos? Es fácil de adivinar, tomando en cuenta que la continuación de la aventura nos ofrece todas las indicaciones. A los pies de la joven hay un hombre herido, a quien el sufrimiento agota y que dentro de dos minutos será capturado. Y fue ella quien lo hirió. ¿Además de eso va a entregarlo?

Si él es el asesino de Jean Daval, entonces sí, ella dejará que el destino se cumpla. Pero en rápidas frases el hombre le dice la verdad, que fue su tío, M. De Gesvres, quien lo mató en legítima defensa. Ella le cree. ¿Qué hará? Nadie los ve. El criado Víctor está vigilando la puerta pequeña. El otro, Albert, está apostado en la ventana del salón, ninguno de los dos puede verla. ¿Aprovechará para liberar al hombre a quien hirió?

Un irresistible sentimiento de lástima, que todas las mujeres comprenderán, se apodera de la joven. Dirigida por Lupin, rápidamente cubre la herida con su pañuelo para evitar dejar marcas de sangre. Luego, él le entrega la llave que abre la puerta de la capilla, en la cual entra sostenido por la joven. Después de eso ella cierra y se aleja. Albert llega.

Si hubieran revisado la capilla en ese momento, o en los minutos que siguieron, Lupin no habría tenido tiempo para recobrar fuerzas, levantar la losa y desaparecer por la escalera de la cripta... y hubiera sido apresado... Pero las autoridades entraron a revisarla seis horas más tarde, y lo hicieron solo de forma superficial. Lupin fue salvado, ¿y quién lo salvó? La misma persona que le disparó pero falló en matarle.

A partir de este punto, lo quisiera o no, la señorita De Saint-Véran se convirtió en su cómplice. Desde entonces ya no solamente no podía entregarlo, sino que tendría que continuar su obra, sin lo cual el herido perecería en el refugio donde le ayudó a esconderse. Así que continúa ayudándolo... Además, no solo su instinto de mujer le hace pensar que es su obligación cuidarlo, el herido también contribuye a ello. Ella le dedica todas las atenciones, lo prevé todo. Es ella quien le da al juez de instrucción una descripción falsa de Arsène Lupin (recuérdese la divergencia de opinión entre las dos primas a ese respecto). Es ella, evidentemente, quien, por ciertos indicios que ignoro, se da cuenta de que bajo el disfraz de chofer está el cómplice de Lupin. Es ella quien le cuenta lo que le pasó a Lupin y quien le dice que urge que un médico lo opere. Es ella, sin duda, quien sustituye la gorra que se le cayó a Lupin por la otra. Es ella quien hace escribir la famosa nota en la que supuestamente es amenazada... ¿Cómo, después de eso, alguien podría sospechar de ella?

Es ella quien, en el momento en que yo iba a confiarle al juez de instrucción mis primeras impresiones, lo distrae haciéndole creer que me vio entre el bosque en la víspera, quien hace que M. Filleul sospeche de mí y me reduce al silencio. La verdad es que fue una maniobra peligrosa, porque atrajo mi atención hacia quien me estaba abrumando con una acusación que yo sabía que era falsa; pero cumplió el objetivo de ganar tiempo y cerrarme la boca. Y es ella quien, durante cuarenta días, alimentó a Lupin y le llevó medicamentos (pueden comprobar esto interrogando al farmacéutico de Ouville, quien mostrará las recetas que estuvo preparando en esos días para la señorita De Saint-Véran), y es ella, al final de cuentas, quien cuida, cura y vela al herido hasta que sana.

Y he ahí la solución de uno de nuestros dos problemas, que al mismo tiempo deja expuesto el drama. Arsène Lupin encontró cerca de él, en el propio castillo, la ayuda que necesitaba, primero para no ser descubierto y luego para sobrevivir.

Y lo logra. Y es entonces cuando se plantea el segundo problema cuya investigación me sirvió de hilo conductor y que corresponde al segundo drama de Ambrumésy. ¿Por qué Lupin, que logró sobrevivir y seguir libre, estar de nuevo a la cabeza de su banda y ser todopoderoso como antaño, por qué continúa haciendo esfuerzos desesperados, esfuerzos contra los cuales tropiezo constantemente, para imponer a la Justicia y al público la idea de que está muerto?

Hay que recordar que la señorita De Saint-Véran era muy hermosa. Las fotografías que los periódicos han reproducido después de su desaparición no dan más que una idea imperfecta de su belleza. Ocurrió entonces lo que tenía que ocurrir. Lupin, que durante cuarenta días vio a esa bella joven, empezó a disfrutar de su encanto y su gracia, a respirar el perfume fresco de su aliento cuando ella se inclinaba sobre él, se enamoró de su enfermera y empezó a sufrir o a desear su presencia cuando ella no estaba. El reconocimiento se convirtió en amor, la admiración en pasión. Ella no solo fue su salvación, también fue la alegría de sus ojos, el sueño de sus horas solitarias, su claridad, su esperanza, su vida misma.

La respeta hasta el punto de no aprovecharse de la dedicación de la joven y utilizarla para liderar a sus cómplices. Existe incertidumbre, en efecto, en los actos de la banda. Pero él también ama su banda, lo que atenúa sus escrúpulos, y como la señorita De Saint-Véran no se deja alcanzar por un amor que la ofende, como disminuye sus visitas a medida que se hacen menos necesarias, y como deja de hacerlas cuando él queda totalmente curado..., desesperado, enloquecido de dolor, toma una terrible decisión. Sale de su refugio, prepara su golpe, y el sábado 6 de junio, ayudado por sus cómplices, secuestra a la hermosa joven.

Y eso no es todo. Es preciso que no se conozca el rapto. Es preciso obstaculizar las investigaciones, las suposiciones, eliminar las esperanzas de encontrarla viva: la señorita De Saint-Véran tiene que pasar por muerta. Así que se simula un crimen y se ofrecen pruebas a los investigadores. El crimen es real. Crimen que, por lo demás, estaba previsto; los cómplices habían amenazado a la señorita con que se vengarían si su jefe moría, y la mataron para cumplir su amenaza, y con su muerte —véase lo ingenioso de la idea— quedó reforzada la creencia de que Lupin murió.

Pero no basta con dar lugar a una creencia, es preciso hacer lo necesario para convertirla en certeza. Lupin previó que yo intervendría y me daría cuenta de que en la capilla hay falsificaciones. Que descubriría la cripta y, si la encontraba vacía, todo el tinglado se iba a desmoronar.

Así que la cripta no estaría vacía.

En el caso de la supuesta muerte de la señorita De Saint-Véran, era necesario que el mar devolviera el cuerpo para que todos quedaran convencidos de que murió.

Así que hicieron lo necesario para que eso sucediera.

¿Que las dificultades eran formidables? ¿Que el doble obstáculo era infranqueable? Para cualquier otro que no sea Lupin la respuesta a estas preguntas sería afirmativa, pero no para él...

Tal como lo previó, yo me di cuenta de las falsificaciones en la capilla, descubrí la cripta, bajé a la guarida donde Lupin se había refugiado. ¡Y allí estaba su cadáver!

Cualquiera que hubiera admitido la posibilidad de que Lupin no estuviera muerto habría quedado desconcertado. Pero yo no admití la posibilidad de su muerte ni por un segundo (primero porque no deseaba hacerlo, luego porque mis razonamientos me llevaron a considerar que no era posible que estuviera muerto). El subterfugio, y también todos los planes, resultaban entonces inútiles. Me dije inmediatamente que el bloque de piedra desprendido por el pico había sido colocado allí con una precisión muy curiosa, para que a la menor provocación se cayera sobre la cabeza del falso Arsène Lupin y la redujera a papilla, de tal manera que se volviera imposible reconocerlo.

Una media hora después me enteré de que el cadáver de la señorita De Saint-Véran había sido encontrado en los acantilados de Dieppe... o mejor dicho, un cadáver que se suponía era el de la señorita De Saint-Véran, pues en su brazo llevaba un brazalete similar a uno de los que usaba la joven. Y que además esta era la única señal de identidad, pues el cadáver estaba irreconocible.

En eso recordé algo que me llevó a comprender varias cosas. Unos días antes había leído en un número de *La Vigié de Dieppe* que una joven pareja de estadounidenses que estaba de viaje en Envermeu se habían envenenado voluntariamente y que sus cadáveres habían desaparecido la noche misma de su muerte. Así que corrí a Envermeu a investigar. Allí me dijeron que la historia era verdadera, salvo en lo que concernía a la desaparición de los cuerpos, pues los propios hermanos de las dos víctimas se habían presentado a reclamar los cadáveres y se los habían llevado después de las comprobaciones habituales. Esos hermanos sin duda eran Arsène Lupin y asociados.

Esto prueba, por consiguiente, lo que antes expuse. Sabemos el motivo por el cual Lupin simuló la muerte de la joven y acreditó el rumor de su propia muerte. Está enamorado y no quiere que se sepa. Y para que no se sepa no se detiene ante nada, fue capaz hasta de emprender ese increíble robo de los dos cadáveres que necesitaba para que uno pasara como el suyo y el otro como el de la señorita De Saint-Véran. Así quedaría tranquilo, sin que nadie pueda inquietarlo. De esa manera nadie sospecharía qué fue lo que pasó en realidad.

¿Pero realmente nadie podría hacerlo? No, pues sí tenía tres adversarios que en un momento dado podrían albergar ciertas dudas: Ganimard, cuya llegada se estaba esperando, Herlock Sholmes, que debía atravesar el estrecho,[8] y yo, que estaba en el lugar de los hechos. Había un triple peligro que necesitaba suprimir. Así que secuestró a Ganimard y a Herlock Sholmes, y ordenó a Brédoux que me apuñalara.

Solo queda un punto por aclarar: ¿por qué Lupin se empeñó tanto en robarme el documento de la Aguja hueca? No creo que pretendiera que al recuperarlo se borrarían de mi memoria las cinco líneas que componían el texto que tenía escrito. Entonces, ¿por qué me lo robó? ¿Será que tiene miedo de que la propia naturaleza del papel me proporcione cualquier otro indicio o alguna información?

Sea como sea, esa es la verdad sobre el asunto de Ambrumésy.

Repito que en la explicación que estoy ofreciendo la hipótesis desempeña un importante papel, igual al que desempeña en mi investigación personal. Pero si se esperan las pruebas y los hechos para combatir a Lupin, se correría un gran riesgo, ya sea el de esperarlos para siempre, o el de descubrirlas preparadas por él para que conduzcan justamente al extremo opuesto.

Yo tengo confianza en que cuando se conozcan todos los hechos, mis hipótesis sobre todos los puntos quedarán confirmadas.

Así, pues, aunque Arsène Lupin logró dominar por un momento a Beautrelet, quien perturbado por el secuestro de su padre se resignó a la derrota, a final de cuentas no pudo callar la verdad; era demasiado hermosa y demasiado extraña. Las pruebas que tenía y podía dar eran demasiado lógicas y demasiado concluyentes para aceptar disfrazarlas. Y todo el mundo estaba esperando sus revelaciones, así que no podía hacer otra cosa que hablar.

[8] Atravesar el canal de La Mancha, viajando de Inglaterra a Francia [N. del T.].

La misma noche del día en que apareció su artículo, los periódicos anunciaron que el señor Beautrelet padre había sido secuestrado. Isidore ya había sido avisado por medio de un telegrama que le enviaron de Cherbourg, el cual recibió a las tres de la tarde.

V

Sobre la pista

La violencia del golpe dejó aturdido al joven Beautrelet. Si bien la publicación de su artículo obedeció sobre todo a sus irresistibles deseos de hacerlo, esos que son capaces de hacerte desdeñar toda prudencia, también lo hizo porque en el fondo no había creído en la posibilidad real del secuestro. Estaba muy seguro de haber tomado todas las precauciones. Los amigos de Cherbourg no solo tenían la consigna de vigilar personalmente a Beautrelet padre, de vigilar sus idas y venidas, de no dejarle salir solo, e incluso de no entregarle ninguna carta sin haberla abierto antes. No, no había peligro. Lupin estaba blofeando para ganar tiempo, lo que quería era intimidar a su adversario. Así que para el joven el golpe resultó casi imprevisto y tuvo que pasar el resto del día resintiendo el doloroso impacto, impotente para actuar. Lo único que lo sostenía era la idea de ir a comprobar por sí mismo qué había ocurrido y reanudar la ofensiva. Envió un telegrama a Cherbourg. Hacia las ocho llegó a la estación de Saint-Lazare. Unos minutos después el exprés partía.

Una hora más tarde, al desplegar maquinalmente un periódico de la tarde que había comprado en el andén, se enteró de que Lupin pidió que publicaran una carta mediante la cual respondía indirectamente a su artículo de la mañana.

Señor director:

No pretendo en modo alguno que mi modesta personalidad, que ciertamente en tiempos más heroicos hubiera pasado inadvertida, no adquiera algún relieve en nuestra época de apatía y mediocridad. Pero hay un límite que la curiosidad malsana de las multitudes no podría rebasar, bajo pena de deshonrosa indiscreción. Si no se respetan los muros de la vida privada, ¿cuál será la salvaguarda de los ciudadanos?

¿Se invocará el interés superior de la verdad? Vano pretexto para mí, puesto que la verdad se conoce y no opongo dificultad alguna para escribir la confesión oficial. Sí, la señorita De Saint-Véran está viva. Sí, la amo. Sí, tengo la pena de que ella no me ama. Sí, la investigación del pequeño Beautrelet es admirable en cuanto a precisión y justeza. Sí, estamos de acuerdo en todos los puntos. Ya no hay más enigmas. ¡Y bien! ¿qué sigue ahora?

Alcanzado hasta las propias profundidades de mi alma, sangrando aún de las heridas morales más crueles, pido que mis sentimientos más íntimos y mis esperanzas más secretas no se entreguen más a la malignidad pública. Pido la paz, la paz que me es necesaria para conquistar el afecto de la señorita De Saint-Véran, y para borrar de su recuerdo los mil pequeños ultrajes que su tío y su prima le infligían —de esto no se ha hablado—, de su situación de pariente pobre. La señorita De Saint-Véran olvidará ese pasado detestable. Todo cuanto ella podrá desear, aunque fuese la joya más hermosa del mundo, aunque fuese el tesoro más inaccesible, yo lo pondré a sus pies. Ella será feliz. Ella me amará. Pero para lograrlo, una vez más, preciso la paz. Es por eso que depongo las armas, y ofrezco a mis enemigos la rama de olivo... advirtiéndoles, además, generosamente, que una negativa por su parte podría tener para ellos las más graves consecuencias.

Y una palabra más respecto al señor Harlington. Bajo este nombre se oculta un excelente muchacho, que es secretario de Cooley, el multimillonario estadounidense, y quien se encargaría de llevarse de Europa todos los objetos de arte antiguo que le fuera posible obtener. La mala suerte quiso que tropezara con mi amigo Etienne de Vaudreix, alias Arsène Lupin, alias yo. Fue así como se enteró de que un tal M. De Gesvres quería deshacerse de cuatro Rubens, a condición de que fueran sustituidos por copias y que se pasara por alto que la venta se realizaba con su consentimiento, una información que era falsa.

Mi amigo Vaudreix estaba empeñado en convencer a M. De Gesvres para que vendiera la Capilla Divina. Las negociaciones se realizaron con muy buena fe por parte de mi amigo Vaudreix, y con una encantadora ingenuidad por parte del señor Harlington, hasta el día en que los Rubens y las esculturas de la Capilla Divina estuvieron en lugar seguro... y el señor Harlington, en prisión. No queda, pues, sino poner en libertad al infortunado estadounidense, ya que el único papel que él desempeñó en este asunto fue el de embaucado; asignar la culpa que corresponde al multimillonario Cooley, quien por temor a posibles complicaciones no protestó contra el arresto de su secretario, y felicitar a mi amigo Etienne de Vaudreix, alias yo, por vengar la moral pública conservando los quinientos mil francos que recibió por adelantado del poco simpático Cooley.

Discúlpeme por haber extendido estas líneas, señor director, y crea en mis sentimientos más distinguidos.

ARSÈNE LUPIN

Quizá Isidore sopesó los términos de esta carta con la misma minuciosidad con la que estudió el documento de la Aguja hueca. Partía del principio, que era fácilmente demostrable, de que Lupin jamás se había tomado la molestia de enviar ni una sola de sus divertidas cartas a los periódicos si no lo consideraba absolutamente necesario, sin que existiera un motivo que los acontecimientos no pudieran sacar a la luz un día u otro.

¿Cuál era el motivo de esta carta? ¿Por qué razón secreta estaba confesando su amor y el fracaso de este? ¿Acaso había que buscar en las explicaciones concernientes al señor Harlington? ¿O bien, más lejos aún, entre líneas, detrás de todas esas palabras cuyo significado aparente quizá no tenía otro propósito que el de sugerir una idea mala, pérfida, desorientadora?...

El joven estuvo encerrado en su departamento durante horas, pensativo e inquieto. Aquella carta le inspiraba desconfianza, como si hubiera sido escrita especialmente para él con el propósito de inducirle a cometer un error. Por primera vez, y debido a que no se encontraba frente a un ataque directo, sino frente a un procedimiento de lucha equívoca, indefinible, experimentó la sensación muy clara del miedo. Y pensando en su anciano padre, secuestrado por culpa suya, se preguntó con angustia si no era una locura continuar librando un duelo tan desigual. ¿Acaso el resultado no era seguro? ¿Acaso Lupin no tenía la partida ganada de antemano?

¡Por un breve momento se sintió desfallecer! Cuando descendió de su departamento, a las seis de la mañana, reconfortado por algunas horas de sueño, ya había recobrado toda su fe.

En el andén, acompañado de su hija Charlotte, una niña de unos doce o trece años, le esperaba Froberval, el empleado del puerto militar que había dado hospitalidad a Beautrelet padre.

—¿Y bien? —exclamó Beautrelet.

El buen hombre empezó a gemir, pero él lo interrumpió y lo llevó hasta un establecimiento próximo, en donde pidió que les sirvieran café y comenzó a hablarle claramente a su interlocutor, sin permitirle ninguna digresión.

—Mi padre no fue secuestrado, ¿verdad? Eso es imposible.

—Imposible. Sin embargo, desapareció.

—¿Desde cuándo?

—No lo sabemos.

—¡Cómo!

—No. Ayer por la mañana, a las seis, al ver que no bajaba, abrí su puerta y ya no estaba allí.

—Pero ¿anteayer todavía estaba?

—Sí. Anteayer no salió de su habitación. Estaba un poco cansado y Carlota le subió el almuerzo al mediodía y la cena a las siete de la tarde.

—Entonces ¿fue entre las siete de la tarde de anteayer y las seis de la mañana de ayer cuando desapareció?

—Sí. La noche anterior a esta última. Solo que...

—¿Solo que qué?...

—Pues bien... que de noche no se puede salir del arsenal.

—Entonces ¿eso significa que no ha salido de allí?

—Sí. ¡Pero es imposible! Mis compañeros y yo ya registramos todo el puerto militar.

—Entonces significa que salió.

—Imposible. No pudo haber salido porque todo está vigilado.

Beautrelet reflexionó y luego dijo:

—En su habitación, ¿estaba deshecha la cama?

—No.

—¿La habitación estaba en orden?

—Sí. Encontré su pipa en el lugar de siempre, también el tabaco y el libro que estaba leyendo. Incluso estaba abierto en la página en la que tenía esta pequeña fotografía suya.

—Enséñemela.

Froberval le entregó la fotografía. Beautrelet puso cara de sorpresa. Se reconoció de inmediato en la instantánea; estaba de pie, con ambas manos en los bolsillos, rodeado por un jardín donde se erguían árboles y ruinas. Froberval añadió:

—Esta debe ser la última fotografía que usted le envió. Mire, detrás tiene escrita la fecha... 3 de abril, el nombre del fotógrafo, R. de Val, y el nombre del pueblo, Lion... Lion-sur-Mer... tal vez.

Isidore, de hecho, la había volteado y estaba leyendo esta pequeña nota, escrita con su propia letra: R. de Val-3-4-Lion.

Permaneció en silencio durante unos minutos y luego preguntó:

—¿Mi padre no le había mostrado esta instantánea?

—Puedo asegurarle que no... y me sorprendió cuando la vi ayer... ¡porque su padre nos hablaba de usted a menudo!

Se produjo un nuevo silencio, larguísimo. Froberval susurró:

—Estoy lidiando con el taller... tal vez podamos irnos a casa...

Se quedó callado. Isidore no había quitado los ojos de la fotografía, examinándola por todos lados. Finalmente, le preguntó a Froberval:

—¿En las afueras de la ciudad hay una posada del León Dorado?

—Sí, claro que sí, hay uno a una legua de aquí.

—En el camino a Valognes, ¿no?

—En ese camino, de hecho.

—¡Y bien!, tengo suficientes razones para suponer que esta posada fue el cuartel general de los amigos de Lupin y que fue desde ahí donde entraron en contacto con mi padre.

—¡Cómo se le ocurre! Su padre no vio ni habló con nadie.

—No vio a nadie, pero usaron un intermediario.

—¿En qué se basa para decir eso?

—En esta fotografía.

—Pero ¿no es usted?

—Sí, soy yo, pero no la envié yo. Ni siquiera la conocía. Me la tomaron sin mi conocimiento en las ruinas de Ambrumésy; estoy seguro de que fue el secretario del juez de instrucción, quien, como usted sabe, era cómplice de Arsène Lupin.

—¿Y entonces?

—Esta fotografía fue el pasaporte, el talismán gracias al cual consiguieron la confianza de mi padre.

—Pero ¿quién... quién pudo penetrar en mi casa?

—No sé, pero mi padre cayó en la trampa. Le dijeron que yo estaba en los alrededores, que pedía verlo y que lo esperaría en la posada del León de Oro, y él lo creyó.

—¡Pero todo esto es una locura! ¿Cómo puede usted afirmar?...

—Es muy simple. Imitaron mi escritura detrás de la fotografía y especificaron el lugar en el que supuestamente me encontraría... Route de Valognes, 3 km 400, Posada del León. Mi padre fue y lo atraparon, eso es todo.

—Supongamos que eso fue lo que pasó —susurró Froberval con asombro—, digamos que admito que así fue como pasaron las cosas... pero todo eso no explica cómo salió durante la noche.

—Salió a pleno día, incluso si eso significaba esperar hasta el anochecer para ir a la cita.

—¡Pero, maldita sea, si no salió de su habitación en todo el día de anteayer!

—Hay una manera de asegurarse; corra al puerto, Froberval, y busque a uno de los hombres que estaban de guardia la tarde de anteayer... Pero tiene que darse prisa si quiere encontrarme aquí cuando regrese.

—¿Se va usted?

—Sí, tomaré el tren de nuevo.

—¡Cómo!... Pero no sabe, aún... no termina su investigación...

—Mi investigación ha terminado. Sé prácticamente todo lo que quería saber. Dentro de una hora habré dejado Cherburgo.

Froberval se había puesto de pie. Miró a Beautrelet absolutamente desconcertado, vaciló un momento y luego agarró su gorra.

—¿Vienes, Charlotte?

—No —dijo Beautrelet—, todavía necesito algo de información. Déjala conmigo. Quiero charlar con ella, la conozco desde pequeña.

Froberval se fue. Beautrelet y la niña se quedaron a solas en la taberna. Pasaron los minutos, vino un camarero, recogió las tazas y desapareció.

Los ojos del joven y de la niña se encontraron y, con mucha dulzura, Beautrelet puso su mano sobre la de la pequeña. Ella lo miró durante dos o tres segundos, desconcertada, como sofocada. Luego, repentinamente metió la cabeza entre los brazos cruzados y rompió en sollozos.

Él la dejó llorar y, al cabo de un instante, le dijo:

—Eres tú quien hizo todo, ¿verdad? Tú fuiste quien sirvió de intermediaria. Fuiste tú quien le llevó la fotografía. Lo confiesas, ¿verdad? Y aunque decías que mi padre estaba en su habitación anteayer, sabías bien que no era así, ¿verdad?, porque fuiste tú quien le ayudó a salir.

Ella no respondió. Beautrelet le dijo:

—¿Por qué lo hiciste? Sin duda fue porque te ofrecieron dinero... para comprarte cintas... un vestido...

Sacó la cabeza de Charlotte de entre sus brazos y se la levantó. Vio su rostro surcado de lágrimas, un rostro gracioso, inquietante y de expresión cambiante de estas niñas que están destinadas a todas las tentaciones, a todos los fracasos.

—Vamos —continuó Beautrelet—. Se acabó... no hablemos más de eso... No te pediré que me digas cómo pasó. Solo quiero que me digas todo lo que podría serme útil... ¿Captaste algo... alguna palabra de lo que dijeron esas personas? ¿De cómo se efectuó el secuestro?

Ella respondió inmediatamente:

—Se irían en automóvil..., los oí hablar de ello.

—¿Y qué ruta siguieron?

—¡Ah! Eso no lo sé.

—¿Hablaron entre ellos algo que pueda ayudarnos?

—Nada... Sin embargo, uno de ellos dijo: «No hay tiempo que perder... el patrón nos hablará por teléfono allá, mañana por la mañana, a las ocho...».

—¿Dónde? ¿Allá?... Trata de recordar... Dijeron el nombre de una ciudad, ¿no es así?

—Sí... dijeron un nombre... un nombre como *château*...

—¿Châteaubriand?... ¿Château-Thierry?...

—No... no...

—¿Châteauroux?

—Eso es... Châteauroux...

Beautrelet no esperó a que ella pronunciara la última sílaba. Antes de eso ya estaba de pie y, sin preocuparse de Froberval, sin preocuparse de la niña, que lo miraba con estupefacción, abrió la puerta del café y corrió a la estación.

—Châteauroux, señora... un boleto para Châteauroux.

—¿Por Le Mans y Tours? —dijo la mujer que despachaba los boletos.

—Por supuesto... el de la ruta más corta... ¿Estaré allí para almorzar?

—¡Ah! No...

—¿Para cenar? ¿Para dormir?...

—¡Ah! no, para eso tendría que pasar por París... El expreso de París es a las ocho en punto... Es demasiado tarde.

No era demasiado tarde. Beautrelet aún podía tomarlo.

—Vamos —dijo Beautrelet, frotándose las manos—, solo pasé una hora en Cherburgo, pero fue fructífera.

Ni por un momento pensó en acusar a Charlotte de mentir. Débiles, indefensas, capaces de las peores traiciones, estas pequeñas naturalezas también obedecen a arrebatos de sinceridad, y Beautrelet había visto en sus ojos asustados la vergüenza por el mal que había hecho y la alegría de poder contribuir a repararlo. Por lo tanto, no tenía ninguna duda de que Châteauroux era esa otra ciudad a la que había aludido Lupin y donde sus cómplices debían esperar su llamada.

A su llegada a París, Beautrelet tomó todas las precauciones necesarias para no ser seguido. Sintió que era un momento serio. Que estaba avanzando por el camino correcto que lo conduciría a su padre, y una imprudencia podía estropearlo todo.

Entró a la casa de uno de sus amigos del Liceo y cuando salió, una hora después, estaba irreconocible. Se veía como un inglés de unos treinta años, se había vestido con un traje de color café en tela estampada con cuadros grandes, pantalón corto, medias de lana y gorra de viaje. Tenía el rostro colorido y con una pequeña barba roja.

Se subió a una bicicleta, sobre la cual cargó también herramientas de pintor, y se dirigió a la estación de Austerlitz.

Pasó la noche en Issoudun. Al día siguiente, al alba, se subió a la bicicleta para ir al correo de Châteauroux, en donde se presentó a las siete y pidió que se le comunicara a un número de París. Mientras esperaba, entabló conversación con el empleado y se enteró de que el día anterior, a la misma hora, un individuo vestido con traje de automovilista también había solicitado que lo comunicaran a un número de París.

Esa era la prueba que necesitaba. No esperó más. Por la tarde ya sabía, por testimonios irrecusables, que una limusina que seguía por la carretera de Tours había cruzado el pueblo de

Buzançais y luego la pequeña ciudad de Châteauroux, y que más allá de los límites de esta, en los linderos del bosque y a eso de las diez, se había detenido. En cuanto se estacionó se detuvo junto a ella un descapotable en el que solo iba el conductor. Momentos después este último arrancó en dirección al sur por el valle de Bouzanne, pero ahora ya iba otra persona al lado del conductor. La limusina, por su parte, se dio la vuelta para dirigirse hacia el norte, rumbo a Issoudun.

Isidore localizó fácilmente al propietario del descapotable, pero este no sabía nada al respecto, pues dijo que le alquiló el coche con su caballo a una persona que se los devolvió al día siguiente. Finalmente, esa misma tarde Isidore se enteró de que el automóvil solo pasó por Issoudun y continuó avanzando hacia Orleans, es decir, hacia París.

Todo esto llevó a Beautrelet a concluir que, sin lugar a dudas, su padre se encontraba en los alrededores. Si no, ¿qué sentido tendría que unos tipos recorrieran casi quinientos kilómetros atravesando Francia solo para llamar por teléfono a Châteauroux y de inmediato volver, haciendo un ángulo agudo, por el camino de París? Ese formidable paseo tenía un objetivo preciso: transportar al padre de Beautrelet al lugar en el que lo ocultarían. «Y este lugar está al alcance de la mano», se decía Isidore, lleno de esperanzas. «A unos cuarenta y ocho kilómetros, cuando mucho a setenta y dos de aquí, está mi padre en espera de que lo auxilie. Él está ahí, respirando el mismo aire que yo».

Inmediatamente emprendió la campaña. Tomó un mapa oficial y dividió el terreno en pequeños cuadrados, los cuales visitó uno a uno, ingresó a las fincas, habló con los campesinos, visitó a los maestros, alcaldes y sacerdotes, charló con las mujeres. Le parecía que no tardaría en alcanzar la meta y empezó a soñar que lograría mucho más: empezó a creer que no solo liberaría a su padre, sino a todas las personas que Lupin tenía cautivas: Raymonde de Saint-Véran, Ganimard, quizás Herlock Sholmes, y otros, muchos otros. Y que cuando llegara a ellos, también llegaría al corazón de la fortaleza de Lupin, a la guarida impenetrable donde apilaba los tesoros que había robado del universo.

* * *

Pero después de quince días de búsqueda infructuosa, su entusiasmo decayó y perdió la confianza inicial. Como se tardó en lograr su cometido, casi de la noche a la mañana decidió que lo más seguro era que no lo lograra y, aunque continuó con su plan de investigaciones, no confiaba en que sus esfuerzos lo condujeran al más mínimo descubrimiento.

Pasaron todavía más días monótonos y desalentadores. Por los periódicos se enteró de que el conde De Gesvres y su hija habían abandonado Ambrumésy y se habían instalado en los alrededores de Niza. Supo también de la liberación del señor Harlington, cuya inocencia se comprobó conforme a las indicaciones de Arsène Lupin.

Cambió su cuartel general a La Châtre, en donde se estableció durante dos días; luego a Argenton, en donde estuvo otros dos días, con el mismo resultado.

Después de eso pensó que tal vez ya era hora de abandonar la partida. Evidentemente, el descapotable ligero en el que se llevaron a su padre solo había sido usado para recorrer una parte de la ruta hacia el destino final, y después habían utilizado otro o más vehículos para continuar; tal vez su padre estaba lejos. El caso es que empezó a considerar marcharse de allí. Pero, un lunes por la mañana, se sorprendió cuando, en el sobre de una carta sin franqueo que le reexpedían desde París, vio la dirección escrita con un tipo de letra que reconoció de inmediato. Su emoción fue tal que durante unos minutos no osó abrirla por temor a decepcionarse. Su mano temblaba. ¿Sería posible? ¿No se trataría de una trampa que le tendía su infernal enemigo? Con un movimiento brusco abrió el sobre. Era, efectivamente, una carta de su padre... escrita por su puño y letra. La escritura presentaba todas las particularidades, todos los rasgos de escritura que él conocía tan bien. Leyó:

¿Llegarán a ti estas palabras, mi querido hijo? No me atrevo a creerlo.

Toda la noche del secuestro viajamos en automóvil y luego por la mañana en coche. No pude ver nada. Llevaba una venda sobre los ojos. El castillo donde estoy detenido debe estar, a juzgar por su construcción y por la vegetación del jardín, en el centro de Francia. La habitación que ocupo está en el segundo piso; es una habitación con dos ventanas, una de las cuales está casi cubierta por una cortina de glicinas. Por las tardes, a ciertas horas, me dejan salir a pasear por el jardín, pero siempre estoy vigilado por alguien.

Aunque corro peligro al hacerlo, decidí escribir esta carta y atarla a una piedra. Quizá uno de estos días pueda arrojarla por la barda para que algún campesino la recoja y la envíe. No te inquietes. Me están tratando con muchas consideraciones.

Tu viejo padre que te quiere mucho y que se entristece pensando en las preocupaciones que te causa.

BEAUTRELET

Inmediatamente, Isidore miró los sellos del correo. Decían: «*Cuzion (Indre)*». ¡Indre! ¡La región que él se había empeñado en escudriñar desde hacía semanas! Consultó una pequeña guía de bolsillo, de la que no se separaba. *Cuzion*, cantón de *Eguzon*... Por allí también había pasado.

Por prudencia abandonó su disfraz de inglés, que comenzaba ya a ser conocido en la región; se disfrazó de obrero y se dirigió a Cuzion, una aldea pequeña, por lo cual le fue fácil descubrir al remitente de la carta.

Además, la suerte lo ayudó casi de inmediato.

—¿Una carta que fue echada al correo el último miércoles?... —exclamó el alcalde, un excelente burgués al cual le tuvo confianza y le contó a qué iba, y quien se puso a su disposición—. Escuche, creo que puedo ayudarle con valiosa información... El sábado por la mañana, a la salida de la aldea, me crucé con el padre Charel, un viejo afilador de cuchillos que visita todas las ferias del departamento. Al verme, me preguntó: «Señor alcalde, ¿se puede mandar una carta aunque no tenga sello?». «¡Claro, le respondí!». «Caray, ¿y llega a su destino?». «Sí, solo que tiene que pagar un recargo en el franqueo».

—¿Y dónde vive el padre Charel?

—Vive en la ladera, solo... en la casucha que está después del cementerio... ¿Quiere que lo acompañe?

La casucha estaba en un lugar aislado, en medio de un huerto rodeado de árboles altos. Cuando entraron, tres urracas salieron volando de encima de la perrera, donde estaba amarrado el perro guardián, que ni se movió ni ladró al verlos acercarse. Beautrelet, muy sorprendido, se acercó a revisarlo. La bestia yacía de costado, con las piernas rígidas, muerta.

Corrieron apresuradamente hacia la casa. La puerta estaba abierta.

Entraron y, al fondo de una habitación baja y húmeda, sobre un deteriorado colchón de paja que estaba tirado en el suelo, yacía un hombre completamente vestido.

—¡Padre Charel!... —gritó el alcalde—. ¿También estará muerto?

Las manos del hombre estaban frías y su rostro tenía una

palidez aterradora, pero el corazón aún latía, a un ritmo débil y lento, y parecía no tener heridas.

Intentaron reanimarlo pero no pudieron, así que Beautrelet salió en busca de un médico. El médico no tuvo más éxito que ellos. El buen hombre no parecía sentir dolor. Parecía que solo estaba durmiendo, pero era un sueño artificial, como si estuviera hipnotizado o le hubieran dado un narcótico para dormirlo.

Sin embargo, a la mitad de la noche siguiente, Isidore, que se quedó a cuidarlo, notó que su respiración se hacía más fuerte y que todo su ser parecía liberarse de las ataduras invisibles que lo tenían paralizado.

Al alba se despertó y reanudó sus funciones normales, comió, bebió y se reanimó. Pero pasó el día sin poder responder a las preguntas del joven, su cerebro todavía estaba entumecido por un letargo inexplicable.

Al día siguiente, le preguntó a Beautrelet:

—¿Qué hace usted aquí? Hasta ese momento se mostró sorprendido por la presencia de un extraño a su alrededor.

Fue así como poco a poco fue recuperando la normalidad. Empezó a hablar y a hacer planes. Pero cuando Beautrelet le preguntó sobre lo que pasó antes de que se quedara «dormido», pareció no entender la pregunta. Y Beautrelet percibió que realmente no entendía. Había olvidado todo lo ocurrido desde el viernes anterior. Era como un paréntesis repentino en el curso normal de su vida. Recordaba las cosas que hizo el viernes por la mañana y por la tarde, los negocios que hizo en la feria, la comida que comió en la posada. Pero no recordaba nada de lo que pasó después... Pensó que había despertado un día después de ese día.

Fue horrible para Beautrelet. La verdad estaba ahí, en esos ojos que habían visto las paredes del jardín detrás del cual lo esperaba su padre, en esas manos que habían recogido la carta, en ese cerebro confuso que había registrado el lugar de la escena, el escenario, el pequeño rincón del mundo donde se desarrollaba el drama. ¡Y no podía sacar el menor eco de esta cercana verdad de esas manos, esos ojos, ese cerebro!

¡Oh! Ese obstáculo impalpable y formidable con el que tropezaban sus esfuerzos, ese obstáculo hecho de silencio y olvido, ¡qué bien llevaba la marca de Lupin! Quien, seguramente informado de que Beautrelet padre había intentado enviar una señal, ordenó que hicieran lo necesario para desaparecer sus recuerdos porque su testimonio podía causarle problemas.

No es que Beautrelet se sintiera descubierto, ni que pensara que Lupin, consciente de su ataque furtivo y sabiendo que le había llegado una carta, se hubiese defendido personalmente de él. Pero ¡cuánta previsión y verdadera inteligencia mostró al suprimir la posibilidad de que este transeúnte lo acusara! Ahora nadie más sabía que dentro de unos muros había un prisionero pidiendo ayuda a gritos.

¿Nadie? Sí, Beautrelet. ¿El padre Charel no podía hablar? Así era. Pero al menos se podía saber dónde estaba la feria en la que había estado el hombre y la ruta lógica que había tomado para regresar. Y a lo largo de este camino tal vez finalmente podría encontrar...

Isidore, además, solo había frecuentado la casucha del padre Charel con las mayores precauciones y, para no despertar sospechas, decidió no volver. Preguntando se enteró de que el viernes era día de mercado en Fresselines, un pueblo grande situado a unas pocas leguas al que se podía llegar por la carretera principal, bastante sinuosa, o por atajos.

El viernes eligió ir allí por la carretera principal y no vio nada que le llamara la atención, ninguna construcción de altos muros, ninguna silueta de un castillo antiguo. Almorzó en Fresselines y se disponía a partir cuando vio llegar al padre Charel, que cruzaba la plaza empujando un carrito de afilar. Inmediatamente decidió seguirlo de lejos.

El viejo hizo dos interminables paradas, durante las cuales afiló dos docenas de cuchillos. Luego, al fin, se marchó por un camino que se dirigía hacia Crozant y al pueblo de Eguzon.

Beautrelet siguió detrás de él por ese camino. Pero no habían pasado ni cinco minutos cuando tuvo la sensación de que no era el único que estaba siguiendo al hombre. Entre ellos caminaba otro individuo que se detenía y arrancaba al mismo tiempo que el padre Charel, sin cuidarse mucho, además, de no ser visto.

«Lo vigilan», pensó Beautrelet. «Tal vez quieren saber si se detiene delante de los muros».

Su corazón latía de prisa. Algo estaba por suceder.

Los tres, uno tras otro, subieron y bajaron las cuestas escarpadas de la región y llegaron a Crozant. Allí, el viejo Charel hizo un alto de una hora. Luego bajó hacia el río y cruzó el puente. Pero entonces ocurrió un hecho que sorprendió a Beautrelet. El individuo que seguía al viejo no cruzó el puente. Observó que se alejaba e internaba por un sendero que lo llevaba al pleno campo y allí empezó a perderlo de vista. Beautrelet titubeó unos momentos mientras pensaba qué hacer y luego, bruscamente, decidió seguirlo.

«Comprobó», se dijo, «que el padre Charel pasó derecho. Ya está tranquilo y ahora se va. ¿A dónde irá? ¿Será al castillo?».

Estaba llegando a su objetivo. Lo presentía por la dolorosa sensación de alegría que experimentaba.

El hombre penetró en un bosque oscuro que dominaba el río y luego apareció de nuevo, a plena luz, en el horizonte del sendero. Cuando Beautrelet, a su vez, salió del bosque, quedó muy sorprendido de no ver ya al individuo. Lo estaba buscando con la mirada cuando de pronto vio algo que lo hizo ahogar un grito de sorpresa y, dando un salto atrás, regresó a la línea de árboles de donde acababa de salir. Lo que vio a su derecha fue una alta muralla flanqueada por unos contrafuertes macizos situados a distancias iguales.

¡Era allí! ¡Era allí! ¡Aquellos muros aprisionaban a su padre! Había encontrado el lugar secreto en el que Lupin encarcelaba a sus víctimas.

No se atrevió a abandonar el refugio que le proporcionaba el espeso follaje del bosque. Lentamente, casi tendido sobre el vientre, se fue escurriendo hacia la derecha hasta llegar a la cima de un montículo que estaba en el nivel de la copa de los árboles vecinos. Las murallas eran todavía más altas. No obstante, alcanzó a ver el techo del castillo, un antiguo techo Luis XIII coronado con unas torrecillas muy agudas, colocadas en forma de cesta alrededor de una flecha más aguda y más alta.

Por ese día Beautrelet no hizo nada más. Necesitaba reflexionar y preparar su plan de ataque sin dejar nada al azar. Amo de Lupin, ahora le tocaba a él escoger la hora y la forma del combate. Se marchó.

Cerca del puente se cruzó con dos campesinas que llevaban cántaros llenos de leche. Les preguntó:

—¿Cómo se llama el castillo que está allí, detrás de los árboles?

—Ese es el castillo de la Aguja, señor.

Había hecho la pregunta sin darle importancia. Pero la respuesta lo dejó atónito.

—El castillo de la Aguja... ¡Ah! ¿Pero aquí dónde estamos? ¿Es el departamento del Indra?

—No. El Indra es del otro lado del río... De este lado es el departamento de Creuse. Isidore quedó como deslumbrado. El castillo de la Aguja y el departamento de Creuse.[9] ¡La Aguja

---

[9] Hueco.

hueca! ¡La propia clave del documento! La victoria estaba asegurada, era definitiva, total...

Sin decir una palabra más, volvió la espalda a las dos mujeres y se alejó, tambaleándose por la emoción como un hombre ebrio.

VI

Un secreto histórico

La resolución de Beautrelet fue inmediata: actuaría solo. Avisar a las autoridades era demasiado peligroso. Y además lo único en lo que se podía apoyar eran presunciones; por otra parte, le preocupaba la lentitud con la que actuaban las autoridades, que iniciaran una investigación y que en el transcurso cometieran indiscreciones que pudieran poner sobre aviso a Lupin y darle tiempo para organizar su retirada.

Al día siguiente, desde las ocho de la mañana, con sus cosas bajo el brazo, abandonó la posada en la que se alojaba en los alrededores de Cuzion, se metió en la primera espesura que encontró, cambió sus ropas de obrero y se convirtió de nuevo en el joven pintor inglés, y disfrazado así se presentó en casa del notario de Eguzon, el pueblo más importante de la región.

Le contó que le gustaba la región y que si encontraba una morada conveniente se instalaría allí de buena gana con sus padres. El notario le habló de varias propiedades. Beautrelet insinuó que le habían hablado del castillo de la Aguja, a orillas del Creuse.

—En efecto, pero el castillo de la Aguja pertenece a uno de mis clientes desde hace cinco años y no está en venta.

—¿Vive allí, entonces?

—Vivía... o más bien su madre, pero a ella no le agradaba el castillo porque lo encontraba un poco triste. Así que lo abandonaron el año pasado.

—¿Y, entonces, ya no está ocupado?

—Sí, lo habita el barón Anfredi, un italiano a quien mi cliente se lo alquiló para el verano.

—¡Ah! El barón Anfredi, un hombre todavía joven, con un aire bastante serio y rígido...

—No llegué a verlo, trató directamente con mi cliente. No hubo fianza...; una simple carta...

—Entonces, ¿usted no conoce al barón?

—No. Él casi nunca sale del castillo... Al parecer a veces sale por la noche, en automóvil. Las provisiones las compra una vieja cocinera que no habla con nadie. Son personas muy raras...

—¿Cree que su cliente aceptaría vender el castillo?

—No lo creo. Es un castillo histórico, al más puro estilo Luis XIII. A mi cliente le gustó mucho, y si no ha cambiado de opinión...

—¿Me puede dar su nombre y dirección?

—Se llama Louis Valméras, y vive en el 34, calle Mont-Thabor.

Beautrelet tomó el tren de París en la estación más cercana. Dos días más tarde, después de tres visitas infructuosas, encontró al fin a Louis Valméras. Era un hombre de unos treinta años, de rostro franco y simpático. Beautrelet, juzgando inútil fingir, se presentó con su propia identidad y le contó sus esfuerzos y el objeto de su visita.

—Todo me hace creer —concluyó— que mi padre está encarcelado en el castillo de la Aguja, y no dudo que esté en compañía de otras víctimas. Y vengo a preguntarle qué sabe de su inquilino, el barón Anfredi.

—No sé gran cosa. Lo conocí el invierno pasado en Monte-Carlo. Me dijo que se enteró por casualidad de que yo era propietario de un castillo y que, como deseaba pasar una temporada en Francia, quería alquilármelo.

—Es un hombre todavía joven...

—Sí, con cabellos rubios y una mirada muy enérgica.

—¿Usa barba?

—Sí, una barba terminada en dos puntas que caen sobre un cuello postizo que se abrocha por detrás, como el cuello de un sacerdote. Además, tiene un cierto aire de sacerdote inglés.

—Es él —murmuró Beautrelet—. Es él, tal como yo lo he visto; es su descripción exacta.

—¡Cómo! ¿Cree usted?...

—No creo, estoy seguro de que su inquilino no es otro que Arsène Lupin.

La historia divirtió a Louis Valméras. Conocía todas las aventuras de Lupin y las peripecias de su lucha contra Beautrelet. Se frotó las manos.

—Vamos, el castillo de la Aguja se va a volver famoso... lo cual no me disgusta, porque como mi madre ya no vive allí, en el fondo siempre tuve la idea de deshacerme de él a la primera oportunidad. Después de eso encontraré comprador. Lo único que le pediría es que...

—¿Qué?

—Que proceda con la más extrema prudencia y que no avise a las autoridades, a menos que esté completamente seguro de lo que dice. ¿Pues qué tal si resulta que mi inquilino no es Arsène Lupin?

Beautrelet expuso su plan. Iría él solo, por la noche, saltaría por encima de la muralla y se escondería en el jardín...

Louis Valméras lo detuvo de inmediato.

—No es tan fácil saltar murallas de esa altura. Y si lo lograra, sería recibido por dos enormes mastines que pertenecen a mi madre y que yo dejé en el castillo.

—¡Bah! Podré entretenerlos con unas bolas de masa...

—¡No creo! Pero supongamos que lo consigue. ¿Y después? ¿Cómo entrará al castillo? Las puertas son enormes y las ventanas están enrejadas. Y, además, una vez adentro ¿cómo sabrá dónde buscar? Hay veinticuatro habitaciones.

—Sí, pero la habitación que me interesa tiene dos ventanas y está en el segundo piso...

—Sé de cuál me habla. La llamamos *la habitación de las Glicinas*. Pero ¿cómo la encontrará? Hay tres escaleras y un laberinto de pasillos. No importa cuánto le explique el camino, de todos modos se perdería.

—Venga conmigo —dijo Beautrelet, riendo.

—Imposible. Le prometí a mi madre que me reuniría con ella en el sur.

Beautrelet regresó a donde el amigo lo hospedaba y comenzó sus preparativos. Pero hacia el final del día, cuando se disponía a partir, recibió la visita de Valméras.

—¿Aún quiere mi ayuda? —dijo Valméras.

—¡Que si la quiero, pues claro!

—Pues bien: en ese caso lo acompaño. Se me antojó hacer la expedición con usted. Creo que será divertido; me hace gracia involucrarme en este asunto... Mire: aquí tiene ya mi primera colaboración —dijo mostrando una gruesa llave oxidada y de aspecto venerable.

—Y esta llave ¿qué abre?... —preguntó Beautrelet.

—Una pequeña poterna disimulada entre dos contrafuertes que está abandonada desde hace siglos, tanto que ni siquiera consideré necesario hablarle de ella a mi inquilino. Da al campo, precisamente al lindero del bosque...

Beautrelet lo interrumpió bruscamente:

—Ellos conocen esa salida. Es evidente que fue por allí por donde entró al jardín el individuo a quien perseguí. ¡Vamos! Es una bonita partida y nosotros la ganaremos. Pero, diablos: ¡hay que jugar bien!

***

Dos días después, al paso de un caballo famélico, llegaba a Crozant un carro de feriantes, cuyo conductor obtuvo autorización para acampar bajo un antiguo cobertizo a orillas de la aldea. Además del conductor, que no era otro que Valméras, había tres jóvenes que se dedicaban a trenzar butacas con varas de mimbre. Eran Beautrelet y dos de sus compañeros del Liceo Janson.

Permanecieron allí tres días, rondando aisladamente por los alrededores del parque, en espera de una noche propicia. Una de esas veces, Beautrelet ubicó la poterna. Estaba situada entre dos contrafuertes, tan bien disimulada detrás del velo de zarzas que casi se confundía con el diseño formado por las piedras de la muralla. Por fin, al cuarto día, el cielo se cubrió de grandes nubes negras y Valméras decidió que irían a hacer un reconocimiento, pero dispuestos a regresar rápidamente si las circunstancias no eran favorables.

Los cuatro cruzaron el pequeño bosque. Luego, Beautrelet trepó por entre los brezos, se desgarró las manos en el seto de espinos e, irguiéndose a medias introdujo lentamente la llave en la cerradura. Despacio la hizo girar. ¿Se abriría la puerta bajo su esfuerzo? ¿No habría un candado en el otro lado? Empujó y la puerta se abrió sin rechinar, sin sacudidas. Entró al jardín.

—¿Ya está adentro, Beautrelet? Espéreme —dijo Valméras y, dirigiéndose a los otros dos, agregó—: Amigos, hay que vigilar la puerta por si sucede algo y tenemos que emprender la retirada. Si ven algo raro avísennos de inmediato con un silbido.

Tomó la mano de Beautrelet y juntos se internaron en las densas sombras de la espesura. Se les abrió un espacio más claro cuando llegaron al borde del jardín central. En ese momento un rayo de luna se filtró entre las nubes e iluminó el castillo con sus torrecillas puntiagudas, dispuestas en torno a la flecha aguda, a la cual, sin duda, debía su nombre. De ninguna de las ventanas salía luz y todo estaba en silencio. Valméras sujetó del brazo a su compañero.

—¡No haga ruido!

—¿Qué?

—Allí están los perros... vea...

Se escucharon unos gruñidos. Valméras silbó muy bajo. Surgieron dos siluetas blancas que en cuatro saltos vinieron a caer a los pies del amo...

—Tranquilos, chicos... acuéstense... bien...quédense quietos... —y le dijo a Beautrelet—: Ya podemos avanzar, ya estoy tranquilo.

—¿Está seguro del camino?

—Sí. Estamos acercándonos a la terraza.

—¿Entonces?

—Recuerdo que a la izquierda, en un lugar donde la terraza que da al río sube hasta las ventanas de la planta baja, hay una ventana que no cierra bien y que se puede abrir desde afuera.

* * *

De hecho, cuando llegaron, tras empujarla, la ventana cedió y entraron por el balcón uno tras otro. Ya estaban dentro del castillo.

—La estancia donde estamos —dijo Valméras— está al final del pasillo. Luego hay un vestíbulo inmenso adornado con estatuas, y al final de este hay una escalera que conduce a la habitación que se supone está ocupada por su padre.

Avanzó un paso.

—¿Viene usted, Beautrelet?

—Sí. Sí.

—Pero no... usted no viene... ¿Qué le ocurre?

Le tomó la mano. Estaba muy fría, luego se dio cuenta de que el joven estaba sentado en cuclillas en el suelo.

—¿Qué le ocurre? —repitió.

—Nada, enseguida se me pasa.

—Pero, hombre…

—¡Tengo miedo!…

—¿Tiene miedo?

—Sí —confesó Beautrelet ingenuamente—. Mis nervios me traicionan... a menudo logro dominarlos... pero hoy el silencio... la emoción... Y además, desde que el secretario me dio la puñalada... Pero ya va a pasar... va a pasar... mire, ya está pasando...

En efecto, consiguió dominarse y Valméras lo condujo al exterior de la estancia. Siguieron caminando a tientas por un pasillo, tan suavemente que ninguno percibía la presencia del otro. Sin embargo, el vestíbulo hacia el cual se dirigían parecía estar iluminado por una débil luz. Valméras asomó la cabeza. La luz procedía de una lamparilla que estaba colocada debajo de la escalera, sobre un velador que se alcanzaba a ver a través de las ramas menudas de una palmera.

—¡Alto! —susurró Valméras.

Cerca de la lamparilla había un centinela, en pie, sosteniendo un rifle. ¿Los habría visto? Quizá. Al menos algo debió inquietarlo, pues se echó el arma al hombro.

Beautrelet había caído de rodillas sobre la maceta de un arbusto; estaba inmóvil, aunque tenía el corazón desbocado dentro de su pecho.

Después de ver que nada se movía y todo seguía en silencio, el centinela se tranquilizó y bajó el arma, pero permaneció observando la maceta con el arbusto.

Transcurrieron diez, quince minutos espantosos, hasta que un rayo de luna se filtró por una ventana de la escalera. Beautrelet comprendió de pronto que aquel rayo continuaría desplazándose lentamente y que antes de otros diez o quince minutos caería sobre él, iluminando su cara.

De su rostro, y sobre sus manos temblorosas, comenzaron a caer gruesas gotas de sudor. Su angustia era tal que estuvo a punto de incorporarse y huir... Pero recordando que Valméras estaba también allí, lo buscó con la mirada y quedó estupefacto al ver, o más bien adivinar, que se estaba arrastrando entre las tinieblas al abrigo de los arbustos y de las estatuas. Lo vio llegar a los bajos de la escalera, y luego más alto, hasta que ya estaba a unos pasos del hombre.

¿Qué iba a hacer? ¿Pasar a como diera lugar? ¿Subir él solo para liberar al prisionero? Pero ¿podría pasar? Beautrelet lo perdió de vista y presintió que algo iba a ocurrir, algo que el silencio más pesado y más terrible parecía presentir también.

De pronto una sombra saltó bruscamente sobre el hombre, la lamparilla se apagó y se escuchó ruido de lucha... Beautrelet corrió. Dos cuerpos rodaban por el suelo, sobre las losas. Iba a agacharse, pero escuchó un gemido ronco, un suspiro, e inmediatamente uno de los adversarios se levantó y lo tomó del brazo.

—Pronto... Vamos.

Era Valméras.

* * *

Subieron dos pisos y desembocaron en la entrada de un pasillo cubierto con una alfombra.

—Vaya a la derecha, y luego a la cuarta habitación del lado izquierdo —susurró Valméras.

No tardaron en encontrar la puerta de aquella habitación. Como lo esperaban, el prisionero estaba encerrado bajo llave. Necesitaron una media hora; media hora de esfuerzos agotadores y de sordos intentos para forzar la cerradura. Al fin lograron entrar. A tientas, Beautrelet descubrió la cama. Su padre dormía. Lo despertó suavemente.

—Soy yo... Isidore... y un amigo... No temas nada... levántate... no digas ni una palabra...

El padre se vistió, pero en el momento de salir les dijo en voz baja:

—No estoy solo en el castillo...

—¡Ah! ¿Quién más está aquí? ¿Ganimard? ¿Sholmes?

—No... Al menos no los he visto.

—¿Entonces de quién hablas?

—Es una joven.

—¿La señorita De Saint-Véran? Estoy seguro de que sí, es ella.

—No sé... La he visto de lejos varias veces en el jardín... y, además, cuando me asomo por mi ventana veo la suya... Me ha hecho señales.

—¿Sabes dónde está su habitación?

—Sí, está en este pasillo, es la tercera a la derecha.

—La habitación azul —murmuró Valméras—. La puerta tiene dos hojas. Nos costará menos trabajo entrar.

Muy pronto, en efecto, una de las hojas cedió. Fue el padre de Beautrelet quien se encargó de avisar a la joven.

Diez minutos después salía con ella de la habitación y le decía a su hijo:

—Tenías razón... Es la señorita De Saint-Véran.

Bajaron los cuatro. En la base de la escalera, Valméras se detuvo y se inclinó sobre el centinela, y luego, llevándolo a la habitación de la terraza, dijo:

—No está muerto, vivirá.

—¡Ah! —exclamó Beautrelet con un suspiro de alivio.

—Por fortuna la hoja de mi cuchillo se dobló... la estocada no es mortal. Pero ¿y qué?, estos sinvergüenzas no merecen lástima.

Afuera les recibieron los dos perros, que los acompañaron hasta la poterna. Allí Beautrelet encontró a sus dos amigos.

La pequeña tropa salió del jardín. Eran las tres de la mañana.

* * *

Esta primera victoria no fue suficiente para Beautrelet. En cuanto instaló a su padre y a la joven, empezó a interrogarlos sobre las personas que residían en el castillo, y en particular sobre las costumbres de Arsène Lupin. Así se enteró de que Lupin solo iba al castillo cada tres o cuatro días. Que llegaba por la tarde en automóvil y partía por la mañana. En cada uno de esos viajes visitaba a los dos prisioneros, y ambos estuvieron de acuerdo en que les tenía muchas consideraciones y era muy amable con ellos. Por el momento no estaba en el castillo.

Dijeron que nunca vieron a nadie aparte de él, solo a una anciana que hacía de cocinera y ama de llaves, y a dos hombres que se turnaban para vigilarlos y que no les hablaban; dos subalternos, evidentemente, a juzgar por sus modales y sus apariencias.

—Pero dos cómplices al fin —concluyó Beautrelet—, o tres, con la anciana. Son piezas de caza que no hay que desdeñar. Y si no perdemos tiempo...

Saltó sobre una bicicleta, se dirigió al pueblo de Eguzon y al llegar allí despertó a la gendarmería, puso a todo el mundo en movimiento, hizo que sonaran la botasilla y regresó a Crozant a las ocho de la mañana, seguido del brigadier y de seis gendarmes.

Dos de estos hombres se quedaron de guardia cerca del carro de feriantes. Otros dos se situaron delante de la poterna. Y los restantes, al mando de su jefe y acompañados de Beautrelet y de Valméras, se dirigieron hacia la entrada del castillo. Demasiado tarde. La puerta estaba abierta de par en par. Un campesino les dijo que una hora antes había visto salir del castillo un automóvil.

De hecho, las pesquisas no dieron ningún resultado. Según todas las probabilidades, la banda debía haber instalado en el castillo un «campamento volante». Encontraron algunos trajes, poca ropa blanca y algunos utensilios de cocina, y eso era todo.

Lo que más sorprendió a Beautrelet y Valméras fue la forma en que desaparecieron al herido. Sobre las losas del vestíbulo no dejaron ni una huella de lucha, ni siquiera una gota de sangre.

En resumen, no había ningún testimonio material para probar que Lupin había estado en el castillo de la Aguja, y el brigadier hubiera tenido razones para rechazar las afirmaciones de Beautrelet, de su padre, de Valméras y de la señorita De Saint-Véran, si en una habitación contigua a la que ocupaba la joven no hubiesen descubierto media docena de admirables ramos de flores que aún tenían las tarjetas escritas por Arsène Lupin. Los ramos marchitos, olvidados... que ella había desdeñado. Junto a uno de ellos, además de la tarjeta, había una carta que Raymonde no había visto. Por la tarde, el juez de instrucción la abrió y en ella se encontraron diez páginas de ruegos, súplicas, promesas y amenazas de alguien sumido en la desesperación... en la locura de un amor no correspondido, por el que la persona amada solo ha mostrado desprecio y repulsión. La carta terminaba así: «Vendré el martes por la noche, Raymonde. Tiene esos días para reflexionar. Por mi parte, yo estoy resuelto a todo».

La noche de ese martes era precisamente la del día siguiente en que Beautrelet liberó a la señorita De Saint-Véran.

* * *

Se recordará la formidable explosión de sorpresa y de entusiasmo que se produjo en el mundo entero con la noticia de aquel desenlace imprevisto. ¡La señorita De Saint-Véran estaba libre! ¡La joven a quien codiciaba Lupin, por la cual había maquinado sus planes más maquiavélicos, había sido arrancada de sus garras! ¡Y el padre de Beautrelet, aquel a quien Lupin, en su exagerado deseo de un armisticio para poder satisfacer las exigencias de su pasión, había escogido como rehén, también estaba libre! ¡Libres los dos! ¡Los dos prisioneros!

Y el secreto de la Aguja, que se había creído impenetrable, ahora era conocido y publicado por todos los rincones del mundo.

En verdad, las multitudes se divertían. No faltó quien compusiera canciones sobre el aventurero vencido: «Los amores de Lupin», «Los sollozos de Arsène»... «El ladrón enamorado», «Los lamentos del carterista»... y estas se cantaban en los bulevares y se tarareaban en los talleres.

Acosada a preguntas, perseguida por los entrevistadores, Raymonde respondía con la más extrema reserva. Pero la carta estaba allí, y los ramos de flores, y toda la lastimosa aventura. Lupin, despreciado, ridiculizado, se desplomaba de su pedestal. Y Beautrelet se convirtió en un ídolo para la gente. Él lo había visto todo, previsto todo, aclarado todo. Lo que declaró la señorita De Saint-Véran ante el juez de instrucción en relación con su secuestro confirmó la hipótesis del joven. En todos los puntos la realidad parecía someterse a lo que él había decretado por anticipado. Lupin había encontrado a alguien con habilidades superiores a las suyas.

Beautrelet exigió a su padre que se tomara unos meses de descanso al sol antes de regresar a sus montañas de Saboya, y él mismo lo llevó, así como a la señorita De Saint-Véran, a las afueras de Niza, donde el conde de Gesvres y su hija Suzanne ya estaban instalados para pasar el invierno. Dos días después también Valméras llevó a su madre, para que estuviera cerca de sus nuevos amigos, de manera que formaron una pequeña colonia agrupada en torno a la Villa de Gesvres, la cual estaba vigilada, día y noche, por media docena de hombres contratados por el conde.

A principios de octubre, Beautrelet, alumno de retórica, volvió a París para reanudar sus estudios y preparar sus exámenes. Y la vida recomenzó, esta vez en calma, sin incidentes. Además, ¿qué podía pasar? ¿Acaso la guerra no había terminado ya?

Por su parte, Lupin debía estar convencido de que no le quedaba más que resignarse al hecho consumado, pues un buen día también reaparecieron Ganimard y Herlock Sholmes, sus otras dos víctimas. Su regreso a la vida de este mundo, por lo demás, careció de interés para nadie. Fue un trapero quien los encontró, dormidos y atados, en *Quai des Orfèvres*, frente a la prefectura de policía.

Después de una semana de completo aturdimiento consiguieron poner en orden sus ideas, y entonces relataron —o, más bien, Ganimard relató, pues Herlock Sholmes se encerró en un feroz mutismo— que habían estado viajando a bordo del yate *L'Hirondelle*,[10] alrededor de África, y que en el encantador e instructivo viaje casi podían considerarse libres, salvo a ciertas horas, cuando la tripulación los dejaba en las calas mientras bajaba a los exóticos puertos. Respecto a su aparición en Quai des Orfèvres, no recordaban nada, ya que antes de eso habían pasado varios días narcotizados.

Ponerlos en libertad fue la forma en que Lupin confesó su derrota. Y sin oponer más resistencia, la proclamaba sin restricciones.

---

[10] Que recordamos del libro *Arsène Lupin contra Herlock Sholmes*.

A todo esto se sumó otro acontecimiento que hizo la derrota aún más escandalosa: el compromiso de Louis Valméras y la señorita De Saint-Véran. Como resultado de la intimidad entre ellos, propiciada por las condiciones en que vivían, los dos jóvenes se prendaron el uno del otro. Valméras amaba el encanto melancólico de Raymonde, y ella, herida por la vida y ávida de protección, sintió la fuerza y energía de aquel que había contribuido tan valientemente a su salvación.

Se esperaba el día de su boda con cierta ansiedad. ¿No trataría Lupin de reanudar la ofensiva? ¿Aceptaría de buena gana la pérdida irremediable de la mujer que amaba? Dos o tres veces se vieron personas de rostro sospechoso merodeando por la villa, incluso una noche Valméras tuvo que defenderse de un supuesto borracho que le disparó y le atravesó el sombrero con una bala. Pero, en resumen, la ceremonia se celebró en el día y la hora fijados, y Raymonde de Saint-Véran se convirtió en la señora De Louis Valméras.

* * *

Tal parecía que el propio destino había tomado partido en favor de Beautrelet y refrendado el boletín de la victoria. La multitud lo sintió así, a tal punto que en ese momento se les ocurrió a sus admiradores la maravillosa idea de hacer un gran banquete para celebrar su triunfo y el aplastamiento de Lupin, la cual todos aceptaron con entusiasmo. En quince días se adhirieron trescientas personas. Se repartieron invitaciones en todos los Liceos de París, a razón de dos alumnos por clase de retórica. La prensa entonaba himnos. Y el banquete resultó, como era de esperar, una apoteosis.

Pero una apoteosis encantadora y sencilla, por cuanto Beautrelet era el héroe. Su presencia bastó para poner las cosas en su punto. Se mostró modesto y ordinario, un poco sorprendido por el exceso de vítores y un poco turbado por los elogios hiperbólicos donde se afirmaba su superioridad sobre los más ilustres policías... un poco turbado, pero también muy emocionado. Lo dijo así en breves palabras, las cuales agradaron a todos y las cuales pronunció con la dificultad con que lo hace un niño que se ruboriza porque lo están mirando. Habló de su alegría y de su orgullo. Y verdaderamente, por muy razonable, por muy dueño de sí que fuese, conoció minutos de embriaguez inolvidables. Sonreía a sus amigos, a sus compañeros del Janson, a Valméras, que asistió especialmente para aplaudirlo, a M. De Gesvres y a su padre.

Pero cuando estaba terminando de hablar y aún tenía su copa en la mano, en el fondo del salón se oyó un ruido de voces y se vio a una persona que gesticulaba agitando un periódico. Un momento después el impertinente volvió a sentarse y se restableció el silencio, pero un estremecimiento de curiosidad se propagó por toda la mesa. El periódico pasaba de mano en mano y cada vez que uno de los invitados miraba la página marcada, prorrumpía en exclamaciones.

—¡Que lo lean... que lo lean en voz alta! —gritaban las personas que estaban sentadas en el lado opuesto.

En la mesa de honor alguien se levantó: era Beautrelet padre, que fue a tomar el periódico y se lo entregó a su hijo.

—¡Que lo lea... que lo lea! —gritaron más fuerte.

Otros clamaban:

—Escuchemos... escuchemos... Lo va a leer... ¡Escuchemos!

Beautrelet, en pie, de cara al público, buscaba en el periódico de la tarde que su padre le había entregado el artículo que suscitaba tanto escándalo, hasta que, de pronto, localizó el título subrayado con lápiz azul, levantó la mano para reclamar silencio y empezó a leer con una voz que se fue escuchando cada vez más y más alterada por la emoción que le causaba enterarse de estas sorprendentes revelaciones, ya que reducían todos sus esfuerzos a la nada, trastornaban todas sus ideas sobre la Aguja hueca al señalar lo vano de su lucha contra Arsène Lupin:

Carta abierta del señor de Massiban, de la Academia de Inscripciones y Bellas Letras

Señor director:

El 17 de marzo de 1679 —insisto, 1679, es decir, bajo Luis XIV— fue publicado en París un librito titulado *El misterio de la Aguja hueca*.

Toda la verdad denunciada por primera vez. Cien ejemplares impresos por mí mismo y para la instrucción de la Corte.

A las nueve horas de la mañana, este día 17 de marzo, el autor, un hombre muy joven, bien vestido, cuyo nombre ignoro, se dedicó a entregar este libro a los principales personajes de la Corte. A las diez, cuando ya había cumplido cuatro de sus gestiones, fue arrestado por un capitán de la guardia, quien lo condujo al gabinete del rey y salió inmediatamente a buscar los cuatro ejemplares distribuidos. Cuando los cien ejemplares fueron reunidos, contados, hojeados con cuidado y comprobados; el rey arrojó todos al fuego, salvo uno que conservó para sí. Luego encargó al capitán de la guardia que condujera al autor del libro ante M. De Saint-Mars, quien encerró a su prisionero primero en Pignerol y después en el bosque de la isla de Sainte-Marguerite. Este hombre no era otro, evidentemente, que el famoso Hombre de la Máscara de Hierro.

La verdad, o cuando menos una parte de la verdad, jamás hubiera sido conocida si el capitán de la guardia que había asistido a la entrevista, aprovechando un momento en que el rey se había volteado, no hubiera cedido a la tentación de retirar de la chimenea, antes que el fuego lo alcanzara, otro de los ejemplares. Seis meses después ese capitán fue encontrado muerto en la carretera real de Gaillon a Nantes. Sus asesinos lo habían despojado de todo lo que llevaba; no obstante, en el bolsillo derecho de su pantalón olvidaron una alhaja que fue descubierta más tarde, un diamante del tono acuoso más bello, de un valor considerable.

Entre sus papeles se encontró una nota manuscrita. En ella no decía nada del libro arrancado a las llamas, pero sí hacía un resumen de los primeros capítulos. Se trataba de un secreto que fue conocido por los reyes de Inglaterra y el cual ellos perdieron en el momento en que la corona del pobre Enrique VI pasó a la cabeza del duque de York; luego fue revelado por Juana de Arco a Carlos VII, el rey de Francia, y convertido en secreto de Estado, se fue transmitiendo de soberano en soberano por medio de una carta, que volvía a ser sellada y lacrada cada vez, y que se encontraba a la cabecera del lecho de muerte del difunto con la siguiente mención: «Para el rey de Francia».

Ese secreto se refería a la existencia, y determinaba el emplazamiento de un tesoro formidable, el cual estaba en posesión de los reyes y aumentaba de siglo en siglo. Pero ciento catorce años más tarde, Luis XVI, hallándose prisionero en el Temple,[11] llamó a uno de los oficiales encargados de vigilar a la familia real y le dijo:

«Señor, ¿no tenía usted bajo el reinado de mi abuelo, el gran rey, un antepasado que servía como capitán de la guardia?».

«Sí, señor».

«Pues bien: ¿sería usted hombre... sería usted hombre...?».

---

[11] Grupo de edificios amurallados, propiedad del gran prior de la Orden de Malta.

Titubeó. Pero el oficial terminó la frase:

«¿Para no traicionarlo? ¡Oh, señor, no lo haría!...».

«Entonces, escúcheme».

El rey extrajo de su bolsillo un pequeño libro, al cual le arrancó una de las últimas páginas. Pero cambiando de idea, añadió:

«No; creo que es mejor que yo lo copie...».

Tomó una hoja grande de papel y la rompió de forma que no conservara más que un pequeño espacio rectangular sobre el cual copió las cinco líneas de puntos y de cifras que contenía la página impresa. Luego quemó esta, dobló en cuatro la hoja manuscrita, la selló con lacre rojo y se la entregó:

«Señor, después de mi muerte, entregará esto a la reina y le dirá: "De parte del rey, señora... para su majestad y para su hijo...". Si ella no comprendiese...».

«¿Si ella no comprendiese...?».

«Usted agregará: "Se trata del secreto de la Aguja". La reina comprenderá».

Cuando terminó de hablar, arrojó el libro a las llamas que ardían en la chimenea.

El 21 de enero, el rey subía al cadalso.

* * *

Debido al traslado de la reina a la Conserjería, pasaron dos meses antes de que el oficial pudiera cumplir la misión que se le había encomendado. Por fin, a fuerza de tortuosas intrigas, consiguió un día estar en presencia de María Antonieta y, de forma que ella pudiese comprender con exactitud el mensaje, le dijo:

«De parte del difunto rey, señora, para su majestad y su hijo».

Y le entregó la carta sellada.

Ella se aseguró de que sus guardianes no estaban viéndola y solo entonces rompió los sellos; pareció sorprendida al ver aquellas líneas indescifrables, y luego, inmediatamente después, pareció comprender. Sonrió amargamente y el oficial la escuchó decir estas palabras:

«¿Por qué tan tarde?».

Ella dudó. ¿Dónde esconder aquel documento peligroso? En fin, abriendo su libro de horas,[12] y en una especie de bolsillo secreto entre el cuero de la encuadernación y el pergamino que lo recubría, deslizó el trozo de papel.

«¿Por qué tan tarde?...», había dicho ella.

Es probable, en efecto, que ese documento sí le hubiera servido para salvarse, pero había llegado demasiado tarde, pues en el mes de octubre siguiente la reina María Antonieta también subiría al cadalso.

Ahora bien, aquel oficial, al hojear los papeles de su familia, encontró la nota manuscrita por su bisabuelo, el capitán de la guardia de Luis XIV. A partir de ese momento ya solo tuvo una idea: consagrar su tiempo libre a elucidar aquel extraño problema. Leyó todos los autores latinos, recorrió todas las crónicas de Francia y las de los países vecinos, se introdujo en los monasterios, descifró los libros de cuentas, los cartularios, los tratados, y pudo así descubrir ciertas citas dispersas a través de los tiempos.

En el libro III de los *Comentarios sobre la guerra de las Galias*, de Julio César, se relata que, después de la derrota de Viridovix por G. Titulius Sabinus, el jefe de los cáletes fue llevado ante César y que para que lo dejaran en libertad reveló el secreto de la Aguja...

---

[12] Muy comunes en la Edad Media, estos «libros de horas» se confeccionaban exclusivamente para cada persona. Solían contener textos de rezos y salmos, así como abundantes iluminaciones alusivas a la devoción cristiana.

El tratado de Saint-Clair-sur-Epte, entre Carlos el Simple y Roll, jefe de los bárbaros del norte, hace seguir el nombre de Roll con diversos títulos, entre los cuales leemos: «Dueño del secreto de la Aguja».

La *Crónica anglosajona* (edición de Gibson, página 134), hablando de Guillaume el del gran valor (William el Conquistador), relata que el asta de su estandarte terminaba en una punta acerada y perforada con una hendidura, como una aguja...

En una frase bastante ambigua de su interrogatorio, Juana de Arco confiesa que ella posee todavía un secreto que tiene que decirle al rey de Francia, a lo que sus jueces responden: «Sí, sabemos de qué se trata, y es por ello, Juana, que usted perecerá».

«¡Por el poder de la Aguja!», juraba algunas veces el buen rey Enrique IV.

Anteriormente, Francisco I, arengando a los notables de Havre en 1520, pronunció esta frase que nos transmite el diario de un burgués de Honfieur: «Los reyes de Francia mantienen secretos que a menudo determinan el curso de los acontecimientos y el destino de las ciudades».

Todas estas citas, señor director, todos los relatos que conciernen al Hombre de la Máscara de Hierro, al capitán de la guardia y a su bisnieto, los encontré hoy en un folleto escrito precisamente por ese bisnieto y el cual fue publicado en junio de 1815, la víspera, o al día siguiente de Waterloo; es decir, en un periodo de trastornos en el que las revelaciones que contenía tenían que pasar inadvertidas.

¿Tiene algún valor ese folleto? No vale nada, me dirá usted, y no debemos concederle ningún crédito. Esa fue mi primera impresión; pero cuál sería mi estupor al abrir los *Comentarios* de César en el capítulo indicado ¡y descubrir la frase incluida en el folleto! Lo mismo pude constatar en el tratado de Saint-Clair-sur-Epte, la *Crónica* sajona, el interrogatorio de Juana de Arco, y, en resumen, en todo lo que he podido verificar hasta aquí.

En fin, el autor del folleto de 1815 relata un hecho aún más preciso. Durante la campaña de Francia, como oficial de Napoleón, y habiendo muerto su caballo, llamó a la puerta de un castillo, en donde le recibió por un antiguo caballero de San Luis. Y hablando con el anciano se enteró, dato por dato, de que aquel castillo situado a la orilla del río Creuse se llamaba el castillo de la Aguja, que había sido construido y bautizado por Luis XIV y que por orden expresa suya había sido ornado con torrecillas y una flecha que representaba la aguja. Como fecha llevaba, y debe llevar todavía, la del año 1680.

¡1680! Unos años después de la publicación del libro y del encarcelamiento del *Hombre de la Máscara de Hierro*. Todo se explicaba: Luis XIV, previendo que el secreto pudiera divulgarse, había construido y bautizado este castillo con ese nombre para ofrecer a los curiosos una explicación natural del antiguo misterio. ¿La aguja hueca?... Un castillo de torrecillas puntiagudas, situado en la orilla del río Creuse (Hueco) y perteneciente al rey. ¡De golpe se creería conocer la clave del enigma y cesarían las investigaciones!

El cálculo fue justo, puesto que más de dos siglos después M. Beautrelet cayó en la trampa. Y es a eso, señor director, a lo que yo quería llegar al escribir esta carta. Si Lupin, bajo el nombre de Anfredi, alquiló al señor Valméras el castillo de la Aguja, a la orilla del Creuse, si alojó allí a sus dos prisioneros, fue precisamente porque admitió que las inevitables investigaciones del señor Beautrelet tendrían éxito, así que, para conseguir la paz que había pedido, le tendió a M. Beautrelet la que podríamos llamar *la trampa histórica de Luis XIV*.

Y por ello llegamos a esta conclusión irrefutable: que él, Lupin, con sus exclusivas luces, sin conocer otros hechos que los que nosotros conocemos, logró, por el sortilegio de un genio verdaderamente extraordinario, descifrar el indescifrable documento; que Lupin, último heredero de los reyes de Francia, conoce el misterio real de la Aguja hueca.

* * *

Ahí terminaba el artículo. Pero después de unos minutos, después del trozo que se refería al castillo de la Aguja, ya no era Beautrelet quien le daba lectura. Comprendiendo su derrota, aplastado bajo el peso de la humillación sufrida, había soltado el periódico y se había dejado caer en su silla, en donde se hundió ocultando el rostro entre las manos.

Jadeante y sacudida de emoción por aquella increíble historia, la multitud se había acercado poco a poco y ahora se apretujaba a su alrededor. Con temblorosa angustia esperaban las palabras con las que él respondería, las objeciones que formularía.

No se movió. Con un gesto delicado, Valméras le apartó las manos e hizo que levantara la cabeza. Isidore Beautrelet lloraba.

VII

El Tratado de la Aguja

Son las cuatro de la mañana. Isidore no ha regresado al liceo. Ya no regresará sino hasta dar por terminada la guerra despiadada que le ha declarado a Lupin. Así se lo juró en voz baja mientras sus amigos lo llevaban en coche, desfalleciente y afectado. ¡Juramento insensato! ¡Guerra absurda e ilógica! ¿Qué puede hacer él, un niño que vive aislado y sin armas, contra aquel fenómeno de energía y poder? ¿Por dónde atacarlo? Es inatacable. ¿Por dónde herirlo? Es invulnerable. ¿Por dónde alcanzarlo? Es inaccesible.

Las cuatro de la mañana... Isidore volvió a aceptar la hospitalidad de su compañero del Janson. En pie delante de la chimenea de su habitación, con los codos rectos apoyados sobre el mármol, los dos puños bajo el mentón, contempla su imagen reflejada en el espejo.

Ya no llora, ya no quiere llorar más ni retorcerse en su cama, ni desesperarse, como estuvo durante dos horas. Quiere reflexionar, reflexionar y comprender.

Y sus ojos no se apartan de los que ve en el espejo, como si al contemplar su imagen pensativa esperara duplicar la fuerza de sus pensamientos y encontrar en el fondo de ese ser la solución del problema que no descubre dentro de sí. Permanece así hasta las seis. Y es poco a poco que, desprendida de todos los detalles que la complican y oscurecen, la cuestión se ofrece a su mente con sequedad, desnuda, con el rigor de una ecuación.

Sí, se equivocó. Sí, su interpretación del documento no fue la correcta. La palabra *aguja* no se refiere en absoluto al castillo de la orilla del Creuse. Y la palabra *señoritas* no puede aplicarse a Raymonde de Saint-Véran y su prima, puesto que el texto del documento se remonta a siglos.

Hay que rehacer todo. ¿Pero cómo?

Una sola base de documentación resultaría sólida: el libro publicado en la época de Luis XIV. Ahora bien, de los cien ejemplares impresos por aquel que debía ser el Hombre de la Máscara de Hierro, solo dos escaparon a las llamas. Uno fue robado por el capitán de la guardia y se perdió. El otro fue conservado por Luis XIV, transmitido a Luis XV y quemado por Luis XVI. Pero quedaba una copia de la página esencial, aquella que contenía la solución del problema, o cuando menos la solución criptográfica, la que le fue llevada a María Antonieta y que esta deslizó bajo la cubierta de su libro de horas.

¿Qué pasó con ese papel? ¿Es el que Beautrelet tuvo entre sus manos y que Lupin le quitó por medio del secretario Brédoux? O bien, ¿se encuentra todavía en el libro de horas de María Antonieta?

Y entonces la cuestión de nuevo es: ¿qué pasó con el libro de horas de la reina?

Después de unos instantes de reposo, Beautrelet interrogó al padre de su amigo, un coleccionista emérito que a menudo era contratado como experto a título oficioso, y a quien el director de uno de nuestros museos todavía consultó en fecha reciente para la formación de su catálogo.

—¿El libro de horas de María Antonieta? —exclamó—. La reina lo dejó como legado a su ama de llaves, con el encargo secreto de hacerlo llegar al conde de Fersen. Piadosamente conservado por la familia del conde, se encuentra desde hace cinco años en una vitrina.

—¿En una vitrina?

—Del museo Carnavalet.
—¿Y ese museo abrirá…?
—En veinte minutos.

* * *

En el minuto preciso en que se abría la puerta de la antigua mansión de madame de Sevigné, Isidore saltaba de un coche con su amigo.

—¡Vaya, señor Beautrelet!

Diez voces saludaron su arribo. Para su gran sorpresa reconoció a todo el grupo de periodistas que seguían «el caso de la Aguja hueca». Uno de ellos exclamó:

—Es gracioso, ¿eh? Todos tuvimos la misma idea. Cuidado, quizá Arsène Lupin está entre nosotros.

Entraron todos juntos. El director, avisado inmediatamente, se puso a su entera disposición, los llevó delante de la vitrina y les mostró un modesto volumen, sin el menor ornamento y el cual, de hecho, no tenía nada de «realeza». No obstante, cierta emoción les invadió al ver el aspecto de aquel libro que la reina había tocado en días tan trágicos y había contemplado con sus ojos enrojecidos por las lágrimas…Y no osaban tomarlo y hojearlo, como si sintieran que hacerlo sería un sacrilegio…

—Veamos, señor Beautrelet, a usted le corresponde esa tarea.

Él tomó el libro con gesto ansioso. La descripción correspondía bien a la que había dado el autor del folleto. Primero una cubierta de pergamino, un pergamino sucio, ennegrecido, con algunas partes demasiado gastadas y, por debajo, la verdadera encuadernación en cuero rígido.

¡Con qué estremecimiento buscó Beautrelet el bolsillo disimulado! ¿Realmente existiría o sería un invento? ¿O bien, encontraría allí aún el documento escrito por Luis XVI y legado por la reina a su ferviente amigo?

En la primera página, sobre la parte superior del libro, no había bolsillo secreto.

—Nada —murmuró Beautrelet.

—Nada —repitieron los demás en un eco palpitante.

Pero en la última página, después de forzar un poco la abertura del libro, vio en seguida que el pergamino se despegaba de la encuadernación. Deslizó los dedos en el interior... Sí, se sentía algo, había una cosa... un papel...

—¡Oh! —exclamó victoriosamente—. Aquí está... ¿Es posible?

—¡Rápido, rápido! —le gritaron—. ¿Qué espera para sacarlo?

Sacó una hoja de papel plegada en dos.

—¡Y bien! ... Léala... hay unas palabras en tinta roja... Se diría que es sangre... sangre pálida... Lea, pues...

Leyó:

—«A usted, Fersen. Para mi hijo. 16 de octubre de 1793... María Antonieta».

Y de pronto, Beautrelet lanzó una exclamación de estupor. Debajo de la firma de la reina... había escritas en tinta negra dos palabras subrayadas en un párrafo... Dos palabras: «Arsène Lupin».

Todos se fueron turnando para tomar la hoja, y a todos se les escapó de inmediato el mismo grito: «María Antonieta... Arsène Lupin».

Después todos quedaron en silencio. Aquella doble firma, esos dos nombres acoplados, descubiertos en el fondo del libro de horas, aquella réplica en la que dormía desde hacía más de un siglo la llamada desesperada de la pobre reina, en aquella fecha horrible, el 16 de octubre de 1793, en la que cayó la cabeza real... todo tenía un carácter trágico y desconcertante.

—Arsène Lupin —balbució una de las voces, subrayando así cuanto había de espantoso en ver ese nombre diabólico al final de la hoja sagrada.

—Sí, Arsène Lupin —repitió Beautrelet—. El amigo de la reina no supo comprender la llamada desesperada de la agonizante. Vivió con el recuerdo que le había enviado aquella a quien él amaba, pero no pudo adivinar la razón de ese recuerdo. Lupin lo descubrió... Y se lo llevó.

—¿Se llevó qué?

—¡El documento, caray! El documento escrito por Luis XVI, aquel que tuve entre mis manos. Tenía el mismo aspecto, la misma configuración, los mismos sellos rojos. Ahora comprendo por qué Lupin no quiso dejarlo en mis manos, era un documento del cual yo podía sacar partido con solo examinar el papel, los sellos, etcétera.

—¿Y entonces?

—Entonces, puesto que el documento del cual yo conozco el texto es auténtico, puesto que he visto el rastro de los sellos rojos, puesto que la propia María Antonieta certifica con estas palabras de su puño, que todo el relato del folleto reproducido por el señor Massiban es auténtico, y puesto que existe verdaderamente un problema histórico de la Aguja hueca, estoy seguro de que tendré éxito en mis investigaciones.

—¿Y cómo? Sea o no auténtico ese documento, no servirá de nada si usted no logra descifrarlo, y será imposible, puesto que Luis XVI destruyó el libro que daba la explicación.

—Sí, pero el otro ejemplar, el que el capitán de la guardia del rey Luis XVI arrancó de las llamas, no fue destruido.

—¿Y cómo lo sabe?

—Pruebe lo contrario —Beautrelet calló. Luego, lentamente, con los ojos cerrados, cual si buscara precisar y resumir su pensamiento, declaró—: Poseedor del secreto, el capitán de la guardia comenzó a revelarlo, por partes, en el diario que encontró su bisnieto. Después, silencio. Dejó de hacerlo antes de dar la clave del enigma. ¿Por qué? Porque la tentación de usar el secreto a su favor se infiltró poco a poco en él y sucumbió a ella. ¿La prueba? Su asesinato. ¿Otra prueba? La magnífica joya que se descubrió en su poder y que sin duda sustrajo de aquel tesoro real, cuyo escondrijo, desconocido por todos, constituye precisamente el misterio de la Aguja hueca. Lupin me lo dio a entender, no estaba mintiendo.

—¿De modo que usted concluye...?

—Concluyo que es preciso hacer toda la publicidad posible en torno a esta historia y que todo el mundo se entere, por medio de todos los periódicos, que buscamos un libro titulado *Tratado de la aguja*. Quizá con eso logremos que sea desenterrado en el fondo de alguna biblioteca de provincia.

Inmediatamente se redactó la noticia y también de inmediato, sin siquiera esperar a que produjera resultados, Beautrelet se puso manos a la obra. Tenía un indicio: el asesinato del capitán había ocurrido en las inmediaciones de Gaillon. Ese mismo día Beautrelet se dirigió a esa ciudad. Cierto, no esperaba poder reconstruir un crimen perpetrado doscientos años antes. Pero, de todas formas, algunos hechos dejan rastros en los recuerdos y en las tradiciones de los lugares en que ocurren. Las crónicas locales los recogen. Un día, un erudito de provincia, un amante de las leyendas antiguas, un evocador de pequeños incidentes de vidas pasadas, los hace tema de un artículo de periódico o de una comunicación a la Academia de su capital.

Vio a tres o cuatro de estos eruditos. Con uno de ellos, sobre todo con un viejo notario, hurgó, cotejó los registros de la prisión, los registros de las viejas bailías[13] y las parroquias, las crónicas locales, las comunicaciones a las academias de

---

[13] Corte o tribunal que juzgaba en primera instancia cuestiones penales relacionadas con la nobleza; y en apelación las sentencias de las jurisdicciones inferiores [N. del T.].

provincias. Ninguna noticia o dato hacía alusión al asesinato de un capitán de la guardia en el siglo XVII.

No se desanimó y continuó sus investigaciones en París, donde quizá se hubiera llevado a cabo la instrucción del asunto. Sus esfuerzos no dieron resultado.

Pero la idea de otra pista lo lanzó en una nueva dirección, ¿Sería acaso posible descubrir el nombre del capitán de la guardia cuyo nieto emigró, y cuyo bisnieto sirvió en los ejércitos de la República y estuvo destacado en el Temple durante el arresto de la familia real, que sirvió a Napoleón y que hizo la campaña de Francia?

A fuerza de paciencia, acabó por establecer una lista de nombres en la que al menos dos correspondían a personas que reunían casi todas las características del hombre que buscaba: M. De Larbeyrie, que había vivido en la época de Luis XIV, y el ciudadano Larbrie, que vivió en la época del Terror.

Eso era ya un punto importante. Lo precisó mediante una nota que pidió publicar a los periódicos, solicitando al mismo tiempo que si alguien podía proporcionar informes sobre aquel Larbeyrie o sobre sus descendientes, se pusiera en contacto con él.

Fue el mismo señor Massiban, el del folleto, y miembro del Instituto de Francia, quien le respondió:

Señor:

Le indico a usted un trozo de Voltaire que he extraído de su manuscrito sobre *El siglo de Luis XIV* (capítulo XXV: «Particularidades y anécdotas del reino»). Ese trozo ha sido suprimido en las diversas ediciones:

Escuché al difunto M. De Caumartin, intendente de finanzas y amigo del ministro Chamillard, decir que un día el rey partió apresuradamente en su carruaje al recibir la noticia de que M. De Larbeyrie había sido asesinado y despojado de magníficas joyas. Parecía afectado por una emoción muy grande y repetía: «Todo se ha perdido... todo se ha perdido...». Al año siguiente, el hijo de aquel Larbeyrie y su hija, que se había casado con el marqués de Vélines, fueron exiliados de sus tierras de Provenza y Bretaña. No cabe duda de que hubo en eso alguna particularidad.

Y aún hay menos lugar a dudas si a eso se agrega que, según Voltaire, M. Chamillard fue el último ministro que conoció el extraño secreto del Hombre de la Máscara de Hierro.

Puede ver, señor, el provecho que se puede sacar de ese pasaje y de los evidentes vínculos que se establecen entre las dos aventuras. En cuanto a mí, no oso imaginar hipótesis demasiado precisas sobre la conducta, sobre las sospechas y sobre las aprehensiones de Luis XIV en estas circunstancias; pero, acaso no se podría, por otra parte, puesto que M. De Larbeyrie dejó un hijo que fue probablemente el abuelo del ciudadano oficial Larbrie, y una hija, ¿acaso no se podría suponer que una parte de los papeles que dejó Larbeyrie hayan pasado a la hija, y que entre esos papeles estaba el famoso ejemplar que el capitán de la guardia salvó de las llamas?

Yo consulté el *Anuario de los Castillos* y encontré que en las cercanías de Rennes hay un barón de Vélines. ¿Será este un descendiente del marqués? Por si acaso, ayer le escribí a ese barón para preguntarle si tiene en su poder un viejo librito cuyo título menciona la palabra *aguja*. Estoy esperando su respuesta.

Tendré la mayor satisfacción de hablar de todas estas cosas con usted. Si no le molesta, venga a verme.

Acepte señor, las muestras... etcétera.

Posdata: Claro está que no comunico a los periódicos estos pequeños descubrimientos. Ahora que se acerca usted al objetivo, la discreción es de rigor.

Esa era absolutamente la opinión de Beautrelet. Incluso fue más lejos: cuando dos periodistas le importunaron esa mañana, les dio la información más fantasiosa que se le ocurrió sobre su estado de ánimo y sobre sus proyectos.

Por la tarde se apresuró a ir a casa de Massiban, que vivía en el número 17 del Quai Voltaire. Para su gran sorpresa se enteró de que Massiban había tenido que partir de improviso pero le había dejado un recado por si se presentaba. Isidore abrió el sobre y leyó:

> Recibí un telegrama que me da alguna esperanza. Así que voy al lugar de donde procede, y pasaré la noche en Rennes. Usted puede tomar el tren de la noche y, sin detenerse en Rennes, continuar hasta la pequeña estación de Vélines. Nos encontraremos en el castillo, a cuatro kilómetros de allí.

El programa le agradó a Beautrelet, sobre todo la idea de llegar al castillo al mismo tiempo que Massiban, porque temía alguna pifia por parte de este hombre poco experimentado. Regresó a casa de su amigo y pasó el resto de la jornada con él. Por la noche tomó el expreso de Bretagne. A las seis de la mañana descendió en Vélines. Recorrió a pie, entre tupidos bosques, los cuatro kilómetros de camino. Desde lejos divisó una vasta mansión solariega sobre una colina, de construcción bastante híbrida, mezcla de Renacimiento y de Luis Felipe, pero que de todos modos lucía grandiosa con sus cuatro torretas y su puente levadizo envuelto en hiedra.

Isidore sintió que su corazón latía con más rapidez a medida que se acercaba. ¿Estaba realmente al final de su carrera? ¿Encontraría en el castillo la clave del misterio?

No estaba exento de miedo. Todo parecía demasiado bueno, se preguntaba si no estaría siguiendo otra vez un plan infernal de Lupin, y si Massiban no era, por ejemplo, un instrumento en manos de su enemigo.

Se echó a reír.

«Vamos, me estoy poniendo paranoico. Realmente se creería que Lupin es un caballero infalible que todo lo prevé, una especie de Dios todopoderoso contra quien no hay nada que hacer. ¡Qué demonios! Lupin también se equivoca, también está a merced de las circunstancias y comete errores, y es precisamente por el error que cometió al perder el documento que estoy empezando a adelantármele. Todo surge de ahí. Y sus esfuerzos, en resumen, solo sirven para corregir el error cometido».

Y alegremente, muy confiado, llamó a la puerta.

—¿Qué desea el señor? —dijo un criado que apareció en el umbral.

—Deseo que me reciba el barón de Vélines.

Le tendió una tarjeta.

—El señor barón no se ha levantado todavía, pero si el señor quiere esperarle...

—¿Acaso no está ya aquí otra persona que vino a visitarle... un señor de barba blanca, un poco encorvado? —dijo Beautrelet, que conocía a Massiban por las fotografías que los periódicos habían publicado de él.

—Sí, hace ya diez minutos que llegó ese señor y lo pasé a la sala. Si el señor gusta seguirme...

* * *

La entrevista de Massiban con Beautrelet fue muy cordial. Isidore le dio al anciano las gracias que le debía por la información de primer orden que le había proporcionado, y Massiban, por su parte, le expresó su admiración de la manera más cálida. Cambiaron sus impresiones sobre el documento y sobre las posibilidades que tenían de descubrir el libro, y

Massiban repitió lo que había averiguado en relación con M. De Vélines. El barón era un hombre de sesenta años que, viudo desde hacía muchos años, vivía con su hija, Gabriela de Villemon, quien acababa de sufrir el cruel impacto de perder a su marido y a su hijo mayor, muertos en un accidente de automóvil.

—Caballeros, el señor barón les ruega que suban.

El criado los condujo al primer piso, a una amplia estancia amueblada con sencillez, con escritorios y mesas cubiertos de papeles y con las paredes desnudas. El barón los acogió con gran afabilidad y mostrando esa gran necesidad de hablar que sienten a menudo las personas demasiado solitarias. Les costó mucho exponer el objeto de su visita.

—¡Ah! Sí, ya sé, usted me escribió respecto a eso, señor Massiban. ¿Se trata, no es así, de un libro en el que se habla de una aguja y que yo habría recibido de un antepasado?

—En efecto.

—Mis antepasados y yo nos enemistamos. En esos tiempos tenían unas ideas muy raras. Yo, por mi parte, soy de mi época, así que rompí con el pasado.

—Sí —objetó Beautrelet con impaciencia—. Pero ¿no recuerda haber visto ese libro alguna vez?

—¡Claro que sí!, se lo dije en un telegrama que le envié —exclamó dirigiéndose a Massiban, quien, molesto, iba de un lado a otro de la habitación y miraba por las altas ventanas—... sí lo vi, o cuando menos a mi hija le parece haber visto ese título entre los miles de libros que se amontonaban en la biblioteca. Porque, para mí, señores, la lectura... Yo ya no leo ni los periódicos... ¡Mi hija es la que los lee, y solo a veces! ¡Mientras su pequeño Georges, el hijo que le queda, se porte bien! y por mi parte también que mis rentas rindan bien, ¡que mis arrendamientos estén en regla!... Pueden verse mis registros... yo vivo ahí, señores... y admito que no sé nada en absoluto de la primera palabra de esta historia, la que me dijo por carta, señor Massiban...

Isidore Beautrelet, horrorizado por ese parloteo, lo interrumpió bruscamente:

—Perdón, señor, pero entonces ese libro...

—Mi hija lo buscó; empezó a buscarlo desde ayer.

—¿Y bien?

—¡Y bien! Lo encontró hace una o dos horas.

—¿Y dónde está?

—¿Que dónde está? Pues lo puso sobre esa mesa... mire... allí.

Isidore dio un salto. Al extremo de la mesa, sobre un montón de papeles, estaba un librito encuadernado en tafilete rojo. Le puso el puño encima violentamente, como para que nadie en el mundo pudiera tocarlo... y un poco también como para que ni él mismo osara tomarlo.

—¡Y bien! —exclamó Massiban, emocionado.

—Lo tengo... helo aquí... aquí está...

—Pero ¿y el título... está seguro?...

—Sí, caray... mire.

Y le mostró las letras de oro grabadas sobre el tafilete: *El misterio de la Aguja hueca*.

—¿Está usted seguro? ¿Somos nosotros, al fin, los dueños del secreto?

—La primera página... ¿Qué dice en la primera página?

—*Se lee:* «Toda la verdad denunciada por primera vez. Cien ejemplares impresos por mí mismo y para la instrucción de la Corte».

—Eso es, eso es —murmuró Massiban con la voz alterada—. Este es el ejemplar arrancado a las llamas. Es el propio libro que Luis XIV condenó.

Lo hojearon. La primera mitad relataba las explicaciones dadas por el capitán De Larbeyrie en su nota manuscrita.

—Pasemos, pasemos rápido las páginas —dijo Beautrelet, que tenía prisa por llegar a la solución.

—¡No, claro que no! De ninguna manera. Esto es apasionante. Así podremos saber la verdadera causa por la cual Juana de Arco fue quemada. ¡Qué importante enigma vamos a resolver!... ¡Ya sabemos que el Hombre de la Máscara de Hierro fue encarcelado porque conocía y quería divulgar el secreto de la casa real de Francia! Pero ¿por qué lo sabía? ¿Y por qué quería revelarlo? Finalmente ¿quién es este extraño personaje? ¿Un medio hermano de Luis XIV, como afirmó Voltaire, o el ministro italiano Mattioli, como afirman los críticos modernos? ¡Caray! ¡Esas son cuestiones de interés primordial!

—¡Más tarde, más tarde! —protestó Beautrelet, como si tuviera miedo de que el libro se esfumase de sus manos antes de descubrir el enigma—. No tenemos tiempo, después... Antes que nada veamos la explicación.

De pronto, Beautrelet se interrumpió. ¡El documento! En medio de una página a la izquierda, sus ojos vieron las cinco líneas misteriosas de puntos y de números. De un vistazo comprobó que el texto era idéntico a aquel que había estudiado tanto. La misma disposición de los signos... Los mismos intervalos que permitían aislar la palabra *señoritas* y determinar separadamente unos de otros los dos términos de la Aguja hueca.

El texto estaba precedido por una pequeña nota que decía:

«Al parecer, toda la información necesaria ha sido reducida por el rey Luis XIII a un pequeño cuadro, el cual transcribo a continuación».

Seguía el cuadro. Luego venía la propia explicación del documento.

Beautrelet leyó con voz entrecortada:

—«Como se ve, este cuadro, aun cuando se han cambiado los números por vocales, no arroja ninguna luz. Puede decirse que para descifrar este enigma es preciso primero conocerlo. Es, a lo sumo, un hilo que se proporciona a quienes ya conocen los senderos del laberinto. Tomemos, pues, ese hilo y avancemos, que yo seré el guía.

»Comenzaremos con la cuarta línea, la cual contiene medidas e indicaciones. Adaptándose a las indicaciones y tomando las medidas se llega inevitablemente al objetivo, a condición, entiéndase bien, de saber dónde está uno y adónde va; en una palabra, de tener claro el sentido real de la aguja. Eso es lo que se puede deducir de las tres primeras líneas. La primera está concebida así para vengarme del rey, y yo se lo advertí por adelantado...».

Beautrelet se detuvo, desconcertado.

—¿Qué? ¿Qué ocurre? —preguntó Massiban—. Ya no tiene sentido.

—En efecto —replicó Massiban—. *«La primera está concebida así para vengarme del rey...».* ¿Qué quiere decir eso?

—¡Maldita sea! —gruñó Beautrelet—. ¿Qué ocurre?

—¡Están arrancadas! ¡Arrancaron dos páginas! Las páginas siguientes... Mire las huellas...

Temblaba, sacudido por la rabia y la decepción. Massiban se inclinó y dijo:

—Es verdad... quedan los bordes de las dos páginas, como pestañas. Las huellas parecen bastante frescas. No fueron cortadas, sino arrancadas... arrancadas violentamente... Mire, todas las páginas del final muestran señales de arrugamiento.

—Pero ¿quién... quién lo hizo? —preguntaba Isidore en tono de queja, retorciéndose las manos—. ¿Un criado... un cómplice?

—Esto puede haber ocurrido desde hace meses —observó Massiban.

—No obstante... alguien tuvo que haber desenterrado, tomado este libro... Vamos, señor —exclamó Beautrelet, apostrofando al barón—, ¿usted no sabe nada?... ¿No sospecha de nadie?

—Podríamos preguntarle a mi hija.

—Sí, sí... eso es, quizá ella sepa quién fue.

El barón llamó a su mayordomo. Unos minutos después entró Madame De Villemon. Era una mujer joven, con una expresión en el rostro que denotaba dolor y resignación. Inmediatamente, Beautrelet le preguntó:

—¿Encontró usted este libro en la biblioteca, señora?

—Sí, en un paquete de volúmenes que no estaba desatado.

—¿Y lo leyó?

—Sí, ayer en la noche.

—Y cuando lo leyó, ¿faltaban estas dos páginas? Recuérdelo bien, ¿faltaban las dos páginas que siguen a este cuadro de cifras y de puntos?

—¡Pero no! ¡No! —respondió ella, muy sorprendida—. No faltaba ninguna página.

—Sin embargo, están arrancadas...

—Pero si no lo saqué de mi habitación esta noche.

—¿Y esta mañana?

—Esta mañana, cuando se anunció la llegada del señor Massiban, lo bajé y lo puse aquí.

—¿Entonces?

—Entonces, no comprendo qué sucedió... a menos que... Jorge... mi hijo... esta mañana... Jorge estuvo jugando con el libro.

Ella salió precipitadamente, acompañada de Beautrelet, de Massiban y del barón. El niño no estaba en su habitación. Lo buscaron por todas partes. Al fin lo encontraron jugando detrás del castillo. Pero las tres personas parecían tan agitadas y le exigían cuentas al niño con tanta autoridad que, en vez de contestar, empezó a llorar a gritos. Todo el mundo corría de un lado para otro haciendo preguntas a los criados. Se armó un tumulto indescriptible. Y Beautrelet sentía que la verdad se le escapaba como el agua se filtra entre los dedos. Hizo un esfuerzo por serenarse, tomó del brazo a Mme. De Villemon y, seguido por el barón y por Massiban, la condujo al salón y le dijo:

—El libro está incompleto, qué se le va a hacer. Dos páginas fueron arrancadas... pero usted las había leído, ¿no es así, señora?

—Sí.

—¿Recuerda lo que decían?

—Sí.

—¿Podría repetírnoslo?

—Perfectamente. Leí todo el libro con mucha curiosidad, pero lo que más me sorprendió fue lo que decían esas dos páginas, sobre todo por la considerable importancia de las revelaciones que contenían.

—Pues bien: hable usted, señora, expónganos qué decía, se lo suplico. Esas revelaciones son de una importancia excepcional. Hable, se lo ruego, los minutos perdidos no se recobran nunca. La Aguja hueca...

—¡Oh!, es muy simple, *La Aguja hueca* quiere decir...

En ese momento entró un criado y anunció:

—Una carta para la señora...

—¡Cómo! Pero si ya vino el cartero.

—Fue un joven quien me la entregó.

Mme. De Villemon abrió el sobre, leyó la carta y se llevó la mano al corazón; repentinamente se puso lívida y aterrada y estuvo a punto de desplomarse. El papel cayó al suelo. Beautrelet lo recogió y, sin siquiera disculparse, lo leyó a su vez: «Cállese... Si no, su hijo no se despertará...».

—Mi hijo... mi hijo... —balbució ella, tan débil que ni siquiera podía acudir en auxilio de aquel a quien se amenazaba.

Beautrelet la tranquilizó:

—Esto no es en serio... es una broma...; veamos, ¿quién podría tener interés...?

—Puede ser —insinuó Massiban— que se trate de Arsène Lupin.

Beautrelet le indicó con una seña que se callara. Él lo sabía bien, caray, sabía que el enemigo estaba allí, de nuevo, atento y resuelto a todo, y por ello quería arrancarle a Mme. De Villemon las palabras supremas, tan largo tiempo esperadas, y arrancárselas de inmediato, en aquel mismo instante.

—Se lo suplico, señora, tranquilícese..., no hay ningún peligro...

¿Hablaría? Él creía que sí, lo esperó. Ella balbució unas sílabas, pero entonces la puerta se abrió de nuevo. Esta vez quien entró fue la sirvienta. Parecía trastornada.

—Georges... señora... Georges...

De golpe la madre recuperó todas sus fuerzas, y más rápida que todos, impulsada por un instinto que no la engañaba, se levantó y corrió escaleras abajo, cruzó el vestíbulo y se dirigió a la terraza. Allí, sobre una butaca, estaba tendido el pequeño Georges, inmóvil.

—¡Y bien!... qué... está durmiendo...

—Se durmió súbitamente, señora —dijo la sirvienta—. Yo quise impedir que se quedara dormido aquí, llevarlo a su habitación. Pero cuando lo hice ya estaba dormido y sus manos... sus manos estaban frías.

—Frías... —balbuceó la madre—, sí, es verdad... ¡Ay! ¡Dios mío, Dios mío!... *tiene que despertarse...*

Beautrelet deslizó sus dedos en uno de sus bolsillos, sujetó la culata de su revólver, puso el índice sobre el gatillo, sacó bruscamente el arma e hizo fuego sobre Massiban.

Anticipándose, como si hubiera estado espiando los gestos del joven, Massiban esquivó el tiro. Pero Beautrelet se arrojó sobre él, gritándole a los criados:

—¡Ayuda!... ¡Es Lupin!...

Por la violencia del impacto, Massiban había caído derribado sobre una de las butacas de mimbre.

Se levantó al cabo de siete u ocho segundos, dejando a Beautrelet aturdido, sofocado. Y entre sus manos ya tenía el revólver del joven.

—Bien... magnífico...; no te muevas... tienes para dos o tres minutos... no más. Pero, en verdad te has tardado en reconocerme... ¿Le habré copiado tan bien la cabeza a Massiban?...

Se irguió y, con aplomo, sostenido firmemente sobre sus piernas, con el torso sólido y una actitud amenazante, les sonrió con ironía a los tres criados petrificados y al barón desconcertado:

—Isidore, hiciste una tontería. Si no les hubieras dicho que soy Lupin, me hubieran saltado encima. ¿Y qué hubiera sido de mí, Dios mío?, si me enfrentaba con unos tipos como esos, caray, serían cuatro contra uno.

Se acercó a ellos y añadió:

—Vamos, hijos, no me tengan miedo... no les haré daño...; vamos, ¿quieren un terroncito de azúcar? ¡Ah!, tú, por ejemplo, me vas a devolver mi billete de cien francos. Sí, sí, te reconozco. Es a ti a quien se los pagué hace poco para que le llevaras la carta a tu patrona... Vamos, rápido, criado traicionero...

Tomó el billete azul que le tendía el criado y lo hizo pedazos.

—El dinero de la traición... me quema los dedos.

Levantó el sombrero y, haciendo una reverencia ante Mme. De Villemon, dijo:

—¿Me perdona usted, señora? Los azares de la vida, sobre todo de la mía, obligan a menudo a crueldades por las cuales soy el primero en avergonzarme. Pero no tema por su hijo, le inyecté algo en el brazo mientras lo interrogaban, pero solo para que se durmiera. Dentro de una hora ya le habrá pasado el efecto y despertará... Una vez más, mil perdones. Pero necesito su silencio.

Se despidió de nuevo, agradeció al barón de Vélines por su amable hospitalidad, tomó su bastón, encendió un cigarrillo y ofreció uno al barón, saludó a todos con el sombrero y a Beautrelet le dijo con tono protector:

—Adiós, bebé —y se marchó tranquilamente lanzando bocanadas de humo en la cara de los criados...

Mme. De Villemon, ya más tranquila, velaba a su hijo. Beautrelet y después se acercó a ella para dirigirle un último ruego. Pero cuando sus ojos se cruzaron con los de ella, ya no dijo nada. Comprendió que desde ese momento la señora jamás hablaría, pasara lo que pasara. El secreto de la Aguja hueca quedaría enterrado profundamente en su cerebro de madre, tanto como en las tinieblas del pasado.

Entonces renunció y se marchó.

* * *

Eran las 10:30. Había un tren que pasaba a las 11:50. Lentamente avanzó por el callejón del parque y tomó el camino que lo llevaría a la estación.

—Y bien, ¿qué te pareció eso?

Era Massiban, o más bien Lupin, que salió del bosque contiguo al camino.

—¿Crees que estuvo bien planeado? Tu viejo compañero sabe bailar en la cuerda floja, ¿no? Estoy seguro de que aún no puedes creerlo, ¿verdad?, y que te estás preguntando si Massiban, miembro de la Academia de Inscripciones y Bellas Letras, realmente existe. Pues sí, existe. Si te portas bien, incluso puedo presentártelo. Voy a empezar por devolverte tu revólver. ¿Revisas si está cargado? Perfectamente, mi niño. Le quedan cinco balas, de las cuales una bastaría para enviarme *ad patres*. Y bien, ¿te lo guardas en el bolsillo?... En buena hora... Eso me gusta más que lo que hiciste allá... ¡Travieso tu pequeño gesto! Pero qué se le va a hacer, uno es joven, de repente le llega la idea ¡como un relámpago!, y se da cuenta de que este sagrado Lupin se la volvió a hacer, y que está ahí, delante de ti, a tres pasos de distancia... pffff, uno dispara... No te culpo... La prueba es que te invito a tomar asiento en mi cien caballos. ¿Está bien?

Se metió los dedos en la boca y silbó.

Había un delicioso contraste entre la venerable apariencia del viejo Massiban y la alegría de los gestos y el acento afectado con el que hablaba Lupin. Beautrelet no pudo evitar reír.

—¡Se rio... Se rio! —exclamó Lupin, saltando de alegría—. ¿Ves?, eso es lo que te falta, bebé, la sonrisa...; eres un poco serio para tu edad... Eres muy simpático, tu ingenuidad y sencillez te dan un aire encantador... pero es cierto, no sonríes.

Se plantó delante de él.

—Mira, apuesto a que te hago llorar. ¿Sabes cómo seguí tu investigación? ¿Cómo me enteré de la carta que Massiban te escribió y de la cita que te dio para esta mañana en el castillo de Vélines? Por la charlatanería de tu amigo, ese con quien vives... Tú te confías a ese imbécil, y a él nada le importa más que correr a confiárselo a su novia... Y su novia no tiene secretos para Lupin. ¿Qué te estaba diciendo? Aquí tienes... tus ojos se humedecen... traicionaron tu amistad, ¿eh? Te molesta... Aquí estás, pequeño, eres encantador... Casi casi te daría un beso... siempre tienes miradas de asombro que me llegan directo al corazón... Siempre recordaré la otra noche, en Gaillon, cuando me consultaste... Sí, el viejo notario era yo... Pero ríe, chaval... De verdad, te repito, no sonríes. Ve, te falta... ¿cómo diría yo?, te falta algo que yo sí tengo, y es «espontaneidad».

Se escuchó el ronquido de un motor que se acercaba. Lupin agarró bruscamente de un brazo a Beautrelet, y mirándolo a los ojos, asumiendo un tono frío, le dijo:

—Ahora te vas a quedar tranquilo, ¿eh? Como ves, no puedes contra mí. Entonces, ¿para qué desperdiciar tus fuerzas y tu tiempo? Ya hay bastantes bandidos en el mundo... Corre detrás de ellos y a mí déjame en paz... si no... Quedamos en eso, ¿no es así?

Lo sacudió para imponerle su voluntad. Luego añadió con ironía:

—¡Imbécil que soy! ¿Tú, dejarme en paz? No eres de los que claudican... ¡Ah!, no sé lo que me contiene de... En dos tiempos y tres movimientos te tendría amarrado, amordazado y... en dos horas, te tendría a la sombra por unos meses. Y yo podría moverme con toda seguridad, retirarme al tranquilo refugio que mis abuelos, los reyes de Francia, me tienen preparado, y gozar de los tesoros que ellos tuvieron la gentileza de acumular para mí... Pero no, está escrito que me equivocaré hasta el final... ¿Qué quieres? Uno tiene sus debilidades... Y yo siento debilidad por ti... Y además que... todavía no está hecho. De aquí a que logres poner el dedo en el hueco de la aguja puede pasar mucha agua bajo el puente... ¡Qué diablos! A mí, Arsène Lupin, solo me tomó diez días. Pero tú necesitarás diez años. En verdad hay distancia entre tú y yo.

El automóvil llegaba, era un coche enorme, de carrocería cerrada.

Él abrió la portezuela y en el momento en que lo hizo Beautrelet lanzó un grito. Dentro de la limusina había un hombre, y ese hombre era Lupin o, más bien, Massiban.

Rompió a reír, comprendiendo de inmediato. Lupin le dijo:

—No te contengas, está bien dormido. Te prometí que lo verías. ¿Te explicas ahora las cosas? A eso de la medianoche ya sabía de la cita en el castillo. A las siete de la mañana yo ya estaba allí. Así que cuando pasó Massiban, no tuve más que recogerlo... Y luego, una pequeña inyección... y ya estuvo... Duerme, buen hombre... Te depositaremos sobre el talud... A pleno sol para que no tengas frío... Y con el sombrero en la mano... «una monedita por favor»... ¡Ah, mi buen Massiban, te ocupas de Lupin!

Era de verdad una bufonada enorme ver al uno frente al otro, los dos Massiban, uno dormido, con la cabeza bamboleando, y el otro serio, atento y respetuoso.

—«Tenga piedad de un pobre ciego»... Aquí, Massiban, aquí tienes dos *sous* y mi tarjeta de visita... Y ahora, muchachos, larguémonos en cuarta velocidad... Tú me entiendes, a ciento veinte por hora... Al coche, Isidore... Hoy hay sesión plenaria en el Instituto, y a las tres y media Massiban debe leer una pequeña memoria sobre no sé qué. Y la leerá, va a leer su pequeño informe. Les serviré un Massiban completo, más real que el real, con mis propias ideas sobre las inscripciones lacustres. Por una vez soy del Instituto. Más rápido, chofer, no vamos más que a ciento quince... ¿Tienes miedo? ¿Olvidas que estás con Lupin? ¡Ah!, Isidore, y no te atrevas a decir que la vida es monótona, porque la vida es una cosa adorable, mi niño, pero hay que saber vivirla... y yo lo sé... No me digas que no es para morirse de risa que, hace un rato en el castillo ¡yo haya podido pegarme a la ventana y arrancar las páginas del libro histórico mientras tú charlabas con el viejo Vélines!... Y después, cuando tú interrogabas a la señora De Villemon sobre la Aguja hueca... ¿Hablaría ella? Sí, ella hablaría...; no, ella no hablaría...; sí... no... Se me ponía la carne de gallina... Si ella hablaba, yo tendría que rehacer mi vida, toda la trama quedaría destruida... ¿Llegaría a tiempo el criado? Sí... no... ahí está... Y Beautrelet ¿me desenmascarará? No podrá hacerlo, es demasiado calabaza. Sí... no... ya está... no, no está... Ya se dio cuenta... ya está... va a tomar su revólver... ¡Ah, qué voluptuosidad!... Isidore, hablas demasiado... Durmamos, ¿quieres? Por mi parte, me caigo de sueño... buenas noches.

Beautrelet lo miró. Parecía a punto de quedarse dormido. Dormía ya.

El automóvil, lanzado a través del espacio, rodaba hacia un horizonte que se alcanzaba a cada instante, pero que siempre volvía a huir. Ya no había ni ciudades ni aldeas, ni campos ni bosques, nada más que espacio, espacio devorado, consumido. Durante largo tiempo, Beautrelet observó a su compañero de viaje con ardiente curiosidad y también con el deseo de penetrar la máscara que le cubría, de llegar hasta donde estaba oculta su verdadera fisonomía. Y pensaba en las circunstancias por las que estaban encerrados así, uno cerca del otro, en la intimidad de aquel automóvil.

Pero después de las emociones y las decepciones de aquella mañana, él también estaba cansado y terminó por quedarse dormido.

Cuando se despertó, Lupin estaba leyendo. Beautrelet se inclinó para ver el título del libro. Era *Cartas a Lucilio*, de Séneca, el filósofo.

VIII

DE CÉSAR A LUPIN

«¡Qué diablos! A mí, Arsène Lupin, me tomó diez días. Y tú necesitarás diez años».

Esa frase, pronunciada por Lupin a la salida del castillo de Vélines, tuvo una influencia considerable sobre la conducta de Beautrelet. Aunque muy tranquilo y siempre dueño de sí, Lupin tenía esas expansiones un poco románticas, teatrales a la vez y de muchacho, en las que se le escapaban ciertas confesiones, ciertas palabras de las que un joven como Beautrelet podía sacar provecho.

Con razón o sin ella, Beautrelet creía ver en esa frase una de sus confesiones involuntarias. Estaba en su derecho de concluir que si Lupin comparaba sus esfuerzos con los de él en la persecución de la verdad sobre la Aguja hueca, era porque ambos tenían las mismas posibilidades de llegar al objetivo; era porque él, Lupin, no había conseguido elementos de triunfo diferentes de los que poseía su adversario. Mas con esos mismos elementos de triunfo, a Lupin le habían bastado diez días. ¿Cuáles eran esos elementos, esos medios y esas posibilidades? Todo se reducía en definitiva al conocimiento del folleto publicado en 1815, folleto que Lupin, igual que Massiban, había sin duda encontrado por casualidad, y gracias al cual había descubierto el indispensable documento en el libro de horas de María Antonieta. Así pues, el folleto y el documento eran las dos únicas bases sobre las cuales Lupin se había apoyado. Con esto había reconstruido todo el edificio. Sin ninguna ayuda externa. Solo con el estudio del folleto y el del documento, punto; eso era todo.

¡Y bien! ¿No podía, entonces, Beautrelet limitarse al mismo terreno? ¿Para qué una lucha imposible? ¿Para qué esas vanas investigaciones con las cuales, a fin de cuentas, estaba seguro de llegar —incluso si lograba evitar las trampas que se multiplicaban bajo sus pasos— al más lamentable de los resultados?

Su decisión fue clara e inmediata, y al ajustarse a ella tuvo la feliz intuición de que ese era el mejor camino. Ante todo, y sin inútiles recriminaciones a su compañero del Jason-de-Sailly, tomó su maleta y se fue, para después de muchas vueltas instalarse en un pequeño hotel situado en el centro de París, en donde pasó días enteros sin salir casi para nada, cuando mucho a comer al restaurante. El resto del tiempo lo pasaba en la habitación, pensando, encerrado bajo llave y con las cortinas herméticamente cerradas.

«Diez días», había dicho Arsène Lupin. Beautrelet se esforzaba por olvidar todo cuanto había hecho y no recordar más que los elementos del folleto y del documento, ambicionando ardientemente el mantenerse dentro de los límites de aquellos diez días. Sin embargo, pasó el décimo y el undécimo y el duodécimo, pero al décimo tercer día una luz iluminó su cerebro y rápidamente, con la rapidez desconcertante de esas ideas que se desarrollan en nosotros como plantas milagrosas, la verdad surgió, se expandió, se fortaleció. La noche de aquel décimo tercer día, en efecto, él no sabía la clave del problema, pero conocía con toda certeza uno de los métodos con los que podía descubrirla... el método fecundo que sin duda alguna Lupin había utilizado.

Era un método muy simple, y se desprendía de esta cuestión única: ¿existía un vínculo entre todos los acontecimientos históricos, más o menos importantes, a los cuales el folleto ligaba el misterio de la Aguja hueca?

La diversidad de los acontecimientos hacía difícil encontrar la respuesta. No obstante, del profundo examen a que se entregó Beautrelet, se desprendió una característica que era esencial a todos esos acontecimientos. Todos, sin excepción, se produjeron en los límites de la antigua Neustria, que correspondían más o menos a la actual Normandía. Todos los héroes de la fantástica aventura eran normandos, o se convirtieron en tales, o actuaron en la región normanda.

¡Qué apasionante cabalgata a través de las épocas! ¡Qué emocionante espectáculo el de todos aquellos barones, duques y reyes partiendo de puntos tan opuestos y dándose cita en este rincón del mundo!

Al azar, Beautrelet dio un vistazo a la historia. Fue Roll o Rollón, el primer duque *normando*, quien quedó como dueño del secreto de la Aguja después del tratado de Saint-Clair-sur-Epte.

Fue el estandarte de William el Conquistador, duque de Normandía y rey de Inglaterra, el que tenía un asta con la punta perforada, como si fuera una aguja.

Fue en *Rouen* donde los ingleses quemaron a Juana de Arco, ¡que poseía el secreto!

Y al principio de la aventura, ¿quién es aquel jefe de los cáletes que le paga a César por su liberación con el secreto de la Aguja si no el jefe de los hombres de la región de Caux... la región de Caux, situada en el mismo corazón de *Normandía?*

La hipótesis se definió. El campo se estrechó. Rouen, las orillas del Sena, la región de Caux... parecía verdaderamente que todos los caminos convergían en ese lado. Si se citan más particularmente dos reyes de Francia, ahora que el secreto, perdido por los duques de Normandía y por sus herederos, los reyes de Inglaterra, se ha convertido en secreto de la casa real de Francia, es Enrique IV... ¡Enrique IV!, el que sitió a Rouen y ganó la batalla de Arques a las puertas de Dieppe. Y es Francisco I quien fundó Le Havre, quien pronunció esta frase reveladora: «Los reyes de Francia guardan secretos que a menudo determinan el curso de los acontecimientos y el destino de las ciudades». Rouen, Dieppe, Le Havre... las tres cimas del triángulo, las tres grandes ciudades que ocupan las tres puntas. Y en el centro, la región de Caux.

Llegó el siglo XVII. Luis XIV quemó el libro en el que el desconocido revelaba la verdad. El capitán De Larbeyrie se apodera de un ejemplar, se aprovecha del secreto que él había violado, roba un determinado número de joyas y, sorprendido por unos salteadores de caminos, muere asesinado. Ahora bien, ¿en qué lugar se produjo la emboscada? ¡En Gaillon! Gaillon, una pequeña ciudad situada en la carretera que conduce desde Havre, desde Rouen o desde Dieppe, a París.

Un año más tarde, Luis XIV compró una propiedad y construyó el castillo de la Aguja. ¿Y qué emplazamiento eligió? El centro de Francia. Así despistó a los curiosos, que entonces no buscaron en Normandía.

Rouen... Dieppe... Le Havre... El triángulo normando... Todo está allí... Por un lado, el mar. Por el otro, el Sena. Y en el tercer lado los dos valles que conducen de Rouen a Dieppe.

Un destello iluminó la mente de Beautrelet. Ese espacio de terreno, esa región de altas planicies que van desde los acantilados del Sena hasta los acantilados de La Mancha, era siempre, o casi siempre, el propio campo de operaciones donde se movía Lupin.

Desde hacía diez años era precisamente en esa región donde él actuaba como en tierra propia y como si su guarida estuviera en el centro mismo de la región enlazada más estrechamente con la leyenda de la Aguja hueca.

¿Y en donde ocurrió el caso del barón de Cahorn?,[14] en las orillas del Sena, entre Rouen y Le Havre. ¿Y el caso de Tibermesnil?,[15] en el otro extremo de la planicie, entre Rouen y Dieppe. ¿Y los robos de Cruchet, de Montigny y de Grasville? En plena región de Caux. ¿Y adónde se dirigía Lupin cuando fue atacado y atado en su compartimiento del tren por Pierre Onfrey, el asesino de la calle Lafontaine?,[16] a Rouen. ¿Dónde fue embarcado Herlock Sholmes, cuando Lupin lo tomó prisionero?,[17] en un lugar cerca de Le Havre.

¿Y cuál ha sido el escenario de todo el drama actual? Ambrumésy, en la carretera de Le Havre a Dieppe.

Rouen, Dieppe, Le Havre... siempre el triángulo normando.

Por consiguiente, se puede deducir que algunos años antes, Arsène Lupin, que ya poseía el folleto y conocía el escondrijo donde María Antonieta había ocultado el documento, logró meter las manos en el famoso libro de horas y, en cuanto se apoderó del documento, partió en campaña, encontró la región conquistada y se estableció allí.

Beautrelet partió en campaña. Se fue con auténtica emoción, pensando en hacer el mismo viaje que hizo Lupin, con esas mismas esperanzas que debieron palpitar en él cuando partió a descubrir el formidable secreto que lo armaría con tal poder. ¿Tendrían sus propios esfuerzos, los de Beautrelet, el mismo resultado victorioso?

Salió de Rouen temprano, a pie, con el rostro muy maquillado y el bolso a la espalda, en la punta de un palo, como un aprendiz en el *tour* de Francia.

Fue directo a Duclair, donde almorzó. Al salir de este pueblo, siguió el Sena y prácticamente, por así decirlo, nunca se

---

[14] Ver *Arsène Lupin, caballero ladrón*, capítulo «Arsène Lupin en prisión».
[15] *Ibid*, capítulo «Herlock Sholmes llega demasiado tarde».
[16] *Ibid*, capítulo «El viajero misterioso».
[17] *Arsène Lupin vs. Herlock Sholmes*, capítulo «La dama rubia».

alejó de él. Su instinto, reforzado por muchas intuiciones, lo devolvía siempre a las sinuosas orillas del hermoso río. ¿El robo al castillo de Cahorn? Fue por el Sena por donde huyeron con las colecciones. ¿La Capilla Divina desmantelada? Fue hacia el Sena adonde transportaron las viejas piedras esculpidas. Lo imaginaba ocupado por una flotilla de barcazas que realizaban el servicio regular de Rouen a Le Havre y que drenaban las obras de arte y la riqueza de una región para enviarlas desde allí a la tierra de los multimillonarios.

—¡Me quemo!... ¡Me quemo!... —murmuró el joven, jadeando bajo los golpes de *verdad* que lo sacudían en grandes y sucesivos impactos.

El fracaso de los primeros días no lo desanimó. Tenía una fe profunda e inquebrantable en la exactitud de la hipótesis que lo dirigía. ¡Atrevida, excesiva, no importa!, era digna del enemigo que perseguía. La hipótesis valía la realidad prodigiosa que tenía por nombre *Lupin*. Con este hombre, ¿debíamos buscar fuera de lo enorme, de lo exagerado, de lo sobrehumano? Jumièges, La Mailleraye, Saint-Wandrille, Caudebec, Tancarville, Quillebeuf, ¡todas esas localidades estaban llenas de sus *recuerdos*! ¡Cuántas veces debió contemplar la gloria de sus agujas góticas o el esplendor de sus vastas ruinas!

Pero Havre, los alrededores de Havre atrajeron a Isidore como las luces de un faro. «Los reyes de Francia guardan secretos que a menudo determinan el curso de los acontecimientos y el destino de las ciudades». Palabras oscuras que de repente, para Beautrelet, irradiaban claridad. ¿No era esta la declaración exacta de motivos por los que Francisco I decidió crear una ciudad allí, y no estaba el destino de Havre de Grâce vinculado al secreto mismo de la Aguja?

«Eso es... eso es...», balbució Beautrelet, embriagado... El antiguo estuario normando, uno de los puntos esenciales, uno de los núcleos primitivos alrededor de los cuales se formó la nacionalidad francesa, el antiguo estuario se completa con estas dos fuerzas, una al aire libre, un nuevo puerto vivo, conocido, que domina el océano y que se abre al mundo; el otro oscuro, ignorado y tanto más inquietante cuanto invisible e impalpable. Todo un lado de la historia de Francia y de la casa real, al igual que toda la historia de Lupin, puede explicarse por la Aguja. Los mismos recursos de energía y poder nutren y renuevan la fortuna de los reyes y del aventurero.

De pueblo en pueblo, de río a mar, Beautrelet recorrió, «nariz olfateando y oreja escuchando», tratando de extraer de las cosas mismas su significado profundo. ¿Era esta la colina en la que había que buscar? ¿Este bosque? ¿Las casas de este pueblo? ¿Era entre las insignificantes palabras de este campesino que recogería la palabra reveladora?

Una mañana estaba almorzando en una posada que tenía vista a Harfleur, una antigua ciudad del estuario. Frente a él comía uno de esos vendedores normandos, colorados y gordos, que recorren las ferias de la región vestidos con una blusa larga y látigo en mano vendiendo caballos. Al cabo de un instante Beautrelet tuvo la impresión de que aquel hombre lo miraba con cierta atención, como si lo conociera o, cuando menos, como si estuviera tratando de reconocerlo.

«¡Bah!», pensó. «Estoy equivocado, nunca he visto a este vendedor de caballos, ni él jamás me ha visto».

En efecto, el hombre pareció dejar de ocuparse de él. Encendió su pipa, pidió café y coñac, fumó y bebió. Al terminar su almuerzo, Beautrelet pagó y se levantó. En el momento en que iba a salir entró un grupo de individuos, así que tuvo que esperar unos segundos, de pie junto a la mesa donde estaba sentado el vendedor, y entonces oyó que le decía:

—Buenos días, señor Beautrelet.

Isidore no dudó. Se sentó junto al hombre y le dijo:

—Sí, soy yo...; pero usted... ¿quién es? ¿Cómo me reconoció?

—No es difícil... Aunque solo he visto su retrato en los periódicos. Pero está usted tan mal... ¿cómo dicen en francés?... tan mal maquillado.

El hombre tenía un acento extranjero muy acusado, y Beautrelet creyó discernir, al examinarlo, que también él tenía algo que ocultaba su verdadero rostro.

—¿Quién es usted? —repitió Beautrelet—. ¿Quién es usted?

El extraño sonrió:

—¿No me reconoce?

—No. Nunca lo he visto.

—Tampoco yo a usted. Pero acuérdese... mi retrato también aparece en los periódicos... y lo publican a menudo. ¡Y bien! ¿Ya me reconoció?

—No.

—Soy Herlock Sholmes.

El encuentro era original y también significativo. El joven comprendió inmediatamente su alcance. Después de un intercambio de cumplidos mutuos, le dijo a Sholmes:

—¿Supongo que la causa de que esté aquí... es él?

—Sí.

—Entonces... entonces... usted cree que tenemos posibilidades... por este lado.

—Estoy seguro.

La alegría que Beautrelet experimentó al comprobar que la opinión de Sholmes coincidía con la suya no estaba exenta de contrariedad. Si el inglés alcanzaba el objetivo, entonces tendría que compartir la victoria con él y, además, quién sabe si aquel no se le adelantaría.

—¿Posee pruebas... tiene indicios?

—No tenga miedo —sonrió el inglés con ironía, comprendiendo su inquietud—. Yo no sigo sus huellas. Lo que a usted le importa es el documento, el folleto... cosas que para mí no tienen importancia.

—¿Y entonces usted qué persigue?

—Lo que a mí me importa es otra cosa.

—¿Sería indiscreto preguntar?

—No, para nada. ¿Recuerda la historia de la diadema, la historia del duque de Charmerace?[18]

—Sí.

—¿No habrá olvidado a Victoire, la vieja nodriza de Lupin, aquella que mi buen amigo Ganimard dejó escapar en una falsa camioneta de prisioneros?

—No.

—Yo reencontré la pista de Victoire. Vive en una granja cerca de la carretera nacional 25. Y esa es la carretera de Le Havre a Lille. Por medio de Victoire llegaré fácilmente a Lupin.

—Será un largo camino.

—¡Qué importa! He abandonado todos mis asuntos. Ya solo esto cuenta. Entre Lupin y yo hay una lucha... una lucha a muerte.

Pronunció esas palabras con una especie de salvajismo en el que se sentía todo el rencor de las humillaciones sufridas, un odio feroz contra el gran enemigo que tan cruelmente se había burlado de él.

—Váyase —murmuró—. Nos observan... eso es peligroso... Pero recuerde mis palabras: el día que Lupin y yo nos encontremos frente a frente será... será trágico.

Beautrelet dejó a Sholmes, ya completamente tranquilo: ya no le preocupaba que el inglés se le adelantara.

¡Y qué prueba le proporcionaba el azar con esa entrevista! En efecto, la carretera de Le Havre a Lille pasa por Dieppe. Es la gran ruta costera de la región de Caux, la ruta marítima que domina los acantilados de La Mancha. Y era en una granja

---

[18] Véase «Arsène Lupin», libro 3 de la colección. Originalmente era una obra de teatro en cuatro actos, fue novelizada en inglés por Edgar Jepson y traducida al español desde esa versión [N. del T.].

vecina a esa ruta donde Victoire estaba instalada, Victoire, es decir, Lupin, puesto que el uno no andaba sin la otra, el amo no se separaba de la sirvienta siempre ciegamente devota.

«Me quemo... me quemo...», se repetía el joven. «Las circunstancias me proporcionan un nuevo elemento de información para confirmar mi suposición. Por un lado, la certeza absoluta en cuanto a las orillas del Sena, y por el otro, la certeza de la carretera nacional. Las dos vías de comunicación se reúnen en Le Havre, la ciudad de Francisco I, la ciudad del secreto. Los límites se estrechan. La región de Caux no es muy grande y solo tengo que investigar la parte Oeste».

Se puso manos a la obra con mayor ahínco.

«No hay ninguna razón para que yo no pueda encontrar también lo que Lupin encontró», no cesaba de decirse. Cierto, Lupin debía tener algunas ventajas importantes —quizá un conocimiento profundo de la región... datos precisos sobre leyendas locales, o quizá solo tenía la primera— pero esa era una ventaja preciosa, puesto que él, Beautrelet, desconocía totalmente la región, pues la primera vez que la recorrió fue cuando estaba investigando el robo de Ambrumésy, y lo hizo con rapidez, sin poner mucha atención en ella.

Pero ¡qué importaba!

Aunque tuviera que consagrar diez años de su vida a aquella investigación, la llevaría a su fin. Lupin estaba allí. Lo veía. Lo adivinaba. Lo esperaba en aquella vuelta del camino, en la orilla de aquel bosque, a la salida de aquella aldea. Y cada vez que se decepcionaba por no avanzar tan rápido, parecía que encontraba en esa decepción una razón más fuerte para persistir aún más.

A menudo se dejaba caer sobre el talud de la carretera y se hundía absorto en el examen del documento, cuya copia llevaba siempre consigo, es decir, en la sustitución de los números por vocales.

```
    e.a.a..e..e.a.
  a..a...e.e.   .e.oi.e..e.
  .ou..e.o...e..e.o..e
 D  DF ▭ 19 F+44 ▷ 357 ◁
   ai.ui..e    ..eu.e
```

A menudo también, según era su costumbre, se acostaba boca abajo en la alta hierba y meditaba durante horas. Tenía tiempo. El porvenir le pertenecía.

Con admirable paciencia iba del Sena al mar, y del mar al Sena, alejándose poco a poco, volviendo sobre sus pasos y abandonando el terreno solo cuando teóricamente ya no había posibilidad de extraer la más mínima información.

Estudió, escudriñó Montivilliers, Saint-Romain, Octeville y Gonneville. Por las tardes iba a las casas de los campesinos y les pedía albergue. Después de cenar, fumaba y charlaba con ellos. Y hacía que le relataran las historias que ellos se contaban en las largas veladas de invierno.

Y siempre les hacía aquella pregunta tortuosa:

—¿Y la leyenda de la Aguja? La de la Aguja hueca... ¿No la conoce?

—No, se lo aseguro... de eso no sé nada...

—Busque bien... tal vez en algún cuento de viejecitas... algo que se trate de una aguja... Una aguja encantada, tal vez... ¿qué sé yo?

Nada. Ninguna leyenda, ningún recuerdo. Y al día siguiente partía con alegría.

Un día pasó por el bonito pueblo de Saint-Jouin, que domina el mar, y descendió entre el caos de rocas desprendidas del acantilado.

Luego remontó la planicie y se dirigió hacia el valle de Bruneval, hacia el cabo de Antifer y hacia la pequeña ensenada de Belle-Plage. Caminaba alegremente y con ligereza, un poco cansado ¡pero feliz de vivir!, tan dichoso que incluso olvidaba a Lupin y el misterio de la Aguja hueca, y a Sholmes, para poner atención en el espectáculo que veía, en el cielo azul, en el ancho mar esmeralda todo resplandeciente de sol.

Los taludes rectilíneos, los restos de muros y ladrillos donde creía reconocer vestigios de campos romanos, lo intrigaban. Luego vio una especie de pequeño castillo, construido imitando un fuerte antiguo, con torretas agrietadas y altas ventanas góticas, el cual estaba situado en un promontorio irregular, montañoso, rocoso y casi desprendido del acantilado. Una puerta de reja flanqueada por matorrales defendía el estrecho pasaje.

A duras penas Beautrelet consiguió cruzar, y encima de la puerta ojival, resguardada con una vieja cerradura oxidada, leyó estas palabras: «Fuerte de Fréfossé».[19]

No intentó entrar y, tomando hacia la derecha, después de bajar una pequeña pendiente, se internó por un sendero que corría sobre una arista de tierra provista de una rampa de madera. En el extremo había una gruta de proporciones exiguas, la cual, en la punta de la roca donde había sido abierta, una roca escarpada que caía hacia el mar, tenía una especie de garita.

Apenas si era posible mantenerse en pie en el centro de la gruta, en cuyos muros se entrecruzaban muchas inscripciones. Un agujero casi cuadrado excavado sobre la piedra se abría en tragaluz por el lado de tierra, exactamente frente al fuerte de Fréfossé, cuya almenada corona se veía a treinta o cuarenta metros de distancia. Beautrelet arrojó su saco de viaje y se

---

[19] El fuerte de Fréfossé lleva el nombre de un dominio vecino del que dependía. Su destrucción, que tuvo lugar años después, fue exigida por las autoridades militares a causa de las revelaciones consignadas en este libro [Nota del autor].

sentó. La jornada había sido dura y fatigosa. Se durmió en un instante.

El fresco viento que circulaba por la gruta lo despertó. Permaneció algunos minutos inmóvil, distraído y con la mirada vaga. Trató de reflexionar, de aclarar su mente todavía entumecida. Y cuando, ya más consciente, iba a levantarse, se impresionó con lo que sus ojos, que de súbito se quedaron fijos, muy abiertos, estaban contemplando... Sintió que un estremecimiento lo agitaba, que sus manos se crisparon y que gruesas gotas de sudor se empezaban a formar en las raíces de los cabellos.

—No... no puede ser... —balbució—. ¿Es un sueño, una alucinación...? Veamos... ¿Será posible lo que estoy viendo?

Se arrodilló bruscamente y se agachó. Sobre el granito del suelo, grabadas en relieve, se veían dos letras enormes, de un pie de largo cada una.

Aquellas dos letras, esculpidas tosca pero claramente, y con los ángulos redondeados y la superficie manchada por el paso de los siglos, eran una D y una F.

—¡Una D y una F! ¡Qué desconcertante milagro! Una D y una F ¡precisamente las dos letras del documento! ¡Las únicas dos letras del documento!

¡Ah! Beautrelet ni siquiera necesitaba consultarlo para evocar aquel grupo de letras de la cuarta línea, la línea de las medidas y las indicaciones. Las conocía bien. Se habían quedado grabadas para siempre en el fondo de sus pupilas, incrustadas para siempre en la sustancia misma de su cerebro.

Se levantó, descendió por el camino escarpado, remontó el ancho del antiguo fuerte, se aferró a las púas de la barandilla para pasar y caminó rápidamente hacia un pastor cuyo rebaño pastaba en una ondulación de la meseta.

—Esa gruta, allá abajo... esa gruta...

Sus labios temblaban, y buscaba palabras que no pudo encontrar. El pastor lo miró con estupor. Al fin repitió:

—Sí, esa gruta... que está allí... a la derecha del fuerte... ¿Tiene nombre?

—¡Caray! Todos los que viven en Étretat le llaman *la gruta de las Señoritas*.

—¿Qué?... ¿Qué?... ¿Qué dice usted?...

—¡Y bien! Sí... la *Cámara de las Señoritas*.

Isidore estuvo a punto de saltarle a la garganta, como si toda la verdad residiera en aquel nombre y esperase arrancársela de un golpe...

* * *

¡Las *Señoritas*! ¡Una de las palabras, una de las dos únicas palabras conocidas del documento!

Un viento de locura hacía temblar a Beautrelet sobre sus piernas. Un viento que parecía henchirse en torno a él, soplando como una borrasca impetuosa que venía de la costa y de la tierra, que venía de todas partes y lo azotaba con grandes golpes de certeza... ¡Lo había comprendido! ¡El documento se le aparecía en su verdadero sentido! La Cámara de las Señoritas... Étretat...

«Es eso», pensaba él con la mente invadida de luz. «No puede ser más que eso. Pero ¿cómo no lo adiviné antes?».

Le dijo al pastor en voz baja:

—Gracias... ya... puedes irte...

El hombre, extrañado, le silbó a su perro y se alejó.

En cuanto se quedó solo, Beautrelet regresó hacia el fuerte. Ya casi lo había pasado cuando de pronto se tiró al suelo y se quedó agazapado contra un trozo del muro. Y retorciéndose las manos, pensaba:

«¡Si seré loco! ¿Y si *él* me ve? ¿Si *sus* cómplices me ven? Desde hace una hora voy... y vengo...».

No se movió. El sol se había puesto. La noche poco a poco se mezclaba con el día, difuminando la silueta de las cosas.

Entonces, con movimientos imperceptibles, boca abajo, empezó a deslizarse, a avanzar arrastrándose por una de las puntas del promontorio hasta llegar al extremo del acantilado. Lo logró. Extendió las manos para apartar las hierbas y su cabeza emergió sobre el abismo.

Frente a él, casi al nivel del acantilado, en pleno mar, se alzaba una roca enorme, con una altura de más de veinte metros, un obelisco colosal, erguido a plomo sobre su amplia base de granito que se divisaba al ras del agua y que enseguida ascendía hasta la cumbre, como si fuera el diente gigantesco de un monstruo marino. Blanco como el acantilado, de un blanco sucio, el espantoso monolito estaba estriado por líneas horizontales marcadas en el sílex, y en las cuales se veía el lento trabajo de los siglos acumulando las capas calcáreas y de guijarros unas sobre otras.

A trechos, una fisura, una anfractuosidad, y luego, en seguida, allí, un poco de tierra, de hierba, de hojas.

Y todo aquello era poderoso, sólido, formidable, con un aire de cosa indestructible contra la cual no podían los asaltos furiosos de las olas y de las tempestades. Todo aquello era definitivo, inmanente, grandioso a pesar de la grandeza de la muralla de acantilados que lo dominaba; inmenso, a pesar de la inmensidad del espacio donde se erguía.

Las uñas de Beautrelet se hundían en el suelo como las garras de una bestia lista para saltar sobre su presa. Le parecía que sus ojos penetraban en la capa rugosa de la roca, en su piel, en su carne. La tocaban, la palpaban, tomaban conocimiento y posesión de ella... Se asimilaban a ella.

El horizonte se enrojecía con todos los fuegos del sol ya desapareciendo, y grandes nubes inflamadas, inmóviles en el cielo, formaban magníficos paisajes, lagunas irreales, llanuras en llamas, bosques de oro, lagos de sangre... toda una fantasmagoría ardiente y pacífica.

El azul del cielo se ensombreció. Venus brillaba con un resplandor maravilloso; luego las estrellas se encendieron, aún tímidas.

Y Beautrelet, de pronto, cerró los ojos y apretó convulsivamente contra su frente sus brazos plegados. Allá abajo... —¡Oh!, creía morir de gozo, la emoción era tan cruel que estrujaba su corazón—, allá abajo, casi en lo alto de la Aguja de Étretat, por debajo de la punta extrema en torno a la cual revoloteaban las gaviotas, había una grieta que, como si fuese una chimenea invisible, rezumaba un humo ligero, un poco del cual subía en lentas espirales en el aire quieto del crepúsculo.

IX

¡Ábrete, sésamo!

¡La aguja de Étretat está hueca!

¿El hueco fue producido por un fenómeno natural? ¿Lo produjeron cataclismos internos, el esfuerzo imperceptible del mar hirviente o la filtración de la lluvia ? ¿Es obra de sobrehumanos? ¿O fue hecho por humanos, celtas, galos u hombres prehistóricos? Preguntas insolubles, sin duda. Pero lo de menos era eso, lo esencial radicaba en que la aguja era hueca.

A cuarenta o cincuenta metros de aquel arco imponente, llamado la *Puerta de Aval*, que se lanza desde lo alto del acantilado como la colosal rama de un árbol que fue a echar raíces en las rocas submarinas, se erige un cono calcáreo de tamaño desmesurado, el cual ¡no es más que un gorro puntiagudo de corteza que está colocado sobre el vacío!

¡Qué prodigiosa revelación! He aquí que, después de Lupin, Beautrelet descubriría también la clave del gran enigma que nadie había podido descifrar durante más de veinte siglos. Una clave que antaño, en las lejanas épocas en que las hordas de bárbaros cabalgaban por el Viejo Mundo, era de una suprema importancia para quien la poseyera. Era la clave mágica para abrir la caverna ciclópea a todas las tribus que llegaban huyendo del enemigo. ¡La clave misteriosa que custodia la puerta del refugio más inviolable! ¡La palabra prestigiosa que da poder y asegura preponderancia!

Gracias a que conocía esa clave, César pudo dominar la Galia y los normandos pudieron conquistar Sicilia, el Oriente y el Nuevo Mundo.

Gracias a que poseían el secreto, los reyes de Inglaterra pudieron dominar a Francia; la humillaron, la desmembraron, se hicieron coronar reyes en París. Finalmente lo perdieron y eso significó su derrota.

Cuando tuvieron el secreto en su poder, los reyes franceses engrandecieron Francia, desbordaron los estrechos límites de sus dominios, fundaron poco a poco la gran nación y resplandecieron de gloria y de poder... pero, al perderla o al olvidar cómo usarla, vino la muerte, el exilio, la decadencia.

Allí, en el seno de las aguas y a diez brazas de la tierra, estaba un reino invisible... Una fortaleza ignorada, más alta que las torres de Notre-Dame y construida sobre una base de granito más amplia que una plaza pública... ¡Qué fuerza y qué seguridad! De París al mar por el Sena. Allí, Havre, una ciudad nueva, necesaria. Y a siete leguas de allí, la aguja hueca ¿no es acaso un refugio inexpugnable?

Es un refugio y a la vez un escondrijo formidable. Todos los tesoros de los reyes, engrosados de siglo en siglo, todo el oro de Francia, todo lo que se ha extraído del pueblo, todo lo que se ha arrancado al clero, todo el botín recogido sobre los campos de batalla de Europa, ha sido amontonado en esa caverna real. Viejas monedas de oro, escudos relucientes, doblones, florines y guineas, y las piedras, los diamantes y todas las joyas... todo está allí. ¿Quién lo descubriría? ¿Quién podría alguna vez enterarse del impenetrable secreto de la aguja? Nadie.

—Pero sí hubo alguien...: Lupin.

Y Lupin se convirtió en esa especie de ser verdaderamente desproporcionado que se conoce, en ese milagro imposible de explicar mientras la verdad permanezca en la sombra. Pero por infinitos que sean los recursos de su genio, no son suficientes para ganar la lucha que sostiene contra la sociedad. Necesitaba otros materiales. Lo necesario para la retirada segura, para tener la certeza de la impunidad, la paz que permite ejecutar los planes.

Sin la aguja hueca, Lupin es incomprensible, es un mito, un personaje de novela, sin relación con la realidad. Dueño del secreto, ¡y de qué secreto!, es simplemente un hombre como los otros, pero uno que sabe manejar con maestría el arma extraordinaria de la que el destino le dotó.

* * *

Así pues, que la aguja estaba hueca era un hecho indiscutible. Quedaba por saber cómo se podía acceder a ella.

Evidentemente era por mar. Por este lado debía existir alguna hendidura por la que se podían abordar las barcas cuando la marea estaba a cierta altura. Pero ¿y por el lado de tierra?

Hasta la noche, Beautrelet permaneció suspendido sobre el abismo, con los ojos clavados en la masa de sombra que formaba la pirámide, pensando, meditando con todas las fuerzas de su mente. Luego, bajó hacia Étretat, escogió el hotel más modesto, cenó, subió a su habitación y desplegó el documento.

Para él ahora constituía un juego precisar su significado. Inmediatamente vio que las tres vocales de la palabra *Étretat* se encontraban en la primera línea, en el orden y con los intervalos deseados. Esa primera línea se establecía ya así:

e.a.a..étretat.a..

¿Qué palabras podían preceder a *Étretat*? Esas palabras, sin duda, se referían a la ubicación de la aguja en relación con la aldea. Ahora bien, la aguja se alzaba a la izquierda, al Oeste... Buscó, y recordando que en la costa los vientos del Oeste se llamaban vientos de *aval*,[20] y que la puerta se denominaba acertadamente *Aval*, escribió:

En aval d'Étretat.a..

La segunda línea era la de la palabra *Demoiselles* y, notando inmediatamente antes de esta palabra la serie de todas las vocales que componían la expresión *la chambre des*, anotó las dos frases:

En aval d'Étretat.a.. La chambre des Demoiselles.

La tercera línea le costó más trabajo; no fue sino hasta después de varios intentos que se acordó de cómo estaban dispuestas, cerca de la frase la *Cámara de las Señoritas*, en el castillo construido en el lugar del fuerte de Fréfossé, y acabó por reconstruir casi todo el texto del documento.

En aval d'Étretat — La chambre des Demoiselles.
Sous le fort de Fréfossé — Aiguille creuse.[21]

Esas eran las cuatro grandes fórmulas, las fórmulas esenciales y generales. De acuerdo con ellas, para llegar a la aguja se tendrían que seguir estos pasos: dirigirse «río abajo» de Étretat, entrar en la Cámara de las Señoritas y pasar, según todas las probabilidades, bajo el fuerte de Fréfossé. ¿Cómo? Siguiendo las indicaciones y las medidas que formaban la cuarta línea:

$$D \; \overline{DF} \; \square \; 19F + 44 \; \triangleright \; 357 \; \triangleleft$$

[20] Aval es «río abajo» o solo «abajo».
[21] Abajo de Étretat — La Cámara de las Señoritas.
    Bajo el fuerte de Fréfossé — Aguja hueca.

Estas eran, evidentemente, las fórmulas más especiales para localizar el camino que conducía a la Aguja y la abertura por la cual se penetraba en ella.

Beautrelet supuso de inmediato —y su hipótesis era la consecuencia lógica del documento— que, si realmente había una comunicación directa entre la tierra y el obelisco de la Aguja, el subterráneo debía partir de la Cámara de las Señoritas, pasar bajo el fuerte de Fréfossé, bajar perpendicularmente los cien metros del acantilado y, por un túnel abierto bajo las rocas del mar, desembocar en la Aguja hueca. ¿Y la entrada del subterráneo? ¿Serían las dos letras, la D y la F, tan claramente recortadas, las que la designaban, las que quizá también la entregaban gracias a algún mecanismo ingenioso?

Isidore pasó toda la mañana del día siguiente vagando por Étretat y hablando con personas a diestra y siniestra para tratar de obtener alguna información útil. Finalmente, por la tarde, subió al acantilado. El disfraz de marinero que se puso, con su pantalón demasiado corto y su camisa de pescador, lo rejuvenecía tanto que parecía un niño de doce años.

Apenas entró a la gruta, se arrodilló frente a las letras. Se llevó una decepción cuando de nada le valió golpearlas, empujarlas, manipularlas en todos sentidos. No se movían. Finalmente aceptó que no podían moverse, así que no eran la clave de ningún mecanismo. Sin embargo… sin embargo, ¡tenían que significar algo! Según lo que le dijo la gente del pueblo, nunca nadie se había podido explicar por qué estaban allí esas letras, también el abad Cochet había mirado en vano este pequeño acertijo en su precioso libro sobre Étretat.[22] Pero Isidore sabía algo que el erudito arqueólogo normando ignora-

---

[22] *Los orígenes de Étretat*. A final de cuentas, el padre Cochet pareció llegar a la conclusión de que las dos letras eran las iniciales del nombre de un campesino. Las revelaciones que aportamos demuestran que su suposición estaba equivocada.

ba, y es que en el documento, en la línea de las indicaciones, estaban escritas esas mismas dos letras. ¿Coincidencia fortuita? Imposible. ¿Entonces?...

De pronto se le ocurrió una idea, tan racional, tan sencilla, que no dudó ni un segundo de su exactitud. ¿Aquella D y aquella F no eran las iniciales de dos de las palabras más importantes del documento?, esas palabras que representaban —con la Aguja— los lugares por los que tenían que pasar en su camino: la Cámara de las *Demoiselles* y el fuerte de *Fréfossé*. La D de *Demoiselles*, la F de *Fréfossé*, en esto había una relación demasiado extraña como para ser producto del azar.

En ese caso, el problema quedaba planteado así: el grupo DF representaba la relación entre la cámara de las *Demoiselles* y el fuerte de Fréfossé; la letra D aislada, que estaba al principio de la línea, representaba las *Demoiselles*; es decir, la gruta a la que había que llegar en primer lugar, y la letra F aislada, colocada en medio de la línea, representaba Fréfossé; es decir, el lugar en el que probablemente estaba la entrada al subterráneo.

Entre la diversidad de signos quedaban dos sin descifrar: una especie de rectángulo desigual, marcado con un trazo en el lado izquierdo y abajo; y la cifra 19, signos que, por toda la evidencia, indicaban a quienes estuvieran en la gruta bajo el fuerte los pasos a seguir para entrar.

La forma de ese rectángulo intrigaba a Isidore. ¿Había a su alrededor, sobre los muros, o cuando menos al alcance de la vista, alguna inscripción o cualquier otra cosa que tuviera la forma rectangular?

Buscó durante largo tiempo y, cuando estaba a punto de abandonar esa pista, sus ojos tropezaron con una pequeña abertura perforada en la roca que parecía ser la ventana de la recámara. Ahora bien, los bordes de esa abertura, aunque rugosos, desiguales y burdos, dibujaban un rectángulo, e inmediatamente Beautrelet comprobó que colocando los dos pies sobre la D y la F grabadas en el suelo —como daba a entender la línea que coronaba las dos letras del documento—, uno se encontraba a la altura de la ventana.

Se colocó en esa posición y miró por la abertura. La ventana estaba dirigida, como ya habíamos dicho, hacia tierra firme. Al asomarse lo primero que se veía era el sendero que ligaba a la gruta con la tierra, el sendero suspendido entre dos abismos, y luego se veía la propia base del montículo sobre la cual se levantaba el fuerte. Beautrelet se inclinó hacia la izquierda para tratar de ver el fuerte, y fue entonces cuando comprendió lo que significaba el trazo redondeado, la coma dibujada en el documento abajo a la izquierda: porque abajo, a la izquierda de la ventana, un trozo de sílex formaba una saliente, y el extremo de ese trozo se curvaba como una garra. Se hubiera dicho que se trataba de un verdadero punto de mira. Y si se aplicaba el ojo a ese punto de mira, la visión recortaba, sobre la pendiente del montículo opuesto, una especie de terreno bastante limitado y casi totalmente ocupado por un viejo muro de ladrillo, vestigio del antiguo fuerte de Fréfossé o del antiguo *oppidum* romano construido en ese lugar.

Beautrelet corrió hacia ese trozo de muro, tenía unos diez metros de largo y su superficie estaba tapizada de hierbas y plantas. No descubrió ningún indicio. Y, sin embargo, ¿la cifra 19 indicaba algo?

Regresó a la gruta, sacó de su bolsillo un ovillo de cordel y un metro de tela de que se había provisto, anudó el cordel al ángulo de sílex, ató una piedra al cabo de diecinueve metros de cordel y la arrojó. La piedra alcanzó apenas el extremo del sendero.

«Tres veces idiota», pensó Beautrelet. «¿Es que acaso se contaba por metros en esa época? Diecinueve significa diecinueve toesas o no significa nada».

Efectuado el cálculo correspondiente, contó treinta y siete metros en el cordel, hizo un nudo para marcarlos y a tientas buscó en la superficie del muro el punto exacto, y forzosamente único, donde el nudo formado por los treinta y siete metros desde la ventana de las Señoritas tocaba el muro de Fréfossé. Después de unos instantes quedó establecido ese punto de contacto. Con la mano que tenía libre apartó las hojas de moleña crecidas entre los resquicios.

Se le escapó un grito. El nudo que mantenía apoyado con la punta de su índice estaba colocado en el centro de una pequeña cruz esculpida en relieve sobre el ladrillo. ¡Y el signo que seguía a la cifra 19 en el documento también era una cruz!

Precisó de toda su fuerza de voluntad para dominar la emoción que lo invadía. Presurosamente, con los dedos crispados, cogió la cruz y, al mismo tiempo que la presionaba, la hizo girar como si se tratara de los radios de una rueda. El ladrillo osciló. Redobló sus esfuerzos: ya no se movió. Entonces, en vez de girarla, presionó más fuerte. Sintió inmediatamente que cedía. Y de pronto se produjo como un desencadenamiento, un ruido de cerradura que se abre; y a la derecha del ladrillo, en un espacio de un metro, un trozo de muro giró sobre sus goznes y descubrió el orificio de un subterráneo.

Como un loco, Beautrelet agarró la puerta de hierro en la cual estaban empotrados los ladrillos, tiró de ella violentamente y la cerró. El asombro, la alegría, quizá el miedo de ser sorprendido convulsionaban su rostro hasta hacerlo irreconocible. Tuvo la visión desconcertante de todo cuanto había ocurrido allí, delante de aquella puerta, desde hacía veinte siglos... de todos los personajes conocedores del gran secreto que habían penetrado por aquella puerta... celtas, galos, romanos, normandos, ingleses, franceses, barones, duques, reyes y, después de todos ellos, Arsène Lupin... y después de Lupin, él, Beautrelet... Sintió como si su cerebro se le esfumara. Sus párpados aletearon. Cayó desvanecido y rodó hasta el fondo de la rampa, al borde mismo del precipicio.

* * *

Su tarea había terminado, al menos la tarea que podía realizar solo, con los únicos recursos de que disponía.

Por la noche le escribió al jefe de la Sûreté una larga carta en la que le informaba fielmente de los resultados de su investigación y le entregaba el secreto de la Aguja hueca. Le pedía ayuda para acabar su obra y le daba su dirección.

En espera de la respuesta pasó dos noches consecutivas en la Cámara de las Señoritas. Las pasó entumecido de miedo, con los nervios sacudidos por un miedo exacerbado por los ruidos nocturnos... A cada instante creía ver sombras que avanzaban hacia él. Tal vez alguien se había enterado de su presencia en la gruta... Estaban por llegar... Lo degollarían... Pero, aun así, su mirada, desesperadamente fija, se aferraba al trozo de muro con toda su voluntad.

La primera noche nada se movió. Pero la segunda, a la claridad de las estrellas y de un ligero resplandor de la luna creciente, vio que la puerta se abría y que unas siluetas emergían de las tinieblas. Contó dos, tres, cuatro, cinco...

Le pareció que esos hombres llevaban consigo paquetes voluminosos. Siguieron derecho por los campos hasta la carretera de Havre, y alcanzó a escuchar el ruido de un automóvil que se alejaba.

Volvió sobre sus pasos y caminó por la orilla de una extensa granja. Pero en la vuelta del camino que la bordeaba apenas tuvo tiempo de escalar un talud y esconderse detrás de los árboles. Otros hombres venían pasando, cuatro, cinco... y todos cargados de paquetes. Y dos minutos después, otro automóvil arrancó. Esta vez ya no tuvo la fuerza para regresar a su puesto y se fue a su alojamiento a dormir.

Cuando se despertó, el mozo del hotel le llevó una carta. La abrió. Era la tarjeta de visita de Ganimard.

«Al fin», exclamó Beautrelet, que después de una campaña tan dura verdaderamente sentía que necesitaba ayuda.

El joven se precipitó con las manos extendidas. Ganimard se las estrechó, lo contempló un momento y le dijo:

—Es usted un tipo valiente, hijo mío.

—¡Bah! —respondió él—. El azar me ayudó.

—Con *él*, no hay azar que valga —afirmó el inspector, que siempre hablaba de Lupin con aire solemne y sin pronunciar su nombre.

Se sentó.

—¿Entonces lo tenemos?

—Como lo hemos tenido más de veinte veces —dijo Beautrelet, riendo.

—Sí, pero hoy...

—Hoy, efectivamente, el caso es diferente. Conocemos su guarida, su castillo fuerte, lo que en resumen equivale a que Lupin es Lupin. Él puede escaparse. Pero la Aguja de Étretat no puede hacerlo.

—¿Por qué supone que él escapará? —preguntó Ganimard, inquieto.

—¿Y por qué supone usted que él tenga necesidad de escapar? —respondió Beautrelet preguntando a su vez—. Nada prueba que él está en este momento en la Aguja. Esta noche salieron de allí once de sus cómplices. Quizá él era uno de ellos.

Ganimard reflexionó.

—Tiene usted razón. Lo esencial es la Aguja hueca. Para lo demás esperemos que la suerte nos favorezca. Y ahora hablemos.

* * *

Adoptó de nuevo su tono grave, su aire de importancia, y pronunció:

—Mi estimado Beautrelet, tengo orden de recomendarle, a propósito de este asunto, la discreción más absoluta.

—¿Orden de quién? —replicó Beautrelet bromeando—. ¿Del prefecto de policía?

—De más arriba.

—¿Del presidente del Consejo?

—De más arriba.

—¡Caray!

Ganimard bajó la voz:

—Beautrelet, vengo del palacio del Elíseo. Este asunto se considera como un secreto de Estado y de una extrema importancia. Hay serias razones para que la existencia y ubicación de esta ciudadela invisible permanezcan en secreto... sobre todo razones estratégicas... Este lugar puede convertirse en un centro de aprovisionamiento, un almacén de pólvoras nuevas, de proyectiles recientemente inventados, ¿qué sé yo?, en el arsenal secreto de Francia.

—Pero ¿cómo esperan guardar un secreto así? Antaño lo poseía un solo hombre: el rey. Hoy ya somos varios los que lo sabemos, sin contar la banda de Lupin.

—¡Y bien! ¡Con que se lograran diez años... cinco años de silencio!... esos cinco años serían la salvación...

—Pero para apoderarse de esta ciudadela, de este futuro arsenal, antes es preciso atacarlo, desalojar a Lupin. Y todo eso no se hará sin ruido.

—Evidentemente, se sospechará algo, pero no se sabrá nada. Y además ¡hay que tratar de hacerlo con discreción!

—Está bien. ¿Cuál es su plan?

—Se lo diré en dos palabras. En primer lugar, usted no es Isidore Beautrelet y ya no es cuestión de Arsène Lupin. Usted es y seguirá siendo un muchachito de Étretat que andaba vagando por el lugar y vio, sorprendido, a unos individuos que salían de un subterráneo. Y usted da por supuesta la existencia de una escalera que perfora el acantilado de arriba a abajo.

—Sí, hay varias de esas escaleras a lo largo de la costa. Mire, me dijeron que muy cerca de aquí, frente a Benouville, está la llamada Escalera del Cura, conocida por todos los bañistas. Y no hablo de tres o cuatro túneles destinados a los pescadores.

Entonces, usted nos guiará, a la mitad de mis hombres y a mí. Yo entraré solo o acompañado, ya veremos eso. De todas maneras, atacaremos por allí. Si Lupin no está en la Aguja, estableceremos allí una ratonera en la que un día u otro lo atraparemos. Y si está allí...

—Si está allí, señor Ganimard, se escapará por la cara posterior de la Aguja, la que mira al mar.

—En ese caso será inmediatamente detenido por la otra mitad de mis hombres.

—Sí; pero si usted escogió actuar en el momento en que el mar está retirado y la base de la Aguja al descubierto, como supongo, la caza será en público, puesto que tendrá lugar delante de todos los pescadores de mejillones, camarones y mariscos que abundan entre las rocas vecinas.

—Por eso escogeré justo la hora en que la marea esté alta.

—En ese caso huirá en una barca.

—Entonces será detenido por alguno de los hombres que estarán allí, comandando cada una de la media docena de barcas de pesca que tendré apostadas en el lugar.

—Si es que no pasa por entre sus barcas como pasa un pez por entre las redes.

—En ese caso lo mandaría al fondo.

—¡Diablos! ¿Tiene cañones?

—¡Dios mío, sí! En este momento se encuentra en Havre un torpedero. A una llamada telefónica mía, se presentará a la hora convenida en las inmediaciones de la Aguja.

—¡Qué orgulloso se sentirá Lupin! Un torpedero... Vamos, ya veo, señor Ganimard, que lo tiene todo previsto. Ya solo queda ponerse en marcha. ¿Cuándo nos lanzaremos al asalto?

—Mañana.

—¿Por la noche?

—A pleno día, cuando la marea está empezando a subir, a eso de las diez.

—Perfecto.

Beautrelet estaba realmente angustiado, pero lo ocultaba bajo una apariencia de alegría. Agitado por las ideas de los planes más irrealizables, no pudo dormir en toda la noche. Ganimard lo había dejado para dirigirse a Yport, un lugar situado a una docena de kilómetros de Étretat, en donde, por prudencia, había dado cita a sus hombres, y donde fletó doce barcas de pesca con el fin, dijo, de realizar sondeos a lo largo de la costa.

A las nueve y tres cuartos, escoltado por doce corpulentos tipos, se encontró con Isidore en los bajos del camino que sube sobre el acantilado. Exactamente a las diez, llegaron ante el trozo de pared. Esta vez era, por lo tanto, el momento decisivo.

—¿Qué es lo que te ocurre, Beautrelet? Estás verde —bromeó Ganimard, tuteando al joven a modo de burla.

—Y tú, señor Ganimard —respondió Beautrelet—, se diría que te llegó tu hora.

Se sentaron y Ganimard tomó unos tragos de ron.

—No es miedo —dijo—; pero ¡caray!, qué emoción. Cada vez que estoy por agarrarlo siento esto en las entrañas.

—¿Un poco de ron?

—No.

—¿Y si se queda en el camino?

—Solo muerto.

—¡Diablos! En fin, veremos. Y ahora que ya está abierto. No hay peligro de que nos vean, ¿o sí?

—No. La Aguja está más abajo que el acantilado, y además estamos en un repliegue del terreno.

Beautrelet se acercó al muro y maniobró en el ladrillo. Se produjo el desencadenamiento y apareció la entrada al subterráneo. A la luz de las linternas vieron que estaba perforado en forma de bóveda y que esta, así como el propio suelo, estaba enteramente cubierta de ladrillos.

Caminaron durante algunos segundos y de pronto se presentó una escalera. Beautrelet contó cuarenta y cinco peldaños de ladrillo, desgastados en la parte de en medio por la acción lenta de los pasos.

—¡Sagrado nombre! —juró Ganimard, quien iba a la cabeza y se detuvo súbitamente como si hubiera tropezado con algo.

—¿Qué ocurre?

—Hay una puerta.

—¡Diablos! —murmuró Beautrelet al verla—. Y no va a ser fácil echarla abajo. Es simplemente un bloque de hierro.

—Estamos fastidiados —dijo Ganimard—. Ni siquiera tiene cerrojo.

—Eso es justo lo que me da esperanza.

—¿Y por qué?

—Una puerta está hecha para ser abierta y, si esta no tiene cerrojo, es que hay una clave secreta para abrirla.

—Y como no la conocemos...

—Pero voy a descubrirla.

—¿Por qué medio?

—Por medio del documento. La cuarta línea no tiene otra razón de ser que resolver las dificultades en el momento en que se presentan. Y la solución es relativamente fácil, puesto que no está escrita para despistar, sino para ayudar a quienes la buscan.

—¡Relativamente fácil! No estoy de acuerdo —exclamó Ganimard, extendiendo el documento—. El número cuarenta y cuatro es un triángulo marcado con un punto a la izquierda, algo bastante oscuro.

—Pero no, no. Observe bien la puerta. Verá que está reforzada en los cuatro ángulos por placas de hierro en forma de triángulos y que esas placas están sostenidas por gruesos clavos. Tome la placa que está al fondo, la de la izquierda, y mueva el clavo que está en el ángulo... Hay nueve posibilidades contra una de que acertemos.

—Se encontró con la décima —dijo Ganimard después de probar todas.

—Entonces es que la cifra cuarenta y cuatro...

En voz baja, reflexionando, Beautrelet continuó:

—Veamos... Ganimard y yo nos encontramos en el último peldaño de la escalera... y hay 45... ¿Por qué 45, mientras que el número de documento es 44? ¿Es una coincidencia?, no... Nada en todo este asunto es coincidencia, cuando menos voluntaria. Ganimard, tenga la bondad de retroceder un peldaño... Eso es, y no se salga del peldaño 44. Y ahora yo hago funcionar el clavo de hierro. Y la aldabilla cruje... Que pierda mi latín si no se abre...

En efecto, la pesada puerta giró sobre sus goznes. Una cueva bastante espaciosa apareció ante sus miradas.

—Debemos estar exactamente debajo del fuerte de Fréfossé —dijo Beautrelet—. Ahora las capas de tierra ya han sido atravesadas. Se acabaron los ladrillos. Estamos en plena masa calcárea.

La sala estaba confusamente iluminada por un chorro de luz que venía del otro extremo. Al acercarse vieron que era una hendidura en el acantilado, estaba abierta en un saledizo de la pared y formaba una especie de observatorio. Frente a ellos, a cincuenta metros, surgiendo de las olas, estaba el bloque impresionante de la Aguja. A la derecha, muy cerca, estaba el arbotante de la puerta de Aval, y a la izquierda, muy lejos, cerrando la curva armoniosa de una vasta ensenada, recortándose en el acantilado, había otro arco más imponente aún: la *Manneporte* (magna porta), tan grande que hubiera podido pasar por ella un navío, con sus mástiles erguidos y todas las velas desplegadas. En el fondo, el mar por doquier.

—No veo nuestra flotilla —dijo Beautrelet.

—Sería imposible —respondió Ganimard—. La puerta de Aval nos oculta toda la costa de Étretat y de Yport. Pero mire allá abajo, sobre la costa, aquella línea negra a ras del agua...

—¿Y bien?...

—Y bien, es nuestra flotilla de guerra, el torpedero número 25. Con eso, Lupin solo se podría escapar... si quiere conocer los paisajes submarinos.

Una rampa señalaba el orificio de la escalera cerca de la hendidura. Siguieron por ella. De cuando en cuando había una pequeña ventana perforada en la pared y por cada una de ellas se podía divisar la Aguja, cuya masa les parecía cada vez más colosal. Un poco antes de llegar al nivel del agua, ya no hubo más ventanas y tuvieron que seguir avanzando en la oscuridad.

Isidore iba contando los peldaños en voz alta. En el trescientos cincuenta y ocho desembocaron en un pasillo más ancho, que también estaba cerrado por otra puerta de hierro, reforzada con planchas y clavos.

—Ya conocemos esto —dijo Beautrelet—. El documento nos indica el número trescientos cincuenta y siete, y un triángulo punteado señala a la derecha. No tenemos más que repetir la operación.

La segunda puerta obedeció como la primera. Apareció un túnel muy largo, iluminado por la viva luz de linternas suspendidas de la bóveda. Los muros rezumaban humedad y las gotas de agua caían al suelo, de modo que para facilitar el paso se había instalado una verdadera acera de tablas de un extremo a otro.

—Estamos pasando bajo el mar —dijo Beautrelet—. ¿Viene usted, Ganimard?

El inspector se aventuró por el túnel, siguió la pasarela de madera y, cuando estuvo delante de una linterna, se detuvo y la descolgó.

—Los utensilios parecen ser de la Edad Media, pero la forma de alumbrado es moderna. Estos señores se alumbran con mecheros de gas.

Continuó su camino. El túnel desembocaba en otra gruta de proporciones más espaciosas, donde se divisaban al frente los primeros peldaños de una escalera que iban a tener que subir para continuar.

—Ahora empieza el ascenso de la Aguja —dijo Ganimard—. Esto ya es más de cuidado.

Uno de sus hombres le señaló:

—Jefe, allí, a la izquierda, hay otra escalera.

E inmediatamente después descubrieron una tercera escalera a la derecha.

—¡Diablos! —murmuró el inspector—. La situación se complica. Si pasamos por aquí, se largarán por allá.

—Separémonos —propuso Beautrelet.

—No, no... Eso sería debilitarnos... Lo mejor es que uno de nosotros vaya a explorar.

—Si usted quiere, yo voy...

—Sí, vaya usted, Beautrelet. Yo me quedaré con mis hombres... Así no habrá nada que temer. Tal vez haya otros caminos además del que seguimos por el acantilado, y también varios caminos dentro de la Aguja. Pero es seguro que entre el acantilado y la Aguja no hay otra comunicación más que el túnel. Así pues, es preciso pasar por esta gruta. Así que me quedaré aquí hasta que usted regrese. Vaya, Beautrelet... y sea prudente... A la menor señal de peligro, regrese...

Rápidamente, Isidore desapareció por la escalera de en medio. En el peldaño treinta se encontró con una puerta, una verdadera puerta de madera que lo detuvo, hizo girar el pomo de la cerradura. No estaba cerrada.

Entró en una sala de tamaño tan enorme que le pareció muy baja. La sostenían recios pilares entre los cuales se abrían profundas perspectivas, y estaba muy iluminada con fuertes lámparas. Debía tener casi las mismas dimensiones de la Aguja. Estaba llena de cajas y de una multitud de objetos, muebles, sillas, arcas, aparadores, cofres; todo se veía revuelto, como los sótanos de los comerciantes de antigüedades. A derecha e izquierda Beautrelet divisó el orificio de dos escaleras que correspondían, sin duda alguna, a las que partían de la gruta inferior. Tendría entonces que volver a bajar para avisar a Ganimard. Pero frente a él vio otra nueva escalera ascendente y entonces tuvo la curiosidad de proseguir solo sus investigaciones.

Tuvo que subir treinta peldaños más. Cruzó una puerta, luego una sala menos vasta, según le pareció a Beautrelet. Y siempre, enfrente, había una escalera más por subir.

Otros treinta peldaños más. Otra puerta. Y una sala más pequeña...

Beautrelet comprendió el plano de los trabajos ejecutados en el interior de la Aguja. Era una serie de salas superpuestas, por lo que se volvían más pequeñas a medida que se iba ascendiendo. Todas servían de almacenes.

En la cuarta ya no había rampa y, como por las fisuras se filtraba algo de luz del día, Beautrelet pudo divisar el mar a una docena de metros por debajo de él.

En ese instante se sintió tan alejado de Ganimard que comenzó a invadirle cierta angustia y tuvo que dominar sus nervios para no salir corriendo. Sin embargo, no le amenazaba ningún peligro, e incluso reinaba tal silencio en torno a él, que empezó a preguntarse si Lupin y sus cómplices no habrían abandonado el lugar.

«En el próximo piso me detendré», se dijo.

Subió treinta peldaños una vez más y volvió a encontrar una puerta, esta era más ligera y tenía un aspecto más moderno. La empujó, listo para huir si era necesario, pero no había nadie. Esta sala difería de las otras por las que pasó. Las paredes estaban tapizadas y el suelo alfombrado. Dos magníficos aparadores repletos de orfebrería hacían juego con todo lo demás. Las pequeñas, estrechas y profundas ventanas abiertas en las hendiduras estaban provistas de cristales.

En medio de la estancia había una mesa con mantel de encaje, ricamente servida; compoteras con frutas y pastelería, botellas de champán y flores... montones de flores.

En torno a la mesa, había cubiertos para tres personas.

Beautrelet se acercó. Sobre las servilletas había tarjetas con los nombres de los invitados.

Primero leyó: «Arsène Lupin».

Enfrente: «Señora de Arsène Lupin».

Tomó la tercera tarjeta y al leerla se sobresaltó. Esta llevaba su nombre: «Isidore Beautrelet».

X

El tesoro de los reyes de Francia

Una cortina se descorrió.

—Buenos días, mi estimado Beautrelet, llega usted con un poco de retraso. El almuerzo estaba fijado para el mediodía. Pero, en fin... son solo unos minutos más tarde... ¿Qué hay de nuevo? ¿No me reconoce? ¿Tanto he cambiado?

En el curso de su lucha contra Lupin, Beautrelet había recibido muchas sorpresas, y esperaba, a la hora del desenlace, todavía recibir muchas emociones, pero esta vez el impacto fue imprevisto. Lo que experimentaba no era asombro; era estupor, espanto.

El hombre a quien tenía enfrente, el hombre a quien la fuerza brutal de los acontecimientos lo obligaba a considerar como Arsène Lupin, aquel hombre era Valméras. ¡Valméras! el propietario del castillo de la Aguja. ¡Valméras!, aquel a quien le pidió ayuda para encontrar a Arsène Lupin. ¡Valméras!, su compañero de expedición a Crozant. ¡Valméras!, el valiente amigo que lo había ayudado a rescatar a Raymonde al golpear, o fingir que golpeaba, en las sombras del vestíbulo, a un cómplice de Lupin.

—¡Usted!... Pero ¡es usted! —balbució Beautrelet.

—¿Y por qué no? —exclamó Lupin—. ¿Entonces creía usted que ya me conocía porque me vio bajo el aspecto de un sacerdote o el del señor Massiban? ¡Ay!, cuando se ha escogido la situación social que yo ocupo, es preciso servirse de sus pequeños talentos de sociedad. Si Lupin no pudiera ser, a capricho, pastor de la Iglesia reformista y miembro de la Academia de Inscripciones y de Bellas Artes, sería desesperante ser él. Pero Lupin, el verdadero Lupin, es este que tiene enfrente, Beautrelet. Mírelo con los ojos bien abiertos...

—Pero entonces... si es usted... entonces... la señorita...

—Sí, Beautrelet, tú lo has dicho... —apartó de nuevo la cortina, hizo una señal y anunció—: La señora de Arsène Lupin.

—¡Ah! —murmuró el joven, confundido a pesar de todo—. ¡La señorita De Saint-Véran!

—No, no —protestó Lupin—. La señora de Arsène Lupin, o, más bien, si lo prefiere, la señora de Louis Valméras, mi esposa en justas bodas, según las formas legales más rigurosas. Y con la que me casé gracias a usted, mi querido Beautrelet.

Le tendió la mano.

—Mis mayores agradecimientos... y por su parte, espero que sin rencor.

Lo extraño era que Beautrelet no experimentaba rencor alguno. No se sentía para nada humillado ni amargado por su fracaso. Sentía tan vigorosamente la enorme superioridad de su adversario, que ni siquiera se sentía avergonzado por el hecho de que lo había vencido. Estrechó la mano que se le ofrecía.

—La señora está servida.

Un criado había depositado sobre la mesa una bandeja repleta de viandas.

—Me perdonará usted, Beautrelet, mi cocinero tiene el día libre, así que tendremos que comer frío.

Beautrelet no sentía deseos de comer. Sin embargo, se sentó, pues estaba profundamente intrigado por la actitud de Lupin. ¿Qué sabía él exactamente? ¿Se daba cuenta del peligro que corría? ¿Ignoraba la presencia de Ganimard y sus hombres?... Y Lupin continuó.

—Sí, mi querido amigo, gracias a usted, ciertamente, Raymonde y yo nos amamos desde el primer día. El secuestro de Raymonde, su cautiverio, todo eso fueron bromas: nosotros nos amábamos... Pero ni ella ni yo, por lo demás, cuando fuimos libres de amarnos, podíamos admitir que se estableciera entre nosotros uno de esos lazos pasajeros que están a merced del azar. La situación resultaba entonces insoluble para Lupin. Pero no lo sería si yo me convertía en Louis Valméras. Fue entonces cuando se me ocurrió la idea de aprovecharme de su obstinación, porque usted no soltaba la presa y había encontrado el castillo de la Aguja.

—Y de mi ingenuidad.

—¡Bah! ¿Quién no hubiera caído?

—¿De modo que le serví de tapadera, que pudo salirse con la suya gracias a mi apoyo?

—¡Caray! ¿Quién iba a sospechar que Valméras era Lupin, si era amigo de Beautrelet y acababa de arrebatarle a Lupin a la joven que amaba? Fue encantador. ¡Oh, que hermosos recuerdos! ¡La expedición de Crozant! ¡Los ramos de flores encontrados! ¡Mi supuesta carta de amor a Raymonde! Y más tarde, las precauciones que yo, Valméras, tuve que tomar contra mí, Lupin, antes de mi matrimonio. ¡Y la noche de su famoso banquete, cuando usted se desvaneció en mis brazos! ¡Qué hermosos recuerdos!...

Se produjo un silencio. Beautrelet observaba a Raymonde. Ella escuchaba a Lupin sin decir nada, y lo contemplaba con ojos en los que había amor, pasión y también otra cosa que el joven no habría podido definir... una suerte de inquieto malestar y confusa tristeza. Pero cuando Lupin volteó a verla, ella le sonrió tiernamente. Sus manos se enlazaron por encima de la mesa.

—¿Qué dices de mi pequeña instalación, Beautrelet? —exclamó Lupin—. Tiene encanto, ¿no es así? No pretendo para nada que sea la más cómoda... Sin embargo, hay algunos que se han contentado, y no eran de los más modestos... Mira la lista de algunos personajes que fueron propietarios de la Aguja y que tuvieron el honor de dejar aquí la huella de su paso.

Sobre las paredes, unas debajo de otras, estaban grabadas estas palabras: «César, Carlomagno, Roll, William el Conquistador, Ricardo rey de Inglaterra, Luis XI, Francisco I, Enrique IV, Luis XIV, Arsène Lupin».

—¿Quién se inscribirá de ahora en adelante? —prosiguió—. ¡Ah!, la lista está cerrada. De César a Lupin, y hasta allí. Muy pronto será la multitud anónima la que vendrá a visitar esta extraña ciudadela. ¡Y pensar que sin Lupin todo esto hubiera permanecido ignorado para siempre por la humanidad! Ah, Beautrelet, el día que yo puse los pies sobre este suelo abandonado, ¡qué sensación de orgullo! Encontrar el secreto perdido y convertirme en su dueño, en su único dueño. ¡Recibir semejante herencia! Después de tantos reyes, vivir en la Aguja...

Su esposa lo interrumpió haciendo un ademán. Parecía muy agitada.

—Se oye ruido... ruido debajo de nosotros... ¿Lo oyes?...

—Es el chapoteo del agua —dijo Lupin.

—No... no... Conozco el ruido de las olas... Es otra cosa...

—¿Qué quieres que sea, querida amiga? —respondió Lupin riendo—. Yo no he invitado a almorzar más que a Beautrelet.

Y dirigiéndose al criado, añadió—: Charoláis, ¿cerraste las puertas de la escalera después de que entró el señor?

—Sí, les eché el cerrojo.

Lupin se levantó:

—Vamos, Raymonde, no tiembles así... ¡Ah! Estás muy pálida.

Le dijo unas palabras en voz baja a su esposa, lo mismo que al criado, levantó las cortinas y los hizo salir a ambos.

Abajo el ruido se definía. Eran golpes sordos que se repetían a intervalos iguales. Beautrelet pensó: «Ganimard ha perdido la paciencia y está rompiendo las puertas».

Muy calmado, y como si en verdad no hubiera escuchado nada, Lupin prosiguió:

—En efecto, la Aguja estaba muy deteriorada cuando yo logré descubrirla. Bien se veía que nadie había poseído el secreto desde hacía un siglo... desde Luis XVI y la Revolución. El túnel amenazaba con derrumbarse. Las escaleras estaban desmoronándose. El agua se filtraba al interior. Tuve que apuntalar, consolidar, reconstruir.

Beautrelet no pudo menos que decir.

—¿Y a su llegada estaba vacía?

—Casi. Los reyes no han debido utilizar la Aguja como lo he hecho yo, como depósito...

—¿Entonces la usaron como refugio?...

—Sí, sin duda, en los tiempos de invasiones e igualmente en las épocas de guerras civiles. Pero su verdadero destino fue... ¿cómo diría yo?, el de caja fuerte de los reyes de Francia.

Los golpes se redoblaban, ahora menos sordos. Ganimard había debido romper la primera puerta y atacaba la segunda.

Hubo un silencio y luego otros golpes aún más cercanos. Era la tercera puerta. Quedaban dos.

Por una de las ventanas Beautrelet divisó las barcas que navegaban en torno a la Aguja y, no lejos, al torpedero flotando como un gigantesco pez negro.

—¡Qué estrépito! —exclamó Lupin—. ¡Ya no nos oímos! Subamos, ¿quieres? Quizá te interese visitar la Aguja.

Pasaron al piso superior, el cual estaba defendido, como los otros, por una puerta que Lupin cerró tras él.

—Mi galería de cuadros —dijo.

Los muros estaban cubiertos de pinturas, en las cuales Beautrelet leyó en seguida las firmas más ilustres. *La Virgen y el Agnus Dei*, de Rafael; el *Retrato de Lucrecia del Fede*, de Andrea del Sarto; la *Salomé* de Tiziano, *La Virgen con el Niño y dos ángeles*, de Botticelli, así como también obras de Tintoretto, de Carpaccio, de Rembrandt, de Velásquez.

—¡Qué hermosas copias! —aprobó Beautrelet.

Lupin lo miró con aire estupefacto:

—¿Cómo?, ¿copias? ¿Estás loco? Las copias están en Madrid, en Florencia, en Venecia, en Múnich, en Ámsterdam...

—Ah, vamos...

—Los originales, coleccionados con paciencia en todos los museos de Europa, los he reemplazado yo honradamente por excelentes copias.

—Pero un día u otro...

—¿Un día u otro será descubierto el fraude? ¡Y bien! Encontrarán mi firma en cada una de las pinturas, al dorso, y se sabrá que fui yo quien dotó a mi país de obras maestras originales. Después de todo, yo no he hecho más que lo que hizo Napoleón en Italia... ¡Ah!, mira, Beautrelet, aquí están los cuatro Rubens del señor De Gesvres...

Los golpes no cesaban de oírse en la cumbre de la Aguja.

—Esto ya es insoportable —dijo Lupin—. Subamos más.

Una nueva escalera. Una nueva puerta.

—La sala de los tapices —anunció Lupin.

No estaban colgados, sino enrollados, atados, etiquetados y, además, mezclados con paquetes de telas antiguas que Lupin desplegó: brocados maravillosos, terciopelos admirables, sedas ligeras de tonos pálidos, tejidos de oro y plata...

Subieron más y entonces Beautrelet contempló la sala de los relojes y de los péndulos, la sala de los libros (¡oh, aquellas magníficas encuadernaciones y volúmenes preciosos, imposibles de encontrar, copias únicas robadas de grandes bibliotecas!), la sala de los bordados y la sala de objetos diversos...

Y cada vez que subían más, el círculo de la sala disminuía. Y cada vez también el ruido de los golpes se alejaba. Ganimard perdía terreno.

—La última —dijo Lupin— es la sala del tesoro.

Esta era muy diferente. Redonda también, pero muy alta y de forma cónica; ocupaba la cima del edificio, y su base debía estar a quince o veinte metros de la punta al extremo de la Aguja.

Por el lado del acantilado no había ventana. Pero por el lado del mar, como no había razón para temer ninguna mirada indiscreta, se abrían dos bahías acristaladas por donde penetraba la luz abundantemente. El suelo estaba cubierto por un piso de maderas exóticas, con dibujos concéntricos. En las paredes había vitrinas y algunos cuadros.

—Las perlas de mis colecciones —dijo Lupin—. Todo cuanto has visto hasta ahora está a la venta. Unos objetos se van y otros vienen. Es el oficio. Pero aquí, en este santuario, todo es sagrado. Nada más que lo selecto, lo esencial, lo mejor de lo mejor, lo invaluable está en este lugar. Mira estas joyas, Beautrelet, amuletos caldeos, collares egipcios, brazaletes celtas, cadenas árabes... Mira estas estatuillas, Beautrelet, esta Venus griega, este Apolo de Corinto... ¡Mira estas tanagras, Beautrelet! Todas las tanagras verdaderas están aquí. Fuera de esta vitrina no existe un solo ejemplar en el mundo que sea auténtico. ¡Qué gozo me produce poder decir eso! Beautrelet: ¿recuerdas los saqueadores de iglesias del Midi, la banda de Thomas y compañía? ¡Eran agentes míos, hay que decirlo! Pues bien, aquí está la *Caza de Ambazac*, la verdadera, Beautrelet. ¿Recuerdas el escándalo del Louvre, la tiara que resultó falsa, fabricada por un artista moderno?... Aquí está la tiara de Saitafernes,[23] la verdadera, Beautrelet. Mira, mira bien, Beautrelet. Y he aquí la maravilla de las maravillas, la obra suprema, el pensamiento de un dios... Aquí está la *Gioconda* de Da Vinci, la verdadera. ¡Ponte de rodillas, Beautrelet, ¡la mujer está delante de ti!

Hubo un silencio entre ellos. Abajo, los golpes volvían a acercarse. Dos o tres puertas, ni una más, les separaban de Ganimard. Cerca de la costa se divisaba el lomo negro del torpedero y las barcas que cruzaban. El joven preguntó:

—¿Y el tesoro?

—¡Ah!, hijo mío, es eso lo que te interesa sobre todo. Todas estas obras maestras del arte humano ¿no son importantes? ¿Contemplar este tesoro no basta para satisfacer tu curiosidad?... Y toda la turba actuará como tú... ¡Vamos, date por satisfecho!

Pateó violentamente el suelo y al hacerlo se movió uno de los discos que componían el piso, y levantándolo como si fuera la tapadera de una cuba, puso al descubierto una especie de tina completamente redonda, excavada en la propia roca. Estaba vacía. Un poco más lejos realizó la misma maniobra. Apareció otra tina. También estaba vacía. Hizo lo mismo otras tres veces, con el mismo resultado.

—¡Ah! —bromeó Lupin—. ¡Qué decepción! Bajo Luis XI, bajo Enrique IV, bajo Richelieu, las cinco tinas debían estar llenas. Pero piensa en Luis XIV, en Versalles, en las guerras, en los grandes desastres del reino. Y piensa en Luis XV, el rey pródigo, en la Pompadour, en la Du Barry. ¡Lo que debieron sacar de aquí! ¡Con qué uñas afiladas debieron raspar esta piedra! Ya ves, no queda nada...

Se detuvo.

---

[23] Tiara de chapa de oro, comprada por el Museo del Louvre en 1896, que posteriormente se reveló como una falsificación [N. del T.].

—Pero sí, Beautrelet, sí queda algo todavía: el sexto escondrijo. Intocable, ese... ninguno de ellos osó tocarlo. Era el supremo recurso... digamos que era algo así como *la pera para la sed*.[24] Mira, Beautrelet.

Se agachó y levantó la tapadera. Un cofre de hierro llenaba el hueco. Lupin sacó de su bolsillo una llave de moldura hueca y complicadas ranuras y lo abrió.

Hubo un resplandor. Todas las piedras preciosas brillaban, flameaban todos los colores... el azul de los zafiros, el fuego de los rubíes, el verde de las esmeraldas, el sol de los topacios.

—Mira, pequeño Beautrelet. Devoraron todas las monedas de oro, todas las monedas de plata, todos los escudos, todos los ducados y todos los doblones, pero el cofre de piedras preciosas quedó intacto. Mira las monturas. Las hay de todas las épocas, de todos los siglos, de todos los países. Las dotes de las reinas están aquí. Cada una aportó su parte, Margarita de Escocia y Carlota de Saboya, María de Inglaterra y Catalina de Médici, y todas las archiduquesas de Austria, Eleonora Isabel, María Teresa, María Antonieta... ¡Mira estas perlas, Beautrelet! ¡Y estos diamantes! No hay uno solo entre ellos que no sea digno de una emperatriz. ¡El *Regente* de Francia no es más hermoso! —Se levantó, extendió la mano en señal de juramento y dijo—: Beautrelet, tú le dirás al universo entero que Lupin no tomó ni una sola de estas piedras que se encontraban en la caja fuerte... ni una sola... Lo juro por mi honor. Yo no tenía derecho. Era la fortuna de Francia...

Abajo, Ganimard se daba prisa. Por la repercusión de los golpes era fácil juzgar que estaba atacando la penúltima puerta, la que daba acceso a la sala de los objetos diversos.

---

[24] *La poire pour la soif*. Expresión francesa de finales del siglo XVI basada en la metáfora de la pera, una fruta jugosa que, por tanto, puede saciar la sed, para describir la necesidad de evitar los caprichos y ahorrar para los imprevistos del futuro [N. del T.].

—Dejemos abierto el cofre —dijo Lupin—, y todas las tinas también, todos esos pequeños sepulcros vacíos... —Dio vuelta a la estancia, examinó algunas vitrinas, contempló ciertos cuadros, y luego, paseándose con aire pensativo, dijo—: ¡Qué triste es tener que abandonar todo esto! ¡Qué desconsuelo! Mis horas más hermosas las he pasado aquí, solo, frente a estos objetos que amaba... Y ya mis ojos no los verán más, ni mis manos los tocarán más.

En su rostro contraído había una expresión tan grande de abatimiento que Beautrelet experimentó una confusa piedad. El dolor en aquel hombre debía adquirir proporciones más grandes que en otro, lo mismo que la alegría, lo mismo que el orgullo o la humillación.

Cerca de la ventana ahora y con el dedo extendido hacia el horizonte, dijo:

—Lo que todavía me resulta más triste es eso, todo eso que tengo que abandonar. ¿No es hermoso? El mar inmenso, el cielo... A derecha e izquierda los acantilados de Étretat, con sus tres puertas, la puerta de Amont, la puerta de Aval y la Manneporte... otros tantos arcos de triunfo para el amo... ¡Y el amo era yo! ¡El rey de la aventura, el rey de la Aguja hueca! Reino extraño y sobrenatural de César a Lupin... ¡Qué destino! —De pronto rompió a reír—. ¿Rey de lo mágico? ¿Y por qué solo eso? Digamos en seguida rey de Yvetot. ¡Qué broma! Rey del mundo, sí, esa es la verdad. ¡Desde esta punta de la Aguja yo dominaba el universo! Lo tenía en mis garras como una presa. Levanta la tiara de Saitafernes, Beautrelet... ¿Ves ese doble aparato telefónico?... A la derecha es la comunicación con París... línea especial... y a la izquierda, con Londres, línea especial. Por Londres tengo Norteamérica, Asia, Australia. En todos esos lugares tengo sucursales, agentes de venta, ojeadores. Es el comercio internacional. Es el gran mercado del arte y de las antigüedades, la feria del mundo, ¡Ah!, Beautrelet, hay momentos en que mi poder me hace perder la cabeza. Estoy ebrio de fuerza y de autoridad...

La puerta de abajo cedió. Se oyó a Ganimard y sus hombres que corrían y que buscaban... Después de unos instantes, Lupin continuó en voz baja:

—Y he aquí, todo se acabó... Llegó una jovencita de cabellos rubios, hermosos ojos tristes y un alma honrada, sí, honrada... y se acabó... Yo mismo he demolido el formidable edificio... Todo lo demás me parece absurdo y pueril... Lo único que cuenta son sus cabellos... sus ojos tristes... y su alma honrada.

Los hombres subían la escalera. Un golpe sacudió la puerta, la última puerta ya... Lupin agarró bruscamente el brazo del joven.

—¿Comprendes, Beautrelet, por qué te he dejado el campo libre cuando tantas veces, desde hace semanas, pude aplastarte? ¿Comprendes por qué has conseguido llegar hasta aquí? ¿Comprendes por qué le entregué a cada uno de mis hombres su parte del botín y por qué los viste la otra noche sobre el acantilado? Lo comprendes, ¿no es así? La Aguja Hueca... ¡esa era la aventura! Mientras sea mía, yo soy el aventurero. La Aguja tomada por otros es todo el pasado del que me estoy desprendiendo; es el porvenir que comienza, un porvenir de paz y felicidad en el que yo ya no enrojeceré cuando los ojos de Raymonde me miren... un porvenir. —Se volvió furioso hacia la puerta—: Pero cállate, pues, Ganimard, ¡no he terminado mi diatriba!

Los golpes se precipitaban. Se hubiera dicho que se estaba produciendo el choque de una viga contra la puerta. En pie, frente a Lupin, Beautrelet, absorto de curiosidad, esperaba los acontecimientos sin comprender las maquinaciones de Lupin. Que hubiera entregado la Aguja, sea; pero ¿por qué se entregaba él mismo? ¿Cuál era su plan? ¿Esperaba escapar de Ganimard? Y por otro lado, ¿dónde estaba Raymonde?

Mientras tanto, Lupin murmuraba, pensativo:

—Honrado... Arsène Lupin, honrado... Ya nada de robos... voy a llevar la vida de todo el mundo... ¿Y por qué no? No hay razón alguna para que yo no alcance el mismo éxito... Pero ¡déjame en paz, Ganimard! Ignoras, tres veces idiota, que en estos momentos estoy pronunciando palabras históricas y que Beautrelet las recoge para nuestros nietos —se echó a reír, añadiendo—: Pierdo mi tiempo. Ganimard jamás captará la utilidad de mis palabras para la historia.

Tomó un trozo de gis rojo, acercó a la pared un taburete y escribió con grandes letras: «Arsène Lupin lega a Francia todos los tesoros de la Aguja Hueca, con la única condición de que esos tesoros sean instalados en el Museo del Louvre, en salas que llevarán el nombre de *Salas de Arsène Lupin*».

—Ahora, mi conciencia está en paz. Francia y yo quedamos en paz.

Los asaltantes golpeaban con todas sus fuerzas. Un panel de la puerta se rompió y alguien metió la mano buscando la cerradura.

—¡Truenos! —exclamó Lupin—. Ganimard pudo llegar a la meta, por una vez.

Saltó sobre la cerradura y arrancó de ella la llave.

—Anda, viejo, que esta puerta es sólida... Tengo tiempo... Beautrelet, te digo adiós... Y gracias... porque tú verdaderamente hubieras podido complicarme el ataque... pero eres delicado...

Se dirigió hacia un gran tríptico de Van den Weiden que representaba a los Reyes Magos. Plegó la tabla de la derecha y dejó al descubierto una pequeña puerta, cuyo pomo agarró.

—Buena caza, Ganimard, ¡y buenas cosas en tu casa!

Sonó un disparo. Él saltó hacia atrás.

—¡Ah!, canalla, en pleno corazón. ¿Entonces tomaste lecciones? ¡Estropeaste al rey mago en pleno corazón! Fracasaste como payaso de feria.

—¡Ríndete, Lupin! —gritó Ganimard, cuyo revólver asomaba por el panel reventado y por el cual también se distinguían sus brillantes ojos—. ¡Ríndete, Lupin!

—¿Y la guardia, acaso también se va a rendir?

—Si te mueves, te quemo...

—Vamos, no va a poder alcanzarme.

De hecho, aunque Ganimard podía disparar por el agujero abierto en la puerta, la trayectoria del disparo sería recta y Lupin se había alejado y colocado en un lugar en donde no podía apuntarle... La situación de Lupin no era menos terrible, pues la salida con la cual contaba, la puerta del tríptico, estaba abierta frente a Ganimard. Intentar huir equivalía a exponerse al fuego del policía... y todavía le quedaban cinco balas en su revólver.

—¡Diablos! —dijo Lupin, riendo—. Mis acciones están a la baja. Bien hecho, amigo Lupin, has querido tener una última sensación y has jalado demasiado la cuerda. No deberías haber hablado tanto.

Se aplastó contra el muro. Otro panel de la puerta había cedido bajo el esfuerzo de los hombres y Ganimard estaba más cómodo. Ya solo tres metros separaban a los dos adversarios. Pero Lupin estaba protegido por una vitrina de madera dorada.

—¡Ayúdame, Beautrelet! —gritó el viejo policía rechinando los dientes de rabia—. ¡Dispárale de una vez en lugar de solo estar mirando!...

Isidore, en efecto, estaba inmóvil como espectador apasionado, como si no estuviera seguro de qué hacer. Quería con todas sus fuerzas involucrarse en la lucha y derribar a la presa que tenía a su merced. Pero un oscuro sentimiento se lo impedía.

El grito de Ganimard le sacudió. Su mano se crispó sobre la culata de su revólver.

«Si tomo partido —pensó—, Lupin está perdido... estoy en mi derecho... y es mi deber...».

Sus ojos se encontraron. Los de Lupin estaban tranquilos, atentos, casi curiosos, como si en medio del terrible peligro que lo amenazaba no se interesase más que por el problema moral que dominaba al joven. ¿Se decidiría Isidore a darle el tiro de gracia al enemigo vencido?... La puerta crujió de arriba abajo.

—¡Ayúdame, Beautrelet, ya lo tenemos! —vociferó Ganimard.

Isidore alzó su revólver.

Lo que luego ocurrió fue tan rápido que no tuvo, por así decirlo, consciencia de todo sino hasta más tarde. Vio a Lupin agacharse, correr a lo largo del muro y cruzar la puerta por debajo del arma que Ganimard blandía en vano. Y de pronto se sintió derribado por una fuerza invencible que después lo levantó de nuevo. Lupin lo levantó en el aire y se ocultó detrás de él, usándolo como escudo viviente.

—¡Diez contra uno a que me escapo, Ganimard! Ya ves que con Lupin siempre hay recursos...

Había retrocedido rápidamente hacia el tríptico. Con una mano mantenía a Beautrelet oprimido contra su pecho, mientras con la otra corría el cerrojo de la pequeña puerta y salía por ella, volviendo a cerrarla detrás de sí. Estaba salvado... Inmediatamente surgió ante ellos una escalera que descendió con brusquedad.

—Vamos —dijo Lupin, empujando a Beautrelet delante de él—. El ejército de tierra está derrotado... ahora ocupémonos de la flota francesa. Después de Waterloo, Trafalgar... Vas a recibir tu merecido, pequeño... ¡Ah, qué divertido! Ahí están golpeando el tríptico... Demasiado tarde, muchachos... Pero vamos, Beautrelet...

La escalera, abierta en la pared de la Aguja, en su propia corteza, iba girando en torno a la pirámide, envolviéndola como la espiral de un tobogán.

Lupin apremió al otro y bajaron los peldaños de dos en dos y de tres en tres. Cada ciertos trechos brillaba un rayo de luz a través de una fisura, y Beautrelet alcanzaba a ver las barcas de pesca que avanzaban a unas decenas de brazas, así como el torpedero negro...

Descendieron y descendieron... Isidore iba silencioso, Lupin iba como siempre, exuberante.

—Quisiera saber lo que hace Ganimard. ¿Estará bajando de prisa por las otras escaleras para cerrarme el paso en la entrada del túnel? No, no es tan tonto... Para eso habrá dejado allí a cuatro hombres... y cuatro hombres son suficientes.

Se detuvo.

—Escucha... están gritando allá arriba... eso es. Abrieron la ventana y están llamando a la flota... Mira, en las barcas se están preparando... Cambian señales... El torpedero se mueve... Te reconozco, ¡valiente torpedero!, vienes de Havre... Cañoneros, a sus puestos... ¡Caray!, el comandante... Buenos días, Duguay-Trouin.

Metió el brazo por la ventana y agitó un pañuelo. Luego reanudó la marcha.

—La flota enemiga rema con todas sus fuerzas —dijo—. El abordaje es inminente. ¡Dios, cómo me divierto!

Oyeron el ruido de voces por encima de ellos. En ese momento se aproximaron al nivel del mar, y casi inmediatamente desembocaron en una vasta gruta donde dos linternas iban y venían en la oscuridad. Surgió una sombra y una mujer se lanzó al cuello de Lupin.

—¡Rápido! ¡Rápido! Estaba inquieta... ¿Qué hacías?... Pero no vienes solo...

Lupin la tranquilizó.

—Es nuestro amigo Beautrelet... Figúrate que nuestro amigo tuvo la delicadeza...; bueno, ya te lo contaré... ahora no tenemos tiempo... ¿Charoláis, estás ahí?... ¡Ah, bien!... ¿Y la embarcación?...

Charoláis respondió:

—La embarcación está lista.

—Encienda el motor —dijo Lupin.

Al cabo de un instante el ruido de un motor trepidó y Beautrelet, cuya mirada se iba acostumbrando poco a poco a la semioscuridad, acabó por darse cuenta de que estaba en una suerte de muelle, a la orilla del agua, y que ante ellos flotaba una embarcación.

—Un barco con motor —dijo Lupin, completando así las observaciones de Beautrelet—. ¡Ah!, todo esto te asombra, mi viejo Isidore... ¿No comprendes?... Como el agua que ves no es otra que el agua del mar que en cada marea se infiltra en esta excavación, el resultado es que tengo aquí una pequeña rada invisible y segura...

—Pero está cerrada —objetó Beautrelet—. Nadie puede entrar ni salir de ella.

—Yo sí puedo —dijo Lupin—, y voy a probarlo.

Primero embarcó a Raymonde y luego regresó a buscar a Beautrelet, quien titubeó.

—¿Tienes miedo? —le dijo Lupin.

—¿De qué?

—¿De que el torpedero nos hunda?

—No.

—Entonces lo que te preguntas es si tu deber no es quedarte al lado de Ganimard, de la justicia, la sociedad, la moral; en lugar de irte al lado de Lupin, que es la vergüenza, la infamia, la deshonra.

—Precisamente.

—Por desgracia, pequeño, no tienes opción... Por el momento es preciso que crean que ambos morimos... y que me dejen en paz... esa paz que le deben a un futuro hombre honrado. Más tarde, cuando te haya liberado, podrás contarlo todo... Ya no tendré nada que temer.

Por la forma en que Lupin lo agarró de los brazos, Beautrelet comprendió que era inútil oponer resistencia. Y además, ¿para qué resistir? ¿Acaso no tenía derecho a sucumbir a la irresistible simpatía que le inspiraba este hombre a pesar de todo? Ese sentimiento era tan claro en él que hasta sintió deseos de decirle a Lupin: «Escuche, usted corre otro grave riesgo: Sholmes también está siguiendo su rastro...».

—Vamos, vente —le dijo Lupin, antes de que se decidiera a contarle.

Obedeció y se dejó llevar hasta la embarcación, cuya forma y el aspecto le parecieron singulares y completamente imprevistos.

Una vez en el puente, bajaron los peldaños de una pequeña escalera abrupta, que era más bien una escala que estaba enganchada a una trampa que se cerró detrás de ellos.

Al bajar la escalera de la embarcación, vivamente alumbrado por una lámpara, había un reducto de dimensiones muy exiguas donde ya se encontraba Raymonde y donde había exactamente tres lugares. Lupin descolgó una bocina acústica y ordenó:

—En marcha, Charoláis.

Isidore sintió la desagradable impresión que se experimenta al bajar en un ascensor, la impresión de que el suelo, la tierra, se escapaba debajo de ellos, la impresión de caer al vacío. Esta vez, por así decirlo, la que escapaba era el agua y el que penetraba lentamente era el vacío.

—¡Eh! ¿Nos estamos hundiendo? —bromeó Lupin—. Tranquilízate... Es solo mientras pasamos de la gruta superior en la que estamos a una pequeña gruta situada hasta el fondo, medio abierta al mar y a la que puede entrarse cuando baja la marea... todos los pescadores de mariscos la conocen... ¡Ah!, diez segundos de parada... ya pasamos... y el pasaje es estrecho... justo el tamaño del submarino.

—Pero —interrogó Beautrelet— ¿cómo es posible que los pescadores que entran en la gruta de abajo no sepan que está perforada en lo alto y que comunica con otra gruta de la cual parte una escalera que atraviesa la Aguja? La verdad es que parece estar a la disposición del primero que venga...

—¡Te equivocas, Beautrelet! Cuando baja la marea, la cúpula de la pequeña gruta pública se cierra por medio de un techo móvil, del color de la roca, el cual es abierto por el agua que lo desplaza y eleva cuando sube la marea, y se vuelve a colocar y cerrar herméticamente sobre la pequeña gruta cuando la marea vuelve a bajar. Es por ello que se puede pasar cuando la marea está alta, que yo puedo pasar... ¡Vaya! Una idea de Bibi en verdad ingeniosa... Porque la verdad es que ni a César, ni a Luis XIV, ni, en resumen, a ninguno de mis ancestros se les ocurrió, aunque tampoco disponían de un submarino... Tenían que conformarse con la escalera que entonces descendía hasta la pequeña gruta de abajo... Yo suprimí los últimos peldaños e imaginé ese techo móvil. Es un regalo que le hice a Francia... Raymonde, querida, apaga la lámpara que está a tu lado... ya no la necesitamos... por el contrario.

En efecto, al salir de la gruta los recibió una claridad pálida que parecía del mismo color del agua, y la cual penetraba por las dos escotillas que tenía la cabina y por una gruesa bóveda de cristal que traspasaba el piso del puente, desde donde se podía inspeccionar las capas superiores del mar.

Y en seguida vieron que una sombra se deslizó por encima de ellos.

—Se va a producir el ataque. La flota enemiga rodea la Aguja... Pero por hueca que esta esté, me pregunto cómo van a penetrar en ella...

Tomó la bocina acústica:

—No abandonemos el fondo. Charoláis... ¿Adónde vamos? Pero si ya te lo dije... A Puerto Lupin... y a toda velocidad, ¿eh? Es preciso que haya agua para acercarse... recuerda que tenemos una dama con nosotros.

Rozaban la superficie de las rocas. Las algas, agitadas, se erguían como una pesada vegetación negra, y las corrientes profundas las hacían ondular graciosamente, recogiéndose y alargándose como cabellos sueltos.

Surgió entonces otra sombra, más alargada...

—Es el torpedero —dijo Lupin—. El cañón va a dar la voz... ¿Qué irá a hacer Duguay-Trouin? ¿Bombardear la Aguja? Lo que nos estamos perdiendo, Beautrelet, al no poder asistir al encuentro de Duguay-Trouin y Ganimard... La reunión de las fuerzas terrestres y las fuerzas navales... Eh, Charoláis, nos estamos durmiendo...

Sin embargo, avanzaban veloces. Los campos de arena sucedieron a los de rocas y luego, casi inmediatamente, vinieron nuevas rocas, que señalaban la punta recta de Etretat, la puerta de Amont. Los peces huían al ver a la embarcación aproximarse. Uno de ellos, más audaz, se pegó a la bóveda de la embarcación y los miraba a través del cristal con sus grandes ojos fijos.

—Nos marchamos a tiempo —gritó Lupin—. ¿Qué dices de mi cáscara de nuez, Beautrelet? Nada mal, ¿no?... ¿Recuerdas la aventura del *Siete de Corazones*,[25] el miserable final del ingeniero Lacombe, y cómo, después de castigar a sus asesinos, ofrecí al Estado sus papeles y sus planos para la construcción de un nuevo submarino —otro regalo que le hice a Francia—? ¡Y bien!, entre esos planos estaba el de una embarcación sumergible, el cual conservé, y gracias a eso tienes el honor de navegar en mi compañía...

---

[25] En *Arsène Lupin, caballero ladrón*, libro 1 de esta serie.

Lupin llamó a Charoláis.

—Subamos, ya no hay peligro...

Se dirigieron a la superficie y la cúpula de cristal emergió... Estaban a una milla de la costa y, en consecuencia, fuera de la vista de la policía. Beautrelet pudo entonces darse cuenta más exacta de la rapidez vertiginosa con que avanzaban.

Primero pasó ante ellos Fécamp, y luego todas las playas normandas de Saint-Pierre, las Petites-Dalles, Veulettes, Saint-Valery, Veules y Quiberville.

Lupin continuaba bromeando e Isidore no se cansaba de observarle y de oírle, maravillado por el verbo de aquel hombre, su alegría, su pillería, su despreocupación irónica, su alegría de vivir.

Y observaba también a Raymonde. La joven permanecía silenciosa, apretada contra aquel a quien amaba. Le había tomado las manos entre las suyas y a menudo posaba su mirada en él, y en varias ocasiones Beautrelet observó que sus manos se crispaban un poco y que la tristeza de sus ojos se acentuaba. Y cada vez era como una respuesta muda y dolorosa a las ocurrencias de Lupin. Se hubiera dicho que aquella ligereza de sus palabras, aquella visión sarcástica de la vida le causaba sufrimiento.

—Cállate... —murmuró ella—, reírse es desafiar al destino... ¡Pueden esperarnos tantas desgracias!...

Frente a Dieppe tuvieron que sumergirse de nuevo para no ser vistos por las embarcaciones de pesca. Veinte minutos más tarde doblaron hacia la costa y la embarcación penetró en un pequeño puerto submarino, formado por un corte regular entre las rocas, se situó a lo largo de un muelle y ascendió lentamente a la superficie.

—Puerto Lupin —anunció Arsène.

El lugar, situado a cinco leguas de Dieppe y a tres leguas de Tréport, protegido a derecha e izquierda por dos hundimientos del acantilado, estaba absolutamente desierto. Una arena muy fina tapizaba las pendientes de la pequeña playa.

—A tierra, Beautrelet... Raymonde, dame la mano... Y tú, Charoláis, regresa a la Aguja a ver qué pasa con Ganimard y Duguay-Trouin, y al final del día vienes a decírmelo. ¡Me apasiona ese asunto!

Beautrelet se preguntaba con curiosidad cómo iban a salir de aquella ensenada aprisionada que se llamaba Puerto Lupin, cuando descubrió al pie del acantilado los peldaños de una escalera de hierro.

—Isidore —dijo Lupin—, si tienes conocimientos de geografía e historia, sabrás que estamos en el fondo de la garganta de Parfonval, en la comuna de Biville. Hace más de un siglo, en la noche del 23 de agosto de 1803, Georges Cadoudal y seis cómplices desembarcaron en Francia con la intención de secuestrar al primer cónsul Bonaparte, y ascendieron hasta lo alto por el camino que voy a mostrarte. Desde entonces los desgajamientos han destruido ese camino. Pero Valméras, más conocido por el nombre de Arsène Lupin, lo ha hecho restaurar por su cuenta y ha comprado la granja de Neuvillette, donde los conjurados pasaron su primera noche, y donde, retirado de los negocios, sin interés por las cosas del mundo, él vivirá la vida respetable de un escudero, acompañado por su madre y su esposa. ¡El caballero ladrón ha muerto, viva el caballero granjero!

Después de la escalera apareció una especie de angostura, un barranco escarpado excavado por el agua de lluvia, en cuyo fondo había una especie de escalera provista de una rampa. Lupin le explicó que esa rampa había sido colocada para sustituir a una larga cuerda amarrada a unas estacas que antaño la gente utilizaba para bajar a la playa... Después de media hora de ascenso desembocaron en la llanura, no lejos de una de esas cabañas abiertas en plena tierra y que sirven de abrigo a los aduaneros de la costa. Y cuando dieron la vuelta en un recodo del camino, apareció precisamente un aduanero.

—¿Qué hay de nuevo, Gomel? —le preguntó Lupin.

—Nada, jefe.

—¿Ningún sospechoso?

—No, jefe...; sin embargo...

—¿Qué?

—Mi esposa, que es costurera en Neuvillette...

—Sí, ya sé... Césarine... ¿Y bien?

—Parece que un marinero rondaba esta mañana por el pueblo...

—¿Qué cara tenía ese marinero?

—Nada natural... Su cara era de inglés.

—¡Ah! —exclamó Lupin, preocupado—. Y tú le diste la orden a Césarine de...

—De abrir los ojos, sí, jefe.

—Está bien. Quédate pendiente del regreso de Charoláis, volverá de aquí a dos o tres horas... Si ocurre algo, estoy en la granja.

Reanudó la marcha y le dijo a Beautrelet:

—Esto es inquietante... ¿Será Sholmes? ¡Ah!, si es él, debe estar tan furioso que hay que esperar cualquier cosa. —Dudó un momento—. Me pregunto si no sería mejor que nos devolviéramos...; sí, tengo un mal presentimiento...

Las llanuras ligeramente onduladas se extendían hasta perderse de vista. Un poco a la izquierda, unas bellas avenidas de árboles conducían hacia la granja de Neuvillette, cuyos edificios se alcanzaban a ver... Era el retiro que había preparado, el refugio de descanso que le prometió a Raymonde. ¿Acaso iba a renunciar a la felicidad en el mismo instante en que alcanzaba el objetivo por unas ideas absurdas?

Tomó del brazo a Isidore y señaló a Raymonde, que les precedía:

—Mírala. Cuando camina, su cintura tiene un pequeño balanceo que no puedo ver sin temblar... Pero todo en ella me da ese temblor de emoción y amor, tanto cuando se mueve como cuando está inmóvil, tanto cuando está en silencio como cuando me deja escuchar el sonido de su voz. El mero hecho de seguir sus pasos me produce un verdadero bienestar. ¡Ah!, Beautrelet, ¿alguna vez olvidará que yo fui Lupin? ¿Lograré borrar de su memoria ese pasado del que ella reniega? —Se dominó, y con obstinada seguridad, dijo—: ¡Lo olvidará! —afirmó—. Lo olvidará porque yo he hecho por ella todos los sacrificios. He sacrificado el refugio inviolable de la Aguja Hueca, mis tesoros, mi poder, mi orgullo... lo sacrificaré todo... Yo ya no quiero ser nada... nada más que un hombre honrado, puesto que ella no puede amar más que a un hombre honrado... Después de todo, ¿qué puede importarme el ser honrado? No es más deshonroso que cualquier otra cosa...

La broma se le escapó, por así decir, sin quererlo.

Empezó a hablar con voz grave y sin ironía. Y con violencia contenida, murmuró:

—¡Ah!, ya ves, Beautrelet, de todas las alegrías frenéticas que he gozado en mi vida de aventuras, no hay una que valga la que me produce la forma en que me mira cuando se siente satisfecha de mí... Entonces me siento completamente débil... Y me dan ganas de llorar.

¿Estaba llorando? Beautrelet presintió que tenía lágrimas en los ojos. ¡Lágrimas en los ojos de Lupin! ¡Lágrimas de amor!

Cuando estaban por llegar a una vieja puerta que servía de entrada a la granja. Lupin se detuvo un segundo y balbució:

—¿Por qué tengo miedo?... Es como una opresión... ¿Acaso la aventura de la Aguja Hueca aún no ha acabado? ¿Acaso el destino no acepta el desenlace que escogí?

Raymonde se volvió, muy inquieta:

—Viene Césarine... corriendo...

La mujer del aduanero llegaba de la granja, corriendo a toda prisa. Lupin se precipitó.

—¿Qué... qué ocurre? ¡Hable!

Sofocada, casi sin aliento, Césarine tartamudeó:

—Hay un hombre... un hombre en el salón.

—¿El inglés de esta mañana?

—Sí... pero disfrazado de otra manera...

—¿La vio a usted?

—No. Vio a su madre. La señora de Valméras lo sorprendió cuando se iba.

—¿Y bien?

—Él le dijo que buscaba a Louis Valméras, que era amigo suyo.

—¿Y luego?

—La señora le respondió que su hijo estaba de viaje... y que tardaría años en regresar...

—¿Y se marchó?

—No. Hizo señales por la ventana que da a la llanura... como si llamara a alguien.

Lupin pareció titubear. De pronto un grito penetrante desgarró el aire.

Raymonde gimió:

—Es tu madre... reconozco su voz...

Él se arrojó sobre ella y, en un impulso de pasión feroz, la arrastró:

—Ven... huyamos... tú primero...

Pero inmediatamente se detuvo, desconcertado, trastornado.

—No, no puedo... es abominable... Perdóname, Raymonde... la pobre mujer... Beautrelet, quédate aquí, no la dejes sola.

Corrió a lo largo del talud que rodeaba la granja. Dio vuelta en el recodo y siguió corriendo hasta acercarse a la barrera que se abría sobre la llanura... Raymonde, a quien Beautrelet no había podido detener, llegó casi al mismo tiempo que él, y Beautrelet, ocultándose entre los árboles, vio a tres hombres que avanzaban en la desierta avenida que conducía de la granja a la barrera; uno de ellos, el más corpulento, iba a la cabeza, seguido por los otros dos, que llevaban contra su voluntad a una mujer que se resistía y gritaba de dolor.

El día comenzaba a declinar. No obstante, Beautrelet reconoció a Sholmes. La mujer era de edad avanzada. Sus cabellos blancos enmarcaban su rostro lívido. Los cuatro se acercaban. Llegaron a la barrera. Sholmes abrió la puerta. Entonces, Lupin avanzó y se plantó ante él.

El choque pareció tanto más terrible cuanto que fue silencioso, casi solemne. Durante largo tiempo los dos enemigos se midieron con la mirada. Sus rostros se convulsionaban por el odio con el que ambos se miraban. No se movían.

Lupin dijo con una calma aterradora:

—Ordena a tus hombres que suelten a esa mujer.

—¡No lo haré!

Se hubiera podido creer que uno y otro temían emprender la lucha suprema y que ambos estaban reuniendo todas sus fuerzas. Y esta vez no hubo palabras inútiles ni provocaciones burlonas. Todo era silencio, un silencio de muerte.

Loca de angustia, Raymonde esperaba el desenlace del duelo. Beautrelet la había sujetado de un brazo y la mantenía inmóvil. Al cabo de unos instantes, Lupin repitió:

—Te dije que le pidas a tus hombres que suelten a esa mujer.

—¡No!

Lupin dijo:

—Escucha, Sholmes...

Pero se interrumpió, comprendiendo que sería una estupidez tratar de hablar con aquel coloso de orgullo y de voluntad que tenía enfrente, llamado Sholmes. ¿Tendría acaso algún sentido amenazarlo?

Decidido a todo, bruscamente se llevó la mano al bolsillo de su chaqueta. El inglés se dio cuenta y, saltando hacia su prisionera, le colocó el cañón del revólver a dos pulgadas de la sien, diciendo:

—No te muevas, Lupin, o disparo.

Al mismo tiempo, sus dos acólitos sacaron sus armas y las apuntaron hacia Lupin... Este se puso rígido, dominó la furia que le agitaba y, fríamente, con las dos manos en sus bolsillos y dando el pecho al enemigo, insistió:

—Sholmes, por tercera vez, deja tranquila a esa mujer.

El inglés se burló.

—¡Quizá no haya derecho a tocarla! Vamos, vamos, basta de bromas. Tú ya no te llamas más Valméras de lo que te llamas Lupin; es un nombre que robaste, igual que robaste el nombre de Charmerace. Y esa que tú haces pasar por tu madre, es Victoire, tu antigua cómplice, la que te crio...

Sholmes cometió un error. Impulsado por su ansia de venganza, miró a Raymonde, a quien esas revelaciones llenaban de horror. Lupin aprovechó tal imprudencia y con un rápido movimiento disparó.

—¡Maldición! —aulló Sholmes, cuyo brazo, perforado, cayó a lo largo de su cuerpo. Y apostrofando a sus hombres, gritó: —¡Disparen! ¡Disparen ya!

Pero Lupin había saltado sobre ellos y no habían transcurrido ni dos segundos cuando el de la derecha rodaba a tierra con el pecho hundido, mientras el otro, con la mandíbula rota, se desplomaba sobre la barrera.

—Apresúrate, Victoire... amárralos... Y ahora, vamos los dos, inglés... —Y se agachó, maldiciendo—: ¡Ah, canalla!...

Sholmes había recogido su arma con la mano izquierda y le apuntaba.

Sonó un disparo... un grito de dolor... Raymonde se había precipitado entre los dos hombres frente al inglés. Se tambaleó, se llevó la mano a la garganta, se irguió, giró sobre sí misma y cayó a los pies de Lupin.

—¡Raymonde!... ¡Raymonde!...

Se arrojó sobre ella y la estrechó contra sí.

—¡Está muerta! —exclamó.

Se produjo un momento de estupor. Sholmes parecía confundido por su acción. Victoire balbucía:

—Mi pequeña... mi pequeña...

Beautrelet se acercó a la joven y se inclinó para examinarla. Lupin repetía «Muerta... muerta...», con un tono reflejo, como si no comprendiera aún.

Pero su rostro, invadido de dolor, de pronto cambió, se transformó. Luego se sintió agitado por una especie de locura, hacía movimientos irracionales, se retorcía las manos, pateaba el suelo como un niño víctima de un gran sufrimiento.

—¡Miserable! —gritó de pronto en un acceso de odio.

Y tras una embestida formidable que derribó a Sholmes, lo agarró por la garganta y le clavó sus dedos crispados en la carne. El inglés gemía, sin siquiera debatirse.

—Mi pequeña, mi pequeña —suplicaba Victoire.

Beautrelet corrió. Pero Lupin había soltado a su presa y, junto a su enemigo tendido en tierra, sollozaba. Era un espectáculo conmovedor.

Beautrelet nunca olvidaría el trágico horror de aquello, él conocía todo el amor de Lupin por Raymonde, y todo lo que el gran aventurero se había sacrificado para hacer sonreír a su amada.

La noche comenzaba a cubrir con un velo de sombra el campo de batalla. Los tres ingleses, atados y amordazados, yacían sobre la alta hierba. Canciones campesinas mecieron el silencio de la llanura. Eran las personas que habitaban en la granja que regresaban del trabajo.

Lupin se incorporó. Escuchó las voces monótonas. Luego contempló la granja feliz, donde había soñado vivir pacíficamente con Raymonde. Luego vio que ella, toda blanca, ya dormía el sueño eterno.

Los campesinos se acercaban, sin embargo.

Entonces, Lupin se agachó, levantó a la muerta con sus vigorosos brazos, la cargó de un golpe, y doblada en dos la extendió sobre sus hombros.

—Vámonos, Victoire.

—Vamos, hijo mío.

—Adiós, Beautrelet —dijo Lupin.

Y cargado con su preciosa y terrible carga, seguido por su anciana sirvienta, silencioso, feroz, se dirigió al mar y se perdió en las sombras profundas del horizonte.

ÍNDICE

I. El disparo 5

II. Isidore Beautrelet, alumno de retórica 31

III. El cadáver 57

IV. Frente a frente 81

V. Sobre la pista 109

VI. Un secreto histórico 129

VII. El *Tratado de la Aguja* 151

VIII. De César a Lupin 175

IX. ¡Ábrete, sésamo! 191

X. El tesoro de los reyes de Francia 211